SCARLETT SCOTT

TRADUÇÃO DE SANDRA MARTHA DOLINSKY

O Devasso Sedutor

CONFRARIA DOS CANALHAS ♦ LIVRO 3

COPYRIGHT © FARO EDITORIAL, 2025
COPYRIGHT © 2023 HER WICKED ROGUE BY SCARLETT SCOTT

Todos os direitos reservados.
Nenhuma parte deste livro pode ser reproduzida sob quaisquer meios existentes sem autorização por escrito do editor.

Diretor editorial **PEDRO ALMEIDA**
Coordenação editorial **RENATA ALVES**
Editora-assistente **LETÍCIA CANEVER**
Preparação **NATHÁLIA RONDÁN**
Revisão **CRIS NEGRÃO e CARLA SACRATO**
Diagramação **VANESSA S. MARINE**
Imagens de capa e miolo **@ELENA ©missirine | AdobeStock**

Dados Internacionais de Catalogação na Publicação (CIP)
Jéssica de Oliveira Molinari CRB-8/9852

Scott, Scarlett
   O devasso sedutor / Scarlett Scott ; tradução de Sandra Martha Dolinsky. — São Paulo : Faro Editorial, 2025.
   224 p. (Coleção Confraria dos Canalhas ; vol 3)

ISBN 978-65-5957-836-8
Título original: Her wicked rogue

1. Ficção norte-americana I. Título II. Dolinsky, Sandra Martha III. Série

24-3894   CDD 813

Índices para catálogo sistemático:
1. Ficção norte-americana

1ª edição brasileira: 2025
Direitos de edição em língua portuguesa, para o Brasil, adquiridos por FARO EDITORIAL.
Avenida Andrômeda, 885 – Sala 310
Alphaville — Barueri — SP — Brasil
CEP: 06473-000
www.faroeditorial.com.br

Para tia Julia. Mais uma vez, obrigada pelas ametistas, paus de canela, compotas de maçã, risadas e por ser uma tia maravilhosa para minhas filhas assim como sempre foi para mim.
Beijos e abraços

PRÓLOGO

A princesa Anastasia Augustina St. George queria que o tio morresse.

Motivos não faltavam para justificar esse desejo. Os principais eram três: sua mãe e seus dois irmãos. Dois estavam mortos, e o terceiro estava desaparecido.

Seu tio? Ora, era o responsável por tudo isso.

Por causa disso, Stasia seguia por um caminho de terracota nos novos jardins do Palácio de August com um dos homens mais insensíveis, frios e cruéis que existia. Um homem cuja reputação se equiparava à de seu tio perverso. Um homem que também era rei; um rei legítimo, no caso.

Um homem que faria dela sua rainha, quer ela quisesse ou não.

E ela, com toda a certeza, não queria.

— Temos um objetivo em comum, princesa — disse o rei de Varros, Maximilian, em um boritano impecável, a língua da terra natal dela.

Stasia supunha que algumas pessoas considerariam o rei Maximilian bonito, mas, para ela, não passava de um homem enorme e assustador. A altura dele chegava a ser imponente, tinha músculos enormes, que esticavam suas vestes tradicionais da corte, como se a seda mal pudesse conter sua força. Seu semblante era constantemente sombrio e pétreo, além de ser quinze anos mais velho que ela. As histórias sobre ele eram assustadoras, e ela não tinha dúvidas de que eram verdadeiras. Maximilian era implacável, seu poder como governante havia crescido e ofuscado inclusive a Casa de St. George nos últimos anos. A nação insular do rei Maximilian, situada a leste da Boritânia, era riquíssima, graças ao forte comércio.

Sob o intenso escrutínio do tio, que os observava sentado em um estrado do outro lado dos jardins, Stasia colocou um sorriso educado nos lábios e disse:

— É mesmo, Majestade?

Ela aprendera, havia muito tempo, a se fazer de boba e falar o mínimo possível entre os inimigos. Ainda não sabia se podia confiar no rei Maximilian, mas ele era sua última esperança de sair viva da Boritânia e continuar a busca por seu irmão exilado, e assim conseguir que Gustavson, seu tio, tivesse a justiça que tanto merecia.

— Sua mãe foi executada — disse o rei Maximilian.

Não era um assunto para se cortejar uma dama. A lembrança da prisão e a morte da mãe fizeram a bile subir à garganta de Stasia, mas ela a engoliu. Até o dia de sua morte, ela se arrependeria de não ter sido forte o suficiente para fazer alguma coisa e salvar a mãe do destino inimaginável que a esperava.

— É proibido falar nisso — ela conseguiu dizer entre os lábios dormentes.

— Por decreto do rei — disse Maximilian, soturno. — Sim, estou ciente disso.

— E, mesmo assim, ousa desafiar Sua Majestade — disse ela, e o título deixou um sabor amargo em sua boca, pois pertencia a outra pessoa.

A seu amado irmão Theodoric, antes conhecido como Sua Alteza Real, príncipe Theodoric August St. George.

Maximilian se virou com ela habilmente para desviar o rosto de ambos, mas sem cometer o crime de dar as costas ao rei da Boritânia, e disse:

— Não precisa defendê-lo diante de mim. Eu vejo o ódio em seus olhos quando olha para ele.

Ela havia sido assim tão óbvia, tão descuidada? Sentiu a boca seca ao pensar que os outros poderiam captar seus verdadeiros sentimentos em relação a Gustavson.

— Não sei do que está falando. Eu amo meu tio. Ele é o rei correto e verdadeiro da Boritânia.

Esse juramento, que ela era forçada a declarar sobre a ascensão de Gustavson ao trono, era como vidro em seus lábios.

— Bobagem. Diga-me a verdade.

Mas ela não ousava.

Stasia olhou de soslaio para o rei Maximilian, tentando avaliar suas intenções, mas era impossível ler seu semblante.

— Por que eu diria a Vossa Majestade algo menos que a verdade?

— Porque o teme — adivinhou corretamente o rei.

Ora, é claro que ela temia o tio. Ele era uma víbora assassina esperando para dar o bote. Ela só havia chegado aos 25 anos graças ao interesse dele de usá-la como um peão para o casamento mais vantajoso para si mesmo que ele poderia lhe arranjar: o rei Maximilian. Mas isso só porque pretendentes anteriores não conseguiram passar nos testes de Gustavson. E nenhum deles era tão poderoso ou rico.

— Por que eu deveria temê-lo? — perguntou ela com falso ardor, forçando outro sorriso. — Meu tio abençoou a todos nós com sua benevolência.

Por Deus, que mentira! Ela odiava ter que dizer isso, era um peso em seu coração. *Mamãe, perdoe-me*, disse em pensamento. *Só digo essas mentiras para defender o reino e a vida de meus irmãos.*

— Benevolência! — disse o rei Maximilian com ironia.

— Acaso discorda, Majestade?

— Inverdades me deixam desgostoso, princesa Anastasia, e quando estou desgostoso, as pessoas ao meu redor pagam o preço.

— Não duvido disso — disse ela.

— Quem já duvidou de mim aprendeu com o erro — disse o homem de um jeito arrastado, o tom gélido. — Muitas vezes, com a vida.

Falavam baixo, aos sussurros, fingindo civilidade para o tio de Stasia que lhe deixara bem claro que ela deveria aceitar esse casamento.

Ou perder a vida.

As cicatrizes das chibatadas que levara nas costas ainda ardiam quando ela se mexia; o dia quente fazia o suor escorrer por seu pescoço, entre as escápulas e mais embaixo. Seu tio havia empunhado pessoalmente o chicote. Mais um lembrete de por que ela deveria aceitar esse casamento.

— Com a vida — repetiu ela, tentando imaginar se o rei Maximilian também seria uma ameaça à sua vida.

Pararam diante de uma fonte que seu tio mandara fazer; era uma monstruosidade imponente em cujo centro estava um dos antigos deuses do mar. Gustavson não poupara dinheiro para mudar o Palácio de August e deixá-lo a seu gosto. Já tinha pouca semelhança com os quartos e salões que antes ela conhecera tão bem.

— É aquilo que há de mais caro ao homem. Até o mais ganancioso dos reis preferirá se apegar à vida e perder todas as suas riquezas.

— Fala por experiência própria, Majestade?

— Eu conquistei meu reino e levei à ruína todos os meus inimigos, princesa. O que acha que é a resposta?

Um arrepio percorreu a espinha de Stasia, apesar do sol escaldante.

— Acaso está me ameaçando, Vossa Majestade?

— Apenas alertando. Quando nos casarmos, sua lealdade será para comigo. Qualquer coisa diferente disso acabará mal para a senhorita.

Ele pronunciou essas palavras com tranquilidade, como se estivesse falando do céu claro e sem nuvens que pairava acima deles.

Mas a lealdade dela estaria sempre com Boritânia; sua terra natal, sua família. Stasia estava fingindo o contrário havia anos, e não seria diferente quando se casasse.

Ela inclinou a cabeça e declarou:

— Minha lealdade será somente sua.

Mais uma mentira em meio a tantas. Já perdera a conta.

— E sua família? — perguntou ele em voz baixa. — Especificamente seu irmão.

— Reinald se foi — disse ela, apática; sabia que Gustavson havia planejado o assassinato de seu irmão, mas não tinha como provar.

— Seu *outro* irmão, princesa.

Stasia ficou em choque. Ninguém falava de Theodoric. Era proibido.

— Não tenho outro irmão — ela se apressou em mentir mais uma vez, dizendo aquilo que havia sido doutrinada a dizer após o exílio de Theodoric.

Qualquer coisa menos que isso era considerada traição e punida com a morte.

— Ele está bem vivo em Londres — disse o rei Maximilian. — Agora, usa outro nome.

A esperança fez seu coração palpitar, mas ela a reprimiu, pois essa delicada emoção não tinha lugar em sua vida.

— Por que está me dizendo isso?

— Porque quero ver Gustavson deposto, e creio que seu irmão é o único homem que pode fazê-lo.

Essa revelação repentina a fez cambalear e quase perder o equilíbrio. Ela se deteve, esquecendo o papel que deveria desempenhar por um momento, esquecendo a possibilidade de incorrer na ira do tio.

— Vejo que a choquei.

A observação austera do rei Maximilian interrompeu os pensamentos turbulentos de Stasia. Ela respirou fundo e expirou devagar, formulando sua resposta.

— Como isso poderia ser feito se meu irmão está no exílio há dez anos?

O que o rei estava dizendo era um sonho: ter seu irmão de volta à Boritânia, onde era seu lugar, para depor Gustavson, o usurpador, e fazê-lo pagar pelo que fizera à família deles. Mas ela ainda não tinha certeza de que podia confiar naquele homem diabólico a seu lado. Ele era perigoso, com certeza. Era impossível saber o que lhe passava pela cabeça.

Mas se o que Maximilian dissera fosse verdade, ele também representava uma chance de salvar a terra natal de Stasia da ruína e da corrupção nas mãos de seu tio.

— Eu tenho um plano, Vossa Alteza Real — disse o rei Maximilian. — Basta me prometer sua lealdade e sua mão em casamento e, juntos, veremos a Boritânia restaurada e o rei legítimo em seu trono.

Stasia não hesitou.

— Conte comigo.

Enquanto seguiam o caminho que os levava de volta ao estrado onde estava Gustavson, ela rezou fervorosamente aos deuses para que não houvesse feito um acordo pelo qual acabaria se arrependendo.

CAPÍTULO 1

Na primeira vez que ele vira Sua Alteza Real, a princesa Anastasia St. George, ela lhe oferecera um pagamento em joias da realeza para que a ajudasse a encontrar seu irmão, um príncipe boritano exilado.

Na segunda, ela lhe pedira que tirasse sua virgindade.

Era um dia cinzento, fechado, e uma névoa fina caía além das vidraças, na extremidade oposta do quarto. A princesa chegara à casa de Archer sem ser anunciada nem convidada, dois fatos que o desagradavam muito. E, contra toda lógica e bom senso, ele desejava sentir os lábios dela nos seus com a paixão ardente de mil sóis.

Apesar do desejo incomum, sua resposta foi curta e grossa. Ele não defloraria aquela princesinha mimada.

— Lamento, mas não posso, Vossa Alteza Real.

Por baixo da capa púrpura que não havia retirado antes de fazer seu pedido inusitado, ela deu de ombros delicadamente, como se a resposta dele não a preocupasse.

— Terei que encontrar outro homem disposto a me ajudar, então.

Ele estava começando a pensar que aquela mulher era lunática.

— Outro homem? — repetiu, quase rosnando.

Ela estava querendo dizer que qualquer sujeito que tivesse um pau em riste seria suficiente para a tarefa? Que ela o havia escolhido por *conveniência*? E por que isso o irritava tanto? Não era problema dele com quem aquela mulher deslumbrante se deitava ou por quê.

A princesa cruzou as mãos recatadamente sobre o regaço, majestosa sem esforço, com o cabelo castanho preso em um coque e uma miríade de cachinhos perfeitos caindo em suas têmporas.

— Se não deseja me ajudar, preciso encontrar outra pessoa.

Ela disse isso como se fosse a declaração mais sensata do mundo. Como se oferecer sua virgindade fosse uma ocorrência comum. Ele não deveria estar curioso. Nem estar brincando com as duas pontas afiadas — do ciúme e da luxúria —, que, como uma adaga, o cortavam e se preparavam para derrubá-lo.

Archer apoiou os cotovelos na mesa de jacarandá que estava entre eles e se inclinou para frente.

— E como pretende encontrar outra pessoa, princesa?

— Não desejo frequentar uma casa de má fama devido aos riscos óbvios à minha reputação — disse ela, franzindo o cenho. — No entanto, se não houver alternativas apropriadas, suponho que terei que considerar essa hipótese. Diga-me, Sr. Tierney, há bordéis discretos para mulheres em Londres ou atendem apenas aos apetites de cavalheiros?

Acaso a loucura corria no sangue da linhagem real boritana? Era a única explicação; ele tinha certeza disso. No entanto, ali estava a princesa, sentada com toda a calma diante dele, falando um inglês impecável, inegavelmente lúcida. Sustentando o olhar dele sem se encabular. Elaborando seu plano descabido de entregar seu corpo a um estranho, como se isso fosse normal.

— Não pode ir a um bordel — disse ele.

— Por que não? — perguntou ela, arqueando a sobrancelha finamente desenhada.

Porque imaginar Stasia com um homem sem rosto a tocando fez Archer desejar socar a cabeça de alguém. Mas havia outras razões, mais importantes, que ele apresentaria. Razões que não o fariam parecer tão cabeça de bagre.

— Porque é uma princesa — disse ele.

Um leve sorriso curvou seus lábios, como se ela estivesse se divertindo com as palavras dele.

— Terei o cuidado de esconder quem sou, Sr. Tierney. Naturalmente, seria necessário um estabelecimento onde eu pudesse esconder meu rosto com uma máscara enquanto estivesse ali. Não sou tola, como acha que consegui escapar dos guardas de meu tio até agora?

— Imagino que deva ter colocado láudano no chá deles ou feito algo igualmente astuto — disse ele, arrastando as palavras.

O sorriso dela se abriu mais, e o efeito nele foi como um soco no estômago. Por um momento, Archer ficou tonto, até que a muito custo conseguiu reprimir essa sensação e recordou que desejar aquela mulher que estava diante dele era o cúmulo da tolice. Ele não havia saído do submundo de Londres e chegado aonde chegara fazendo coisas estúpidas.

— Uma ideia interessante, Sr. Tierney — disse ela baixinho. — No entanto, meus métodos não são tão diabólicos.

Ele esperou que a princesa se explicasse, mas ela não ofereceu nenhuma explicação para a façanha que havia realizado em duas ocasiões até então. Ele tinha olhos e ouvidos em todos os lugares, e seus homens juraram que ela havia chegado e partido sozinha. Assim como lhe haviam assegurado que as joias que ela lhe havia oferecido em pagamento eram verdadeiras.

Archer perdeu a paciência.

— Não tem intenção de me dizer quais são seus métodos, não é?

Os cílios escuros esconderam os olhos azuis-gelo dela, guardando seus segredos.

— Talvez eu prefira deixá-lo imaginar.

— Não é perigoso fugir dos guardas do rei? — insistiu ele, pois não tinha dúvidas de que era.

Desde o momento que Stasia o procurara a primeira vez em busca de ajuda para encontrar seu irmão exilado, Archer se dedicara a aprender tudo que pudesse sobre ela e a família real da Boritânia. O tio dela, rei Gustavson, governava com mão de ferro.

Ela deu de ombros mais uma vez, fazendo-os subir e descer delicadamente sob sua capa.

— É um perigo que corro com satisfação.

Archer não conseguia entender aquela mulher e, por mais que não quisesse, isso o intrigava.

— Por que quer isso? — perguntou, pensando de novo na proposta dela, mesmo sabendo que não deveria. — Não me refiro à busca pelo príncipe exilado, e sim à... à outra coisa.

À perda da virgindade, Archer queria dizer, mas não era capaz de pronunciar essas palavras por medo do efeito que teriam sobre ele. Só a ideia de possuí-la, de tê-la debaixo de seu corpo na cama, era uma tentação sensual que ele não conseguia tirar da cabeça. Era o suficiente para fazer seu sangue ferver e suas calças ficarem apertadas demais em certa região.

— Eu prezo minha liberdade — disse ela. — Durante dez longos e implacáveis anos, tive que sacrificá-la pelo bem de meu povo. E, em breve, terei um marido arranjado pelo mesmo motivo. Quero ter algo que seja minha escolha. Que seja só para mim, antes que eu tenha que retomar meu dever. Este tempo que estou passando em Londres provavelmente é minha única oportunidade. Se não for receptivo, encontrarei outra pessoa que seja.

Por todos os diabos, isso não. Um forte instinto protetor surgiu em Archer, e ele não o reprimiria, porque entendia, na própria carne, como era se sacrificar pelos outros. Ele fazia isso desde que nascera, filho ilegítimo de um marquês e uma atriz londrina.

— Está decidida a seguir esse curso, Vossa Alteza Real?

Ela sustentou o olhar dele, inabalável, e respondeu:

— Sim, estou.

Um calor se espalhou pelo corpo de Archer e, só de pensar na possibilidade, o ar da sala lhe pareceu repentinamente pesado.

— Então, prove.

Então, prove.

Duas palavras saídas dos lábios daquele homem perversamente bonito; palavras que Stasia não esperava.

Mas o Sr. Archer Tierney era cheio de mistérios e tentações. Envolto em escuridão, semblante impassível, voz tão fria quanto os olhos verdes que a mantinham cativa. Perigoso, lhe haviam dito. Bem, fora o que Tansy lhe relatara depois de fazer algumas perguntas discretas quando chegaram a Londres.

Stasia sabia que estava correndo risco fazendo aquele pedido a Tierney. Desde o momento que se conheceram, ela se sentira atraída por ele de uma forma que não podia negar. Nas antigas crenças de sua terra natal, o destino era uma força à qual era impossível resistir, e ela sabia bem lá no fundo que aquele homem deveria ser dela, pelo menos enquanto ainda tivesse sua liberdade.

Ele não era apenas pecaminosamente bonito, com seu cabelo cor de mogno e corpo alto e musculoso. Também se portava com poder, graça e civilidade. Tinha a postura fria de um homem capaz de cravar sua lâmina profundamente no coração de seu oponente e lhe sustentar o olhar, sem hesitar. Aquele que tomava o que queria sem pedir.

Um homem que ela queria muito que a *tomasse*.

Mas ela não previra aquela resposta. Não havia como recuar; ela mesma havia ido ao covil do dragão. Stasia ergueu o queixo; já havia enfrentado inimigos muito mais impressionantes sem se intimidar. Dentro do círculo do rei ilícito da Boritânia, seus inimigos eram muitos.

— Como hei de prová-lo? — perguntou ela, desafiadora.

Ele esboçou um leve sorriso de escárnio, o que serviu apenas para aumentar a potência de seu encanto.

— Espera que eu acredite que uma princesa mimada e mal-acostumada, que foi tratada gentilmente durante toda sua vida, é capaz de simplesmente entrar em um bordel e se entregar ao primeiro homem disposto a possuí-la?

Ele falava baixinho, mas com certa aspereza que poderia ter incutido medo em Stasia se ela realmente fosse uma princesa mimada.

Se ele soubesse o que ela aguentara nos últimos dez anos de exílio de seu amado irmão, vivendo à sombra da ira do tio maligno, sem dúvida alguma Tierney teria engolido aquelas palavras.

— Não espero nada, Sr. Tierney — disse ela calmamente. — Pode acreditar no que quiser.

— Levante-se.

A ordem seca a pegou de surpresa. Ninguém dava ordens a um membro da realeza da Casa de St. George. Era seu direito de nascença ter precedência sobre todas as outras almas presentes em qualquer sala, a menos que o rei usurpador estivesse ali dentro.

Stasia permaneceu sentada, ignorando a ordem de Tierney.

— Não lhe dei permissão para falar comigo com tamanha ousadia, senhor.

— Acabou de me pedir que tirasse sua virgindade e chegou à minha casa sem ser convidada nem anunciada — apontou ele, sem rodeios. — Isso já é o bastante para que eu possa falar com a senhorita como bem entender.

Ele a estava desafiando... e ela gostou. Sendo sobrinha de Gustavson, ninguém na corte ousava desafiá-la, por medo da represália. E a falta de oposição — além do medo de seu tio, que também a afligia — já a havia cansado fazia tempo.

— De maneira alguma — respondeu ela baixinho, perante o olhar severo de Tierney, recusando-se a ceder.

— Entende o que significa perder a virgindade com um homem como eu, não é, Vossa Alteza Real?

Um homem como *ele*... Mas ele não havia acabado de dizer que não poderia? Acaso estava repensando sua negativa?

Um calor subiu pela garganta de Stasia. Não porque se envergonhasse do pedido que fizera, e sim porque estava pensando em Archer Tierney a tocando. Imaginando como ele seria sem as vestes. Imaginando-o enterrado dentro dela, os dois unidos, corpo e espírito.

Ela engoliu em seco.

— Entendo perfeitamente.

Ele sacudiu a cabeça, com o maxilar rígido e irredutível.

— Não creio que saiba. Porque se soubesse, jamais teria vindo até mim sozinha, nas profundezas da noite.

Stasia admitia que estava correndo riscos, mas, depois de tantos anos de criterioso planejamento e conspiração, sabendo que seria forçada a se casar com o rei Maximilian de Varros, estava mais que preparada para flertar com o perigo. Tivera que fazer tudo aquilo para encontrar seu amado irmão Theodoric vivo, mas não podia mentir: o gostinho de liberdade que havia desfrutado em Londres, longe do reino do tio, lhe havia dado coragem e a fizera desejar algo egoísta antes de ter que se resignar a uma vida de infelicidade e dever.

Algo como a maneira de Archer Tierney olhá-la quando se conheceram, como se a despisse com os olhos. Como se pudesse lhe mostrar prazeres indizíveis. Como se pudesse fazê-la arder em chamas sob suas mãos experientes.

— Creio que me entendeu mal, Sr. Tierney — disse ela, recusando-se a desviar o olhar ou mostrar algum sinal de que o comportamento rude e as palavras duras dele a intimidavam. — Foi exatamente por isso que eu vim.

— Então, fará o que eu disser, princesa. — Ele se recostou na cadeira, apertando a madeira entalhada do apoio de braços com seus dedos longos. — Levante-se.

Aquilo era um jogo? Ele a estava testando para ver se desistiria? Ou estava tentando fazê-la mudar de ideia?

Ficaram se encarando, em um momento de impasse que pareceu durar uma eternidade.

— Levante-se — rosnou ele no silêncio — ou saia de minha casa, maldição!

Muito bem... se ele queria ver a coragem dela, ela lhe mostraria.

— Como lhe aprouver, Sr. Tierney.

Com a cabeça erguida, Stasia se levantou, mantendo o porte real que ainda pequena havia aprendido que deveria apresentar em todos os momentos.

Nunca demonstre fraqueza diante de ninguém, dizia seu tio, com aquela voz que parecia um chicote e que ele gostava de usar com qualquer pessoa que o desafiasse. Stasia tinha cicatrizes nas costas para provar isso. Ser açoitada apenas a tornara mais forte, e ela usaria essa força para destruí-lo.

Mas, primeiro, tinha que encontrar o irmão.

— Sua capa — disse Tierney calmamente, com a voz calorosa, sedosa. — Tire-a.

Ela levou os dedos ao fecho, à altura da garganta, e o abriu. Lentamente, tirou a capa púrpura real boritana e a deixou no encosto da cadeira que desocupara. Enquanto fazia isso, mantinha o olhar fixo no dele. A tensão na sala era densa e palpável, e ela tomou consciência de algo novo, fazendo que o calor se acumulasse entre suas coxas e seus mamilos se contraíssem por baixo do espartilho.

Ele permaneceu sentado enquanto ela tirava a capa — um insulto à posição dela, que Stasia não tinha dúvidas de que era cometido intencionalmente.

— Venha aqui.

Ele a chamou com o dedo, como se fosse um rei pecador sentado em um trono de hedonismo. E que os céus a ajudassem, porque ela queria sentar-se ali com ele. Mas Stasia não se deixaria levar com tanta facilidade.

— Por que eu deveria? — perguntou ela, ousada.

Tierney sorriu e — Deus do céu! — ela sentiu o efeito daquele sorriso até nos dedos dos pés. Aquele sorriso era a devassidão personificada e, com aqueles lábios sensuais curvados, sua beleza masculina era o suficiente para fazer o coração dela bater mais rápido.

— Porque vou lhe mostrar quanto está errada, minha doce e inocente princesa — ele falou arrastando as palavras.

Ah, um desafio...

Ela não podia resistir.

E pretendia provar que ele estava errado.

Stasia contornou a mesa, aproximando-se dele. A civilidade com que estavam conversando desapareceu quando a última barreira que mantinha o corpo dele longe do dela foi removida.

Observando-a com um olhar sério, ele estendeu sua longa perna e, com o salto de sua bota, empurrou a cadeira para trás, de modo a encarar Stasia enquanto ela se aproximava. Estava com as pernas bem abertas, a calça justa mostrava a musculatura firme de suas coxas. Seu colete era simples, preto, sua gravata branca como a neve, com um nó simples. As mangas de sua camisa formavam um forte contraste com o colete e a calça. Era como se o bem e o mal se encontrassem em um só ser.

Ela parou diante das botas dele; o ar de desafio crepitava, quente, ao redor deles.

— Mostre-me, então, Tierney. Esse seu jogo está me cansando.

Ele sorriu ainda mais e soltou uma risadinha áspera. Em um instante, levantou-se e levou as mãos à cintura dela, firmemente. Levantou-a, girou-a e, em um piscar de olhos, ela estava sentada na mesa dele e ele passando as mãos nas coxas dela. Ele se aproximou mais, prendendo-a à mesa com seu corpo grande.

A carne proibida entre as pernas dela pulsava.

— Se fosse minha, eu lhe pediria que erguesse o vestido — disse ele com voz profunda, rouca, quase selvagem. — Que puxasse a bainha do seu vestido, as anáguas e o chemise até estar tudo reunido em seu colo.

A vontade de resistir a abandonou, substituída por um desejo doloroso e ardente. Ela agarrou a musselina das saias, pronta para fazer o que ele havia acabado de descrever, de lhe pedir.

Mas Stasia estava lutando havia dez anos e não se renderia facilmente.

— Eu não pertenço a nenhum homem — respondeu ela, com a voz irritantemente ofegante, entregando o efeito que ele provocava nela. — Mesmo que se deitasse comigo, eu não seria sua.

Um dia, em breve, ela seria do rei Maximilian. Stasia pensou nele: frio, indiferente, ríspido e amargo. Ele era tão bonito quanto insensível e cruel. E não a queria; apenas ansiava pelo poder que um casamento com ela lhe propiciaria. Ela também não o queria. O leito conjugal deles seria frio e sem paixão. Não tinham nem um pingo de química, nem mesmo uma partícula do que ela sentia sempre que estava na presença de Archer Tierney.

Por Tierney, ela ardia.

— Está enganada, Vossa Alteza Real — disse ele, acariciando o queixo dela com a mais leve carícia e fazendo-a derreter por dentro e abandonar os pensamentos sombrios sobre o futuro que a aguardava.

O toque dele era fogo; ela queria mais.

— Ninguém ousa me dizer que estou enganada — disse ela com frieza.

— Pois alguém deveria tê-lo feito. — Ele passou os dedos de leve em volta da orelha dela, afastando os cachos de cabelo que emolduravam seu rosto com uma gentileza que lhe provocou um frio na barriga. — Se alguém já lhe houvesse dito, ouso dizer que não estaria aqui oferecendo-me sua inocência.

Archer se afastou, e a ausência de seu toque deixou Stasia desolada.

— Eu pedi, e o senhor recusou — recordou ela. — Mas alegremente me oferecerei a outro, talvez esta noite mesmo.

A mandíbula de Archer ficou tensa de novo; ele levantou o queixo, fitando-a com uma resolução glacial.

— Erga suas saias, princesa.

Ela apertou a musselina entre os dedos. Seu corpo havia despertado, e ela se sentia gananciosa, faminta. Stasia disse a si mesma que lhe obedecia apenas para provar que ele estava errado.

Mas enquanto recolhia o tecido e puxava as bainhas acima dos joelhos, ela teve que reconhecer que era muito mais que isso. Ela *queria* erguer as saias para aquele homem. Queria fazer tudo, qualquer coisa que ele exigisse. Ansiava por ele como nunca havia ansiado por outro homem.

O olhar quente dele pousou nas pernas cobertas por meias que ela revelara.

— Assim? — perguntou ela, desafiadora. — Isto é o que o senhor acreditou que eu não faria?

— Até seu colo — disse ele, em vez de responder.

Ela continuou puxando; o ar frio beijava suas pernas por cima da seda fina, acima das ligas, as coxas nuas que ela mantinha cuidadosamente fechadas. Era um descaramento estar com metade do corpo exposto, mas ela não se sentia envergonhada. Nem um pouco. Na verdade, não se lembrava de já ter se sentido tão viva.

Sentindo os lábios secos, ela os lambeu, profundamente, ciente do olhar dele em suas pernas.

— Já provei do que sou capaz?

Ele ergueu o olhar e deu um sorriso divertido.

— Longe disso. Mostre-se para mim.

Mostrar-se? O que mais ele desejava?

— Creio que não entendi.

— Antes de um homem comprar um cavalo, ele o inspeciona atentamente.

A voz dele era como uma névoa envolvendo-a. Mas era pecaminosa e suave também. Uma carícia. Mas suas palavras eram uma coisa completamente diferente e a deixaram confusa.

— O que um cavalo tem a ver com a questão de outro homem dormir comigo?

Ele ergueu uma sobrancelha, desafiador.

— Outro homem?

Essa pergunta dele significava que ele havia mudado de ideia? O coração tolo dela deu um pulo.

— Visto que o senhor se recusou a realizar a tarefa, logicamente devo procurar outra pessoa — explicou ela, com uma paciência que não sentia.

Por dentro, ela sentia calor, confusão, desejo e anseio.

Ele sacudiu a cabeça, e o sorriso desapareceu de seus lábios sensuais.

— Não irá atrás de outro homem, princesa.

A respiração dela estava acelerada.

— Por que estava falando de cavalos?

— Vou lhe explicar, minha cara. Eu não compraria um cavalo sem examiná-lo, e não vou para a cama com uma mulher sem saber o que me espera.

Um pouco do ardor dela esfriou. Que coisa mais... pragmática. Ela cortou a conexão dos olhares e olhou para suas mãos; apertava suas saias com tanta força que o nó dos dedos ficou branco.

Então, ela olhou para ele de novo e disse:

— Não sou um cavalo, e o senhor não vai me comprar.

— Se vou correr o risco de me deitar com Vossa Alteza, quero ver minha recompensa. Abra as pernas para mim, princesa. — Seu tom zombeteiro e desafiador brilhava nas profundezas daqueles olhos verdes. — Ou vá embora.

Ela respirou fundo. Podia fazer isso. *Queria* fazer isso.

Queria Archer.

Sim, ela estava decidida. Tinha que ser Archer Tierney ou mais ninguém.

Stasia respirou fundo e abriu as pernas devagar.

CAPÍTULO 2

Archer ficou sem ar, e o desejo violento, obscuro e potente percorreu seu corpo, colocando seu pau em posição de sentido.

Ele não acreditara que ela teria coragem de fazer isso.

Tinha certeza de que ela abaixaria as saias até os tornozelos, chocada, que sairia do escritório dele com augusta repugnância e fugiria na noite, esquecendo seu convite imprudente para sempre.

Mas não. A princesa Anastasia ainda estava sentada sobre a mesa, sustentando seu olhar, desafiadora, abrindo as pernas. Aquelas coxas macias acima das ligas, de dar água na boca, pedia pelas mãos, boca e pelos dentes dele. Ah, como ele queria morder aquela carne macia! Queria marcá-la como sua, mesmo sabendo que não podia.

Ele precisava acabar com aquela loucura.

As mãos dele ganharam vida, ansiosas por aquela pele suave e sedosa, mas despreparadas para o calor e a tentação que era Stasia. Ele a segurou pelos quadris, parada, impedindo-a de se expor ainda mais a ele, apesar da pura agonia que fazer isso era. Ele queria ver sua linda boceta rosa mais que tudo no mundo.

Queria saber se ela estava tão molhada por causa daquela disputa entre eles quanto o pau dele estava duro.

— Pare — disse ele, brusco, tanto para si mesmo quanto para ela.

Porque se aquela prova de determinação fosse mais longe, ele transaria com ela ali mesmo, naquela mesa de jacarandá. Ele aceitaria tudo que ela lhe oferecesse e muito mais.

Mas Archer não podia fazer isso. Ela era virgem e uma princesa prometida a outro e pagara uma fortuna para que ele encontrasse o irmão dela. Archer não era exatamente um homem honrado, nem um cavalheiro, mas tinha uma consciência inconveniente que escolhia aparecer em ocasiões inusitadas.

Ela pestanejou, e aqueles lábios carnudos, vermelhos como uma cereja, sensuais, abriram-se, soltando um suspiro contrariado.

— Pensei que queria me inspecionar como a um cavalo, Tierney.

Céus! Ela jogara as próprias palavras insensíveis dele bem na sua cara. Archer estava tentando lhe dar uma lição e não estava se saindo lá muito bem. Ela era deliciosamente ousada, uma tentação como nenhuma outra que já se sentara em sua mesa, e levantara as saias só porque ele havia pedido. Sua pele era sedosa e quente, seus quadris deliciosamente arredondados. Ele queria subir as mãos, erguer mais suas saias, explorar seu corpo exuberante e feminino de todas as maneiras que pudesse.

— Merece mais que isto, princesa — grunhiu ele, tentando ignorar a dor nas bolas, o desejo implacável de entrar nela. — Uma transa rápida em cima da mesa não é maneira de perder sua virgindade.

— Está brincando comigo — ela estreitou os olhos. — Eu não gosto disso.

Ah, a brincadeira que ele queria fazer com ela não era desse tipo! Ele começaria com aquela boca, depois desceria pelo pescoço até os seios. Os mamilos estariam duros e implorando para serem chupados... ele não conseguia se livrar da sensação de que a princesa Anastasia seria tão ousada e direta na cama quanto fora dela.

Ele engoliu em seco, tentando controlar a luxúria selvagem. *Ela não é minha,* disse a si mesmo. *Não posso tê-la.*

Mas e se pudesse tê-la? E se ele aceitasse o que ela oferecia? Se ele se rendesse ao desejo que trovejava em suas veias?

— Não — rosnou. — Estou lhe provando que é uma tolice tentar se entregar a um estranho.

— Eu não pedi que o senhor me provasse nada. — Seus olhos azuis brilhavam, gelados, enquanto ela o observava com um olhar régio. — Eu lhe pedi que fosse para a cama comigo.

Por todos os santos, aquela princesa acabaria com ele. A determinação de Archer enfraquecia a cada segundo, obliterada pela necessidade de se render à tentação que ela apresentava, pelo anseio de lhe dar o que ela havia pedido e mais.

— Não é isso que quer — protestou ele, mas pensando de novo no argumento dela: que ela ansiava algo para si mesma.

Quero ter algo que seja minha escolha. Que seja só para mim, antes que eu tenha que retomar meu dever, Stasia havia dito.

— Não me diga o que eu quero — disse ela, com voz rouca.

Havia desejo em sua voz, em resposta à luxúria que fazia Archer arder. O jeito como ela olhava para ele, como o desafiava, como se portava... a princesa Anastasia St. George era profundamente inebriante, de uma forma que transcendia sua beleza.

Ele não podia deixá-la escapar.

O corpo de Archer se moveu por vontade própria; sua cabeça se abaixou e seus lábios tomaram os dela. Levemente a princípio, mas, logo mais profunda e fortemente, conforme seu controle cedia. A boca de Stasia era suave, cheia e responsiva, muito responsiva. O cheiro dela, exótico e floral, laranja doce e jasmim, o envolveu. Tudo nela era exuberante, luxurioso e raro, como se fosse uma deusa antiga trazida à vida para subjugá-lo. E ele estava perdido, escravo da potência de sua reação a ela.

Ainda segurando seus quadris, ele se encaixou entre as pernas abertas dela. Ela deu um leve gemido e correspondeu ao beijo, jogando seus braços em volta do pescoço dele e apertando-o contra si. De repente, ele estava faminto. Queria a língua dela, os dentes, queria vê-la ofegante, sem fôlego, com a boca inchada pelos beijos dele, cada centímetro daquele corpo adorável exposto ao seu olhar.

Queria comê-la, estar dentro dela, possuí-la.

A intensidade de sua reação o surpreendeu. Mais que isso: aterrorizou. E isso porque ele era um homem que temia muito poucas coisas.

Ela não é para mim, lembrou a si mesmo, enquanto o assassino que havia dentro dele, que fora forçado a ganhar a vida em um mundo rude e cruel, cantava vitoriosamente. *Minha, minha, minha.*

Minha, enquanto ele lambia a boca de Stasia, saboreando-a pela primeira vez.

Minha, enquanto ela enroscava a língua na sua e os dedos nos cabelos dele.

Minha, enquanto seus dedos subiam mais, erguendo o vestido, anágua e chemise, buscando mais.

Ele nunca tivera medo de pegar o que queria. Dinheiro, poder, imóveis... Havia arruinado homens sem escrúpulos; nada nem ninguém ficara em seu caminho. Então, por que não tomar aquela linda princesa para si também? Ela o procurara. *Ela o escolhera.*

De todos os homens de Londres que teriam caído aos pés daquela linda princesa e beijado sua mão com admiração, ela se oferecera ao filho bastardo de um marquês que havia lutado para sair das profundezas do submundo decadente daquela cidade. Sua ousadia pura e imprudente por si só já deveria ser recompensada.

E acaso ele não lhe daria satisfação? Acaso não a tocaria com mais ternura que um estranho insensato? Ah, as coisas que ele poderia lhe ensinar...

Archer era um pecador, um homem perverso, e a língua da princesa estava se enroscando na dele, os seios esmagados contra seu corpo, intencionalmente convidando-o. As últimas tentativas de se agarrar à sua consciência minguante falharam. Ele a possuiria.

Mas, primeiro, ele lhe mostraria o prazer que ela merecia. Mostraria a diferença entre um homem que a possuiria pensando somente em suas próprias necessidades e um homem que faria amor com seu lindo corpo até deixá-la trêmula, fraca, com a boceta encharcada e dolorida de tanta necessidade.

Com grande relutância, ele abandonou os lábios dela e os foi passando pelo maxilar, sem parar, até chegar à orelha. A respiração ofegante dela era gratificante e provocou ainda mais desejo nele. Stasia o queria tanto quanto ele a ela. Não se equiparavam em posição, mas em paixão, sim.

— Se vai entregar sua inocência, certifique-se de que o acordo valha a pena, princesa — sussurrou Archer, subindo lentamente a mão direita pela parte interna da coxa dela, até encontrar a suavidade aveludada e o calor no centro de Stasia. — É por isso que não pode se oferecer a qualquer homem com um pau entre as pernas. Nem todo sujeito sabe como fazer uma mulher gozar e, mesmo que saiba, muitos não dão a mínima para isso.

Implacavelmente, ele levou os dedos à virilha dela, passando-os levemente pela abertura. Por Deus, ela estava molhada. Encharcada! Ele teve que apertar os dentes para controlar o desejo animalesco que essa descoberta incitara nele.

Molhada por causa de um beijo.

Molhada por causa das provocações.

Molhada e pronta, esperando que ele a tocasse e lhe desse prazer.

— G-gozar? — murmurou ela, tão confusa e inocente que fez Archer gemer.

A princesa de olhos de aço que entrara toda altiva no escritório e friamente lhe oferecera sua virgindade havia desaparecido e, em seu lugar, estava uma mulher mais suave e hesitante. Vulnerável.

Dar-se conta disso foi como um torno apertando o coração de Archer.

Ele riu. Ela era como um cordeiro sendo levada ao matadouro. Mas lhe havia feito aquele pedido, não é? Ele teria se relegado à tarefa de procurar o irmão da princesa. A ideia havia sido dela, mas havia infectado sua mente como uma maldição, então, ele era um homem controlado por seu pau duro.

— Gozar — repetiu, acariciando-a lenta e levemente só com o dedo indicador. — Significa encontrar o prazer, princesa, ter um orgasmo. Experimentar o verdadeiro êxtase, seja sozinha ou com a ajuda de outra pessoa.

— Ah — disse ela com emoçao.

E o pau de Archer ficou ainda mais determinado diante do reconhecimento tácito dela de que já havia se dado prazer antes, que apenas não conhecia o nome daquilo em inglês. Boritano era a língua nativa dela, mas seu inglês era impressionante de tão bom. Quase permitia esquecer que ela provinha de um reino estrangeiro.

Que era uma princesa.

Tudo a respeito dela parecia diferente, raro e fora do alcance das mãos imundas de Archer. Um homem podia se levantar da lama, mas nunca chegar a ser algo mais do que sua natureza permitia. Essa era a lição que Archer Tierney aprendera a duras penas.

No entanto, lá estava ele, com a mão entre as pernas de Sua Alteza Real, acariciando sua boceta encharcada e lasciva.

— Já se tocou antes, não é? — murmurou ele, pegando o lóbulo da orelha dela com os dentes, enquanto com o indicador fazia outro movimento deliberado, recolhendo a umidade na ponta do dedo.

Como ela não respondeu, ele afastou as dobras, pairando sobre o broto inchado no ápice do sexo dela. Um espasmo percorreu os quadris de Stasia.

— Responda, princesa — exigiu ele, pousando os lábios atrás da orelha dela e inalando profundamente seu perfume divino.

Ele tinha certeza de que nada, nem mesmo o céu, teria um cheiro tão bom.

— Sim — sibilou ela, dando-lhe o que ele queria.

— Devassa!

Mas ele sorriu ao dizer isso. E, sorrindo, passou os lábios pelo pescoço de Stasia, sentindo a pulsação rápida e frenética dela.

— Não parece muito chocado — murmurou ela, inclinando a cabeça para trás e se segurando nos ombros dele.

— Nada me choca, minha cara.

Ele não resistiu e deu um beijo no pescoço de Stasia, chupando aquela pele tão sensível.

E se deixasse uma marca? Se deixasse, ela teria que usar pó ou uma echarpe para esconder a evidência. Archer disse a si mesmo que não tinha por que se importar, que ela havia se oferecido, que ele podia pegar o que quisesse.

Mas ele não conseguia deixar de pensar em Stasia retornando à casa do rei da Boritânia em Londres, àqueles guardas com olhos de peixe morto que o tio dela lhe havia imposto. E não gostou nada disso.

— Quando chegar ao orgasmo, então entenderá a diferença — disse ele, girando o dedo sobre a pérola dela de novo. — Alguns homens só se preocupam em saciar a própria luxúria, não dariam a mínima para sua satisfação. Eles enfiariam o pau em sua linda boceta até gozar e, depois, iriam embora.

— Não... não fale neles — murmurou ela, cravando as unhas nos ombros de Archer por cima do paletó e da camisa. — Não quero pensar em mais ninguém. Só em você.

Archer suspeitava que ela não se referia aos homens sem rosto que poderiam tomar sua virgindade, e sim ao marido com quem logo seria forçada a se casar. Ele também não queria pensar nisso ali, com ela em seus braços.

Com a boceta dela encharcada, quente e inquieta enquanto seus dedos a exploravam.

— Merece ser tomada gentilmente, encontrar seu prazer, gozar várias vezes — disse ele contra a pele dela.

Ela se contorceu sob a mão dele e deixou escapar um gemido ofegante. E, pela primeira vez no breve tempo que se conheciam, Sua Alteza Real, princesa Anastasia St. George, não tinha uma réplica para oferecer. Nem uma palavra.

Ele sorriu e lambeu o pescoço dela, fazendo círculos com dois dedos na pérola dela, com mais pressão e velocidade. Archer não podia mentir; tocar Stasia dava tanto prazer a ele quanto a ela. Tocava-a porque não conseguia parar.

— Como está, princesa? — perguntou ele, beijando a delicada protuberância da clavícula dela e dedilhando seu sexo como se ela fosse um instrumento.

— Ótimo — admitiu ela, relutante.

O custo dessa admissão para seu orgulho foi, sem dúvida, imenso.

O sorriso dele se abriu mais. Ela era teimosa, ousada e única, mais afiada que uma adaga. Inteligente e astuta. Ele nem imaginava do que ela seria capaz, e isso fez seu pau estremecer.

— Mais rápido? — perguntou, dedicando-se ao seu ofício, dar prazer àquela mulher. — Mais devagar? Mais forte ou mais suave? Diga-me o que quer, do que precisa.

— Mais rápido — disse ela. — Mais forte.

Ele já deveria saber.

Archer beijou um seio dela por cima do corpete, louco para puxar a fina musselina e revelá-lo, mas decidiu não fazer isso. Não havia necessidade de testar tanto seu autocontrole. Do jeito que estava, ele não sabia se conseguiria deixá-la ir embora aquela noite, embora devesse. Porque aquilo era só uma demonstração. Ele estava lhe dando uma lição sobre o poder que ela tinha sobre um homem e o prazer que merecia. Não a possuiria naquele momento, por mais que a desejasse.

Sentindo que ela estava perto de atingir o clímax, ele tomou sua boca de novo, beijando-a devagar, profundamente, mexendo os dedos sobre o broto molhadinho. Ela enrijeceu por um segundo e estremeceu, empurrando a boceta contra a palma da mão dele enquanto o orgasmo a inundava, gemendo enquanto ele a beijava. Archer a acariciou até que ela ficou mole e parou de cravar as unhas em seus ombros, apenas agarrando seu paletó e puxando-o contra si.

Ele mal podia esperar para possuí-la de verdade.

Mas não daquele jeito.

Ela merecia algo melhor que uma transa frenética em cima da mesa.

Ele abandonou os lábios dela; o desejo por ela queimava em suas veias, mas ele conseguiu ter presença de espírito para formar um pensamento coerente e fingir autocontrole:

— Não é assim que merece ser possuída — disse ele.

Ela ainda estava com os braços ao redor do pescoço dele e com os lábios deliciosamente inchados devido aos beijos.

— Como, então?

— Em meu quarto. Em minha cama.

Enquanto dizia essas palavras, ele se perguntava o que estava fazendo, o que estava pensando!

Ela era virgem, pelo amor de Deus! Uma princesa, e prometida a outro. Ele poderia procurar outra pessoa para saciar o desejo que ela havia provocado, mas tinha certeza de que nenhuma outra mulher serviria.

— Quando? — perguntou ela. — Não tenho muito tempo, logo os guardas de meu tio aparecerão e verão que eu desapareci.

Recordar a situação precária dela foi como uma brasa queimando suas entranhas.

— Quando consegue fugir de novo?

Ela passou a língua rapidamente pelo lábio inferior, deixando-o brilhante.

— Amanhã.

Ele não pôde resistir e, abaixando a cabeça, tomou os lábios dela de novo, encaixando os seus perfeitamente. O ofego dela foi o convite para intensificar o beijo. Só um instante. E mais um. Até que, de repente, Archer a beijava e enroscava os dedos nos cabelos de Stasia, e ela se enroscava nele. O gosto dela era doce e luxurioso, como tudo que ele mais queria.

Quando ela enroscou a língua sinuosamente na dele, Archer não pôde reprimir um gemido. Ela o apertou com mais firmeza entre as pernas, prendendo o pau dolorido dele contra sua boceta, em uma recepção instintiva.

Se não tomasse cuidado, ele perderia totalmente o controle, esqueceria todas as suas boas intenções. E, para um homem como ele, isso seria muito ruim mesmo.

Com relutância, afastou a cabeça, interrompendo o beijo pela segunda vez.

— Venha até mim amanhã, então. Estarei esperando.

Os lábios dela estavam inchados, entreabertos, os olhos vidrados de desejo, mas ela concordou.

— Amanhã.

O tempo até o momento que a teria em seus braços de novo pairaria sobre ele como uma eternidade. Archer não se lembrava de já ter se atraído com tamanha força por outra mulher, de já ter desejado alguma do jeito que ansiava possuir aquela.

Foi preciso todo seu autocontrole para se desvencilhar dos braços dela e dar um passo para trás, abaixar suas saias e esconder aquelas lindas pernas de sua visão gulosa.

Ela parecia tão atordoada quanto ele pelo poder do desejo mútuo. Não havia como negar a atração entre eles, mais quente que o fogo de Hades.

— Até lá, princesa.

Sem esperar a resposta dela, ele deu meia-volta e saiu do escritório, deixando-a em cima da mesa. Porque era sair do quarto ou possuí-la ali mesmo, e o desejo que pulsava dentro dele não era nada confiável.

Ele encontrou seu corpulento mordomo e amigo mais antigo, Lucky, cujo apelido irônico havia sido escolhido havia muito tempo.

— Mande três homens seguirem a dama até a casa dela — disse Archie, seco. — A segurança dela é de suma importância.

— Sim, senhor — disse Lucky, confirmando com a cabeça. — Será feito.

Archer ficou calado um instante, enquanto pensava na princesa andando sozinha por Londres e suas entranhas se enregelavam.

— E Lucky... diga a eles que eu mesmo os matarei se algo acontecer a ela.

Uma vez resolvido isso, ele chamou sua carruagem, decidido a retomar sua busca pelo príncipe boritano desaparecido.

— Alguma notícia, Sua Alteza Real? — perguntou Tansy, baixinho, no instante em que Stasia passou pela janela e voltou para dentro de seu quarto.

Ela sabia a que notícia sua leal dama de companhia se referia: a busca por Theodoric. Mas nenhuma das duas falava o nome do irmão de Anastasia em voz alta dentro das paredes da casa do tio dela, por medo de serem ouvidas. Quando Theodoric fora exilado, todos no reino foram proibidos de pronunciar seu nome, sob pena de morte. E, embora estivessem a uma longa distância da Boritânia, os guardas de Gustavson eram um alerta onipresente, circulando pelos corredores e quartos daquela casa, elegantes e civilizados.

— Ainda não — respondeu ela, retirando sua capa enquanto Tansy fechava a janela depressa, o mais silenciosamente possível.

Graças a Deus havia aquela árvore no jardim, pois lhe permitia sair de seu quarto sem ser vista depois que a escuridão caía.

— O Sr. Tierney me garantiu que não é uma tarefa impossível; ele tem olhos e ouvidos em todos os lugares desta cidade.

— Ainda há esperança, então? — perguntou Tansy, com a voz impregnada de preocupação, enquanto pegava a capa de Stasia.

— Tanto quanto possível — respondeu a princesa com igual cuidado e tom, para que ninguém que estivesse no corredor pudesse ouvir a conversa.

Ela não queria se permitir ter muitas esperanças de que encontrariam Theodoric vivo. Ou de que ele estaria disposto a voltar para a Boritânia. Ou de que ele concordaria com a conspiração do rei Maximilian. A vida de Stasia estava cheia de incertezas.

— Promissor — murmurou Tansy, observando Stasia com seus olhos astutos. — Está ferida, Vossa Alteza Real!

Stasia percebeu que sua dama de companhia se referia a seu pescoço, e sentiu suas faces queimando quando o motivo da marca voltou à sua memória.

Cobriu a marca que a boca de Tierney havia deixado em sua pele sensível.

— Não é nada.

— Eu a avisei do perigo — acrescentou Tansy, franzindo a testa, séria. — Londres está cheia de salteadores. Como se machucou? Roubaram alguma coisa?

— Não foi um salteador — disse Stasia.

Tansy estava aflita, com a pesada capa nas mãos, como se ela contivesse todas as respostas a suas perguntas.

— O que foi, então? Os guardas podem notar se não sarar depressa. Precisaremos de uma explicação. Se eles suspeitarem de alguma coisa...

— Eles não vão suspeitar de nada — disse Stasia, tranquilizando-a e torcendo para estar certa.

Tansy tinha vários cremes e pós capazes de cobrir hematomas. A vida na corte de Gustavson exigia dominar a arte do subterfúgio de mais de uma maneira.

— Foi ele, então?

Sua dama de companhia era muito inteligente e o relacionamento delas era próximo. Tansy era a única confidente de Anastasia. Stasia amava suas irmãs Emmaline e Annalise, mas elas eram mais novas e haviam perdido os dois irmãos em dois momentos diferentes, de duas maneiras diferentes. Seus pais estavam mortos: o pai de uma doença e a mãe pelas mãos de seu tio. Ela não podia confiar em mais ninguém, pois Gustavson enchera a corte de víboras. De modo que ela só confiava sua vida a Tansy.

Mas isso não significava que queria falar com Tansy sobre o que havia acontecido no escritório de Archer Tierney, naquela mesa. Nem com ela nem com ninguém.

Ela ignorou a pergunta; contornou sua dama de companhia, atravessou o quarto e se ajoelhou para tirar as botas.

Mas Tansy a seguiu e se ajoelhou com ela.

— Permita-me, Vossa Alteza Real.

— Posso tirá-las sozinha — disse Stasia, desfazendo rapidamente o nó que havia dado nos cadarços da bota esquerda.

— O rei Maximilian ficará furioso — disse Tansy, afastando os dedos de Stasia para poder tirar a bota. — Não pode correr o risco de arranjar problemas por tal imprudência. A linhagem será questionada quando se casar.

Tansy arrancou a bota de couro apertada, e Stasia flexionou os dedos dos pés. Não lhe agradava que sua dama de companhia estivesse certa.

— O rei Maximilian não precisa saber — retrucou baixinho, trocou a posição dos joelhos e ofereceu a bota direita a sua dama de companhia, permitindo que ela desfizesse o nó dessa vez.

— Está sendo descuidada — murmurou Tansy, olhando para os cadarços.

Sim, estava mesmo. Stasia não gostou do alerta. Sua dama de companhia estava passando dos limites. Mas essa era a natureza do relacionamento delas já havia algum tempo.

— Estou sendo livre — rebateu enquanto Tansy tirava a segunda bota. — Pelo pouco e precioso tempo que me resta antes de me casar com o rei Maximilian, estou sendo uma mulher que pode tomar suas próprias decisões. Que é capaz de decidir o que e quem quer.

E ela queria Tierney.

Queria Tierney com o ardor de um fogo que ameaçava queimar sua alma.

Queria tanto que era capaz de arriscar tudo que amava.

Queria Tierney de uma forma que jamais desejaria o frio e assustador rei Maximilian.

— É um grande perigo ser uma mulher livre — disse Tansy, levantando-se com as botas na mão. — Por que acha que seu tio deseja que se case?

— Para aumentar seu poder e enriquecer seus cofres — respondeu Stasia, contrariada. — Gustavson não tem medo de mim nem me vê como uma ameaça ao seu reinado.

— Não cabe a mim dizer que está errada, Vossa Alteza Real.

Tansy começou a limpar as botas, desviando o olhar.

— Mas acha que estou errada — disse Stasia, seguindo a dama de companhia pelo quarto, franzindo a testa.

— Jamais teria essa presunção.

— Tansy — retrucou Stasia. — Seja sincera.

A dama de companhia suspirou.

— Precisa tomar cuidado. Eu me preocupo, Vossa Alteza é uma ameaça ao rei Gustavson da mesma forma que Reinald foi.

— Eu sou uma sobrinha dócil e leal — disse Stasia, amarga. — Logo farei uma união muito vantajosa com o homem que ele escolheu para mim.

— Se seu tio souber...

— Meu tio não saberá de nada — disse Stasia com mais segurança do que sentia.

Na verdade, cada instante que passava além dos muros daquela casa era um risco grave que corria, e ela sabia disso. Mas estava disposta a correr esse risco pelo bem de seu reino e de seu povo.

— Se for para seu leito nupcial sem sua inocência, o rei Maximilian saberá — murmurou Tansy, tendo o cuidado de falar em voz baixa.

Ela não queria pensar no rei Maximilian nem nas ameaças veladas que ele havia feito quanto à sua lealdade. No que lhe dizia respeito, ela começaria quando eles se casassem. Aqueles últimos momentos fugazes de liberdade em Londres eram somente dela.

— Sabe o que sinto pelo rei Maximilian — recordou Stasia. — Ele é um bruto aterrorizante.

— Ele está em Londres para anunciar seu noivado e pode ser que tenha seus próprios homens a observando, visto que providenciou que usasse a carruagem dele.

Tansy estava séria. Enquanto organizava as escovas e outros itens de toalete de Stasia em uma bandeja de prata, concluiu:

— Precisa tomar mais cuidado, Alteza. Se falhar…

— Não falharei — jurou ela fervorosamente. — Não esqueci o que devo fazer.

Tansy assentiu com relutância.

— Vou preparar um creme para cobrir essa marca.

Anastasia respirou aliviada.

— Obrigada, Tansy.

— Eu lhe peço que se proteja — acrescentou Tansy baixinho, com a voz carregada de preocupação.

— Sim, eu me protegerei.

Embora prometesse, Stasia sabia que, apesar dos avisos de sua dama de companhia e independentemente do perigo inerente, ela se entregaria a Archer Tierney quando o visse de novo. Nada nem ninguém a impediria.

CAPÍTULO 3

Um dos mercenários favoritos de Archer, um homem conhecido apenas como Fera, estava sentado na mesma cadeira que a princesa Anastasia havia ocupado na noite anterior. De primeira, os dois não poderiam ser mais díspares em aparência. Fera era sério e frio, seu olhar castanho mais duro que pedra, um nariz fino em um rosto brutalmente masculino. A princesa tinha olhos de um azul claro, era linda e feminina, lábios cheios e atraentes, um nariz menor e ligeiramente arrebitado, um queixo mais suave, mas não menos determinado.

Mas, ao se analisar com mais atenção, as semelhanças se tornavam aparentes.

Archer podia apostar que Fera, o homem que acabara de entregar um relatório sobre a vigilância da casa do duque de Ridgely — o mais recente posto que ocupava — era justamente o príncipe Theodoric Augustus St. George que a princesa procurava.

— Se isso é tudo, preciso voltar.

Havia uma razão para Archer ter escolhido Fera para ser o guarda-costas de um duque em perigo. O homem era perigoso e destemido, uma combinação mortal. Ele lhe confiaria qualquer tarefa sem hesitação. Mas nunca, nem por um momento, poderia imaginar que por trás da fachada fria e dura daquele homem havia um príncipe.

— Só um momento, por favor — disse ele, impedindo que Fera fosse embora antes que pudessem discutir o verdadeiro motivo pelo qual o havia convocado: sua verdadeira identidade. — Uma pessoa anda fazendo perguntas sobre você.

— Creio que meus serviços não estarão disponíveis por um tempo — disse Theo com ironia, entendendo mal as palavras de Tierney.

— Ninguém perguntou por seus serviços — disse, observando aquele mercenário que conhecia havia tanto tempo e imaginando que verdade esconderia envolta em segredos e mentiras. — Uma dama — acrescentou, observando a reação do outro.

— Qual é o nome dela? — perguntou Fera, esforçando-se para evitar que a intensidade de sua reação transparecesse em seu semblante.

Era hora de testar a reação de Fera.

— Ela alega ser Sua Alteza Real, princesa Anastasia Augustina St. George — disse Archer devagar, observando o semblante de Fera em busca do menor sinal de reação, de reconhecimento.

E não se decepcionou.

O homem ficou pálido, de queixo caído e notava-se o choque em suas feições.

— Stasia? — perguntou.

Era mais que provável que fosse verdade, então. Quase certamente, Fera era o príncipe exilado.

Stasia. O apelido combinava com ela. Talvez Tierney o usasse no próximo encontro.

Archer deu uma tragada em seu charuto e calmamente exalou uma nuvem de fumaça.

— Um mercenário que conhece uma princesa boritana... que descoberta interessante!

— Quando ela o procurou? — perguntou Fera.

— Ontem — disse Tierney baixinho, tragando seu charuto, que estava quase reduzido a um toco.

Por um momento, Tierney quase sentiu pena de Fera, mas aquele homem estava mentindo para ele havia anos. Archer não gostava de mentirosos, apesar de ele mesmo já ter enganado muita gente. Inferno, ele não gostava de muitas coisas, mas isso não vinha ao caso.

— Por que acha que ela não estava procurando meus serviços? — perguntou Fera, jogando o queixo para trás, já recuperando a compostura o suficiente para lançar um olhar inquiridor a Archer.

Acaso Archer esperava que ele admitisse calmamente? Se sim, estava fadado a se decepcionar. Fera, que nunca fora um homem de muitas palavras, não parecia propenso a entregar nada.

— Porque ela disse que estava procurando o irmão — Tierney jogou o charuto na lareira com tranquilidade, como se estivessem falando sobre o que haviam comido no almoço. — O exilado príncipe Theodoric Augustus St. George, um homem que, como ela tinha motivos para acreditar, morava em Londres e se autodenominava Fera.

Fera apertou o maxilar.

— Nunca ouvi falar.

Mais mentiras, então.

— Muito bem — disse Tierney devagar. — E o que devo dizer à princesa, caso se rebaixe a me fazer outra visita?

Não havia necessidade de revelar a Fera que a princesa lhe faria outra visita naquela mesma noite; e menos ainda os motivos da visita.

Fera já havia se levantado da cadeira. Ele sustentou o olhar verde e feroz de Archer, mas com um ar amedrontado.

— Diga a ela que o irmão está morto. Eu mesmo o matei.

Com esse pronunciamento severo, ele saiu do quarto, deixando Archer olhando para a porta depois de fechá-la com um estrondo.

— Maldição — murmurou Tierney, levantando-se e passando a mão pelos cabelos.

O que ele esperava? Que um homem que há anos escondia quem era ficasse simplesmente feliz por sua irmã o estar procurando? E o que Tierney diria à princesa quando ela retornasse? A ideia de decepcioná-la pesava como chumbo em suas entranhas.

Mas por que ele se importava? Mal a conhecia! Provavelmente, devido à fortuna que ela lhe pagara por seus serviços. Sim, era só isso.

Ele saiu do escritório, determinado a se distrair.

— Lucky!

Seu mordomo apareceu, carrancudo.

— O que você quer, senhor?

Ele e Lucky haviam percorrido um longo caminho desde os meninos briguentos e abandonados que haviam sido, mas algumas coisas nunca mudaram. Lucky tinha a delicadeza de um paquiderme, e sempre teria; mas Archer não dava a mínima. Lucky salvara sua vida, e esse favor Archer pretendia retribuir por toda a eternidade. Inclusive no Hades, onde provavelmente os dois acabariam um dia.

— Fale-me sobre o meio de transporte que a dama usou em suas últimas visitas — pediu.

Até o momento, Archer havia confiado na palavra de seus homens, passada a ele por Lucky. Mas seu encontro com Fera, a negação dele e sua própria conexão com a princesa não permitiam a Archer parar de pensar nela perambulando por Londres à noite. Em qual carruagem ela se deslocava, e por quê? Ele tinha certeza de que era um veículo particular, não alugado.

— Caro — relatou Lucky sem hesitação. — Pertence a algum ricaço. Fica à espera da dama atrás dos estábulos. Os homens se asseguram de que ela chegue e vá embora em segurança.

— Esta noite, não mande os homens ficarem de olho nela — disse Tierney, decidido.

— Sim, senhor — disse Lucky, com o semblante impassível. — Ela não virá esta noite, então?

— Sim, ela virá — disse Tierney, tentando controlar seus pensamentos pecaminosos sobre a princesa, sem conseguir. Limpou a garganta, sua saliva de repente espessa. — Eu vou acompanhá-la esta noite.

Por mais que confiasse em todos os seus homens, Archer não queria que nenhum deles a seguisse discretamente depois da conversa perturbadora que havia acabado de ter com Fera. Também não queria que ela andasse na carruagem chique de outro cavalheiro. Essas não eram as únicas razões, mas ele não se permitiria pensar nas outras. Naquela noite, ele arrancaria sua princesa das ruas e a levaria pessoalmente a seu covil.

Stasia se aproximava da carruagem que o rei Maximilian enviara para que ela usasse, com a capa firmemente enrolada em volta do corpo, quando um braço passou por sua cintura e a puxou contra um corpo musculoso. Seu coração disparou, o medo a fez ofegar.

— Shhhh. — Lábios quentes e familiares roçaram sua orelha, e uma voz aveludada, prometendo tacitamente pecados também familiares, disse: — Não grite.

Era Tierney. Por que ele estava ali, tão perto da carruagem do rei, segurando-a como se tivesse o direito de fazê-lo?

Você lhe deu o direito ontem, recordou sua consciência.

Ela engoliu em seco, tentando controlar o desejo mesclado com preocupação.

— O que está fazendo?

— Eu a acompanharei esta noite, princesa — disse Archer baixinho, em um tom que não tolerava oposição. — Mande sua carruagem embora e diga ao cocheiro que você mudou de ideia, que precisará dela outra noite, não hoje.

Tão rápido quanto havia agarrado Stasia, Archer a soltou, afastando-se e se fundindo com as sombras de onde saíra, deixando-a ali para fazer o que ele lhe havia pedido. Ela correu até a carruagem para não despertar as suspeitas do cocheiro, para que ele não relatasse nada inconveniente ao rei Maximilian.

Para seu alívio, o cocheiro não questionou seu pedido. Ficou ouvindo o tilintar de arreios e o barulho de rodas enquanto observava a carruagem se afastando. Tierney retornou das sombras, passou um braço ao redor da cintura dela e a guiou depressa, virando a esquina, até onde outra carruagem os aguardava. Assim como a carruagem do rei Maximilian, a de Tierney não tinha identificação.

Sem dizer nada, ele a fez entrar e logo se juntou a ela. Fechou a porta, envolvendo-os em privacidade. Dentro, as persianas estavam fechadas e uma lamparina tremeluzia alegremente, iluminando os suntuosos assentos de couro marroquino. Em vez de se sentar no banco oposto, Tierney se espremeu no assento ao lado dela e, sem esforço, puxou-a para seu colo.

Puxou o capuz do manto dela, deixando-o cair pelas costas. Anastasia o fitou, e já ia protestar contra o atrevimento de Archer quando sua boca cobriu a dela. Todas as objeções se esvaneceram com o calor possessivo dos lábios dele. Ela agarrou as lapelas do sobretudo de Tierney e o puxou contra si, enquanto se abria para aquela língua exploradora. Todas as preocupações e medos que ocupavam a mente dela se dissiparam, substituídos pelo desejo ardente por aquele homem.

A língua dele provocava a dela, mergulhando em sua boca como um ladrão e roubando sua capacidade de resistir. Sob o traseiro dela, a evidência do desejo dele se agitava, grosso, longo e duro. A vontade de montá-lo aumentou. Ela o queria mais e mais. Os lábios dele eram firmes e exigentes, tomavam os dela possessivamente.

Ela soltou um gemido que deixava transparecer o quanto ficava indefesa perto dele e o puxou ainda mais para seu corpo subitamente em chamas. Cada pedacinho dela pulsava cheio de vida, desde o anseio entre suas pernas até seus mamilos duros. Sentia-se inquieta, perigosa e queria mais daquele prazer que ele lhe mostrara na noite anterior. Queria os dedos dele em sua carne íntima, acariciando-a, levando-a ao ápice e fazendo-a estremecer. Queria mais que isso até.

Mas Tierney interrompeu o beijo, afastando seus lábios dos dela.

— De quem é? — perguntou ele.

Ela pestanejou, a mente enuviada pelo desejo.

— Não entendi.

— A carruagem — disse ele, seco. — A quem pertence?

Ah, ele se referia à carruagem do rei Maximilian.

— Pertence ao homem com quem vou me casar — admitiu ela, mas não queria revelar precisamente quem era esse homem.

O noivado deles ainda não havia sido anunciado oficialmente. A cerimônia com esse intuito havia sido ideia do rei Maximilian. Dissera que queria algo digno da monarquia, e Gustavson queria qualquer coisa que lhe propiciasse mais poder e legitimidade. Mas o que seu tio não sabia era que o rei Maximilian também estava usando o anúncio do noivado em Londres como pretexto para encontrar o irmão de Stasia, e que ela mesma estava tornando isso possível.

— Quando for até mim, você usará minha carruagem, não a dele — disse Tierney, com voz firme e inflexível.

Uma exigência. Como se ela não tivesse o direito de se recusar. O olhar verde dele cintilava à tênue luz da lamparina.

— Se os guardas de meu tio me virem entrando na carruagem dele, menos perguntas serão feitas — ressaltou ela.

Ele deu um leve sorriso.

— Que tipo de homem permite que sua mulher circule por Londres sozinha à noite?

O tipo de homem que não podia permitir ter seu nome ligado a investigações sobre um príncipe exilado. O rei Maximilian havia lhe permitido o uso de sua carruagem e lhe fornecera seus guardas, mas ela tinha que cumprir sua parte do acordo.

Que era encontrar Theodoric, não beijar Archer Tierney.

Esse tipo de traição o rei Maximilian não perdoaria e lembrar-se disso fez diminuir um pouco o calor que queimava dentro dela.

— Não importa — disse ela. — Meus meios de transporte não lhe dizem respeito.

Tierney a avaliou com o olhar baixo e uma expressão indecifrável.

— Ele sabe o que você faz quando pega sua carruagem?

— Ele sabe que estou procurando meu irmão — disse ela, empertigando-se e tentando sair do colo dele.

Mas as mãos de Tierney estavam na sua cintura, segurando-a possessivamente e a impedindo de fugir.

— Ele sabe que você implorou para eu te foder?

As palavras dele eram tão duras quanto seu tom; ela sabia que ele estava dizendo algo indelicado, que provavelmente estava se referindo à proposta imprópria dela, mas não entendeu. Embora se sentisse à vontade falando inglês, boritano era sua língua materna.

— O que significa *foder?* — perguntou ela, repetindo a palavra desconhecida que ele havia usado.

O inglês dela era bom, mas, aparentemente, não o bastante.

— Significa levá-la para a cama — disse Tierney. — Enfiar meu pau em você. Possuí-la.

Como ela suspeitava, então.

Ela ergueu o queixo.

— Eu não implorei.

Ele apertou os lábios.

— Sabe o que quero dizer, princesa. Foi devassa ontem à noite sentada em minha mesa, erguendo suas saias para mim, abrindo as pernas. Acha que esse seu noivo ficaria feliz ao saber disso?

O rei Maximilian provavelmente a mataria com as próprias mãos se descobrisse o que ela estava fazendo. Suas palavras de advertência na Boritânia ecoavam na mente de Anastasia. *Quem já duvidou de mim aprendeu com o erro. Muitas vezes, com a vida.*

— Ele não sabe do meu… pedido — disse ela. — Agora solte-me, por favor.

Se ele pretendia ser grosseiro, ela preferia se sentar no assento oposto, longe do cheiro enlouquecedor e do calor dele.

— Por que não quer permitir que seu noivo tenha o privilégio de tirar sua virgindade? — perguntou Archer, ignorando o pedido dela.

— Não posso escolher não me casar com ele, mas posso escolher a quem me entregar pela primeira vez — explicou ela com aspereza. — Se bem que estou repensando a sensatez da minha escolha.

— Hmmm. — Fez ele, subindo uma das mãos da cintura dela ao seio. — Mentirosa.

Ela arqueou as costas e seu corpo traidor confirmou a acusação dele.

— Por que lhe importa como eu chego à sua casa? — perguntou Stasia.

— Porque enquanto for minha, não quero que ande na carruagem dele — disse Archer, fazendo círculos com o polegar no mamilo dela.

Céus, mesmo por cima da roupa, o toque dele era tão incendiário quanto as palavras. *Enquanto for minha.* Por que ela gostara tanto de ouvir isso e da promessa luxuriosa que continha?

— Não pode me dar ordens, Tierney — argumentou, fechando a cara. — Farei o que quiser.

— Errado, princesa — disse ele lentamente, com o ar de um homem que sabia como conseguir o que queria, sempre. — Fará o que *eu* quiser.

Ela não entendia como um homem que não havia nascido com privilégios e poder conseguia manter tamanha autoridade. Ele comandava como se fosse um rei. Sua mão apalpava o seio dela, deslizando devagar, subindo até o pescoço, pegando sua nuca. Talvez ela pudesse permitir a ele essa vitória. Afinal, ela não o veria com frequência. Nunca mais, depois que passasse a ser uma mulher casada.

Pensar nisso a deixou fria e a encheu de pavor. Como seria ser casada com o rei Maximilian, longe de Tierney? O futuro a espreitava, amargo e indesejado.

— Diga — disse ele, chamando a atenção de Stasia de novo, olhando fixo para os lábios dela.

Ela queria que ele a beijasse. Queria os lábios dele nos dela.

— Dizer o quê? — perguntou ela, sem fôlego e mais uma vez confusa.

Ele a puxou para mais perto, com a mão em sua nuca. Devagar. Com cuidado. Não era uma demonstração de força, e sim de domínio. De quanto ela o queria.

Um sorriso lento e satisfeito tomou os lábios sensuais dele:

— Que fará o que eu quiser e usará somente minha carruagem.

Stasia deveria recusar, dizer não a ele. Ela era uma princesa da Casa de St. George.

Mas ele a beijou, e toda a determinação dela virou cinzas, queimada pelo fogo do desejo. Ela o beijou com mais força, faminta, e ele lhe deu tudo que ela queria, beijando-a com igual ardor. Beijou-a tão profunda e apaixonadamente que ela sabia que a boca de nenhum outro homem se compararia à dele. Ninguém mais seria suficiente para ela depois dele. Quando ele pegou seu lábio inferior com os dentes e o mordiscou, ela gemeu.

Ele lambeu onde mordeu, depois beijou seu queixo, seu pescoço...

— Diga, princesa.

Ela não se sentia capaz de contrariá-lo.

— Usarei sua carruagem — disse ela, certa de que prometeria a Archer Tierney qualquer coisa que ele quisesse.

— Pode ter certeza de que vai mesmo.

Mesmo triunfando, aquele homem não tinha um pingo de humildade.

Alguém deveria lhe dar uma lição. Mas seu sorriso era lindo, pecaminoso, vitorioso e, para o azar de Stasia, ela não conseguia invocar um pingo de arrependimento por sua capitulação enquanto a carruagem dele os levava pela escuridão até a cidade. Nem sentiu remorso quando ele a recompensou com mais beijos luxuriosos e deliciosos durante o caminho.

CAPÍTULO 4

— *Ele disse* que meu irmão morreu?

A preocupação marcou o lindo rosto da princesa, em uma rara demonstração de emoção, e Archer desejou ter simplesmente a carregado para o quarto quando chegaram à sua casa, em vez de se acomodarem no escritório para conversar. Depois de passar a viagem de carruagem com ela em seu colo, trocando beijos, ele só queria cumprir o segundo acordo que ela fizera com ele, não falar do primeiro.

Mas Stasia estava lhe pagando uma fortuna, e ele tinha uma reputação a zelar. Negócios em primeiro lugar.

— Na verdade, ele disse que havia matado seu irmão — disse a ela, tendo em mente a tarefa que tinha em mãos.

— Esse homem assassinou meu irmão? Como pode me relatar isso de maneira tão insensível? — perguntou ela, fazendo um gesto furioso com as mãos enquanto corria em direção a ele. — Passou a viagem inteira me beijando na carruagem, sabendo que Theodoric está...

Sua voz ficou embargada; ela parou em meio à frase, cobrindo a boca com a mão para abafar o som de sua angústia. Algo dentro dele — onde antes só havia dureza — amoleceu, suavizou seu olhar severo e a completa falta de consideração com qualquer pessoa que não fosse ele mesmo, Lucky, ou alguma das poucas pessoas que ele permitia entrar em seu círculo.

De repente, estava indo até ela e tomando-a em seus braços.

— Eu não acredito que seu irmão esteja morto — tranquilizou-a, acariciando suas costas para acalmá-la. — Fera lhe chamou de Stasia.

O apelido dela parecia certo saindo dos lábios, da língua de Archer. Tão certo quanto ela em seus braços, com o rosto aninhado em seu peito.

— Stasia é como Theodoric me chamava. — Ela o prendeu com um olhar penetrante, o cenho franzido. — E eu o prefiro, particularmente desde que Theodoric foi embora. Faz-me lembrar dele.

A admissão dela consolidou ainda mais a suspeita de Archer de que Fera e o príncipe Theodoric eram o mesmo homem.

— Exatamente o que eu pensava.

Enquanto ele a observava, a lágrima que cintilava no olho de Anastasia deslizou livremente e rolou pela face dela. A vontade de secar aquela gota, de pegá-la com a língua, era ridiculamente forte. Ele resistiu, mas não sabia por quanto tempo aguentaria.

— Outras pessoas na corte sabem que prefiro ser chamada de Stasia — disse ela, mordendo o lábio inferior. — É de conhecimento geral. O fato de esse homem se referir assim a mim não é prova suficiente de que ele é meu irmão.

Por Deus, como ele poderia se concentrar se ela era uma tentação inegável? Teve que se forçar a lembrar a verdadeira razão pela qual ela havia entrado em sua vida; não para atormentá-lo de desejo, e sim para resolver o mistério de onde o irmão dela estava.

— Tenho quase certeza de que Fera é o irmão que está à procura — disse ele, esforçando-se para manter o controle, o que não era fácil com aquele corpo exuberante colado no dele. — Ele ficou surpreso ao saber que você estava aqui em Londres o procurando. Não conseguiu disfarçar sua reação. Tenho fortes suspeitas de que ele não quer ser encontrado; precisarei investigar um pouco mais para ter certeza.

Fera sempre fora distante; um homem difícil de se aproximar. Ousado e cruel quando precisava, nunca se esquivava de fazer um homem pagar suas dívidas de qualquer maneira que se mostrasse necessária. Um excelente aliado para se ter por perto. Em todos aqueles anos trabalhando juntos, Archer nunca suspeitara de que aquele homem fosse um príncipe boritano exilado. Não havia muita coisa que o chocasse ultimamente, mas a chegada de uma princesa à sua casa, solicitando seus serviços, certamente foi uma delas. E, quando ela lhe dera os poucos detalhes que tinha para ajudar no caso, ele se surpreendera ao saber que a princesa acreditava que seu irmão estava usando o codinome de Fera. E havia um Fera no bando de ladrões e mercenários de Archer!

— Mas por que ele não iria querer ser encontrado? — perguntou a princesa.

— Se você lhe disse que eu o estava procurando, por que ele lhe diria que está morto? Não entendo.

— Por que ele foi exilado?

Ela enrijeceu nos braços dele e acabou se afastando.

— Não quero falar nisso.

Com esse pronunciamento firme, ela se virou e ficou andando de um lado para o outro do quarto. Mas se ela pensava que escaparia tão habilmente da pergunta dele, estava enganada. Archer tinha vantagem em todas as interações entre eles, fosse em relação ao seu irmão ou a seu corpo.

— Se não me disser, eu mesmo descobrirei — disse ele lentamente, tirando um charuto da caixa prateada. — Levarei mais tempo para encontrar seu irmão, sem dúvida, mas se prefere que seja assim...

Deixou o resto da frase no ar e deu de ombros, indolente, então acendeu seu charuto na chama de uma vela.

Ela se virou para ele com ar de determinação.

— Não tenho muito tempo. Preciso encontrá-lo.

Interessante...

Ele inalou e exalou devagar, acariciando o queixo enquanto a observava, tentando permanecer imune à clara agitação dela.

— Então me diga por que ele foi exilado.

A compaixão por ela o fez acrescentar, em um tom mais gentil:

— Preciso entender ao máximo as circunstâncias, princesa. Faz parte do meu trabalho.

Ela ergueu o queixo, suas narinas se dilataram. Stasia parecia uma rainha guerreira se preparando para a batalha. Era completamente magnífica.

— Ele foi exilado por se recusar a repudiar nossa mãe, a rainha — disse ela, baixinho. — Primeiro, o torturaram e o deixaram passar fome nas masmorras. E quando ele estava perto da morte, ainda se recusando a pedir a cabeça de nossa mãe, meu tio aceitou mandá-lo embora. Seu retorno à Boritânia seria punido com a morte.

Deus do céu!

E Archer se julgava implacável. Que diabos acontecera dentro do pequeno reino da Boritânia para causar tamanha cisão? Ele procurou o olhar de Stasia e encontrou dor e tristeza.

— Sua mãe... — perguntou, baixinho, temendo a resposta, uma vez que o tio dela estava sentado no trono. — O que aconteceu com ela?

— Ela foi levada à forca por traição.

Ela parecia tão sozinha, estoicamente parada no centro do escritório dele... uma princesa sem ninguém para lhe dar apoio. Sem cortesãos nem interesseiros, com a família despedaçada. Não era de se espantar que o encarasse com tamanha ousadia, tão imprudente. Ele desconfiava que ela havia passado pelo inferno na Terra, e entendia muito bem como era isso.

— A resistência do seu irmão foi em vão, então?

— Ele fez o que pôde. Theo era o mais velho, e como tal, muitos fardos recaíram sobre ele. — Ela sacudiu a cabeça, enxugando mais lágrimas com as costas da mão. — Ele sofreu terrivelmente, pelo que entendi. Fui proibida de vê-lo antes de seu exílio.

Archer jogou seu charuto no fogo e foi até ela, pegando um lenço em seu casaco. A vontade de confortá-la era maior que tudo. Ao se aproximar, ofereceu-lhe o lenço de linho.

— Tome, enxugue seus olhos — disse baixinho.

Ela hesitou por um momento, como se fosse orgulhosa demais para fazer tal concessão. Mas logo cedeu, aceitando a oferta e, ao pegar o lenço, seus dedos roçaram os dele. Apesar da tensão do momento, o toque em sua pele despertou seus sentidos.

— Dadas as circunstâncias, não deveria se surpreender por ele não receber de braços abertos sua chegada a Londres — disse ele, o mais gentilmente que conseguiu. — É provável que ele não confie em Vossa Alteza. E não posso dizer que o culparia, se eu estivesse no lugar dele.

— Não tenho intenção de machucar meu irmão — protestou Stasia, enxugando furiosamente os olhos com o lenço dele, como se aquela ideia tão ofensiva fosse capaz de fazê-la cuspir fogo. — O que eu mais queria, durante todos esses anos de sua ausência, foi que ele voltasse para casa, para a Boritânia. E ainda quero. Nosso reino é o lugar dele, não esta terra estrangeira. Ele é um príncipe de sangue.

— Mas seu retorno seria punido com a morte — ressaltou Archer. — É compreensível que ele queira permanecer em Londres. Seu tio, o rei, realmente o executaria, não é?

Ela sacudiu a cabeça.

— Não quero falar nisso.

Ele ergueu uma sobrancelha.

— Ignorar a verdade não a tornará menos verdadeira, princesa. Seu irmão foi exilado, não poderá voltar à sua terra natal sem perder a vida.

— Há outras circunstâncias em jogo — disse ela friamente. — Circunstâncias das quais o senhor nada sabe.

Archer ia exigir saber exatamente quais eram essas circunstâncias quando um alto e inegável ronco de fome cortou o silêncio. Foi um estrondo inconfundível, e provinha diretamente da princesa Anastasia.

— Está com fome — comentou ele, sem se importar com o excesso de familiaridade.

Eles já haviam cruzado essa linha e ateado fogo nela.

Ela corou.

— Não estou não.

Ele não se surpreendeu por ela negar para não se rebaixar à vulgar necessidade de sustento. Mas não permitiria que ela passasse fome, uma vez que estava em sua casa, sob seus cuidados.

— Então, há um lobo feroz preso embaixo do seu vestido, rosnando.

Ela ficou ainda mais vermelha.

— O único lobo que está rosnando neste quarto é o senhor, Sr. Tierney.

— Quando foi a última vez que comeu? — perguntou ele, imperturbável diante da acusação dela.

— Tomei um chá com torradas no café da manhã.

— Meu Deus, os guardas do seu tio a estão deixando passar fome? — perguntou ele, horrorizado, já pronto para lutar por ela.

— Claro que não — retrucou ela. — A única maneira de escapar deles é fingindo estar doente. Minha dama de companhia lhes disse que estou terrivelmente doente e que mal consigo comer. Eles temem contrair minha doença e não se aproximam do meu quarto.

Egoístas malditos! Se alguém devia ser mandado para a forca, eram os guardas do rei. Ela poderia estar morrendo de verdade, mas eles eram covardes demais para lhe oferecer ajuda. Então, ele recordou a maneira como ela havia evitado a pergunta que lhe fizera no dia anterior, sobre se colocava láudano no chá deles. *Meus métodos são muito menos diabólicos.*

Ela era uma dama atrevida e esperta.

— Não mandaram chamar um médico? — perguntou ele. — Certamente uma princesa boritana doente mereceria tal chamado.

— Mandaram sim — disse ela, e um leve sorriso triste surgiu em seus lábios. — Eles mandaram chamar o médico do homem com quem vou me casar. O médico foi muito bem pago para reforçar minha mentira.

Lá estava de novo o espectro do homem com quem ela deveria se casar. Archer não gostou de recordar isso, nem entendia todas as implicações. Por que o futuro marido dela a estava ajudando a encontrar o irmão? Ele desconfiava de que havia muito mais naquela história do que a princesa havia revelado até então.

E ele pretendia descobrir tudo.

Ele ofereceu sua mão à princesa Anastasia.

— Venha comigo.

Ela olhou para a mão dele, hesitante.

— Aonde? Não posso ser vista sozinha com você.

— À minha cozinha — disse ele. — Meu cozinheiro já se recolheu há muito tempo, mas não vou deixar você passar fome. Vou preparar alguma coisa enquanto me conta mais sobre seu irmão, seu tio e sua terra natal.

Ela hesitou; sentia-se tentada, mas um pouco insegura.

Ele agitou os dedos.

— Venha, princesa, eu não mordo.

Ela pousou a mão na dele.

— A menos que me peça com jeitinho — acrescentou ele com um sorriso provocante, entrelaçando seus dedos nos dela.

Ela apertou os lábios, reprimindo um sorriso.

— Não teremos que nos preocupar com isso, então.

Ele a guiou até a porta do escritório, rindo.

— Desconfio de que vou provar que você está errada. E nós dois desfrutaremos de cada momento.

Archer Tierney realmente cozinhou.

E só para ela.

Fez um ensopado de carneiro com damascos e vagem que ficou delicioso, e ela comeu sem cerimônia; não percebera o quanto estava faminta. Além do ensopado, ele lhe ofereceu algo chamado piccalilli, e ela descobriu que era uma conserva deliciosa, adocicada, da qual nunca ouvira falar. Pão e queijo completaram a refeição surpreendentemente deliciosa. Eles comeram na elegante sala de jantar sem um único criado para os atender, e Stasia não conseguia se lembrar de quando havia desfrutado tanto uma refeição. Sem a pompa da corte, sem olhares a observando, esperando que ela cometesse um erro. Sem a dolorosa sensação de solidão.

Aquela falta de formalidade foi revigorante, mas a companhia era ainda melhor. Tanto que ele havia arrancado dela boa parte da história de seu passado enquanto ela comia tudo que podia. Ele sabia ser charmoso quando queria.

E, como ela estava começando a descobrir, isso era decididamente perigoso.

— E nos últimos dez anos viveu na corte, obedecendo às ordens do seu irmão e do seu tio? — perguntou ele, cativando-a com seu olhar verde brilhante.

— Desde a morte do meu pai, meu tio sempre teve todo o poder — respondeu ela, incapaz de esconder a amargura de sua voz. — Meu irmão, Reinald, era só um peão que servia a seus propósitos e foi removido quando deixou de ser um trunfo para Gustavson.

Um arrepio percorreu a espinha de Stasia ao pensar no misterioso desaparecimento de Reinald. Ela sabia, no fundo do coração, que seu irmão estava morto, provavelmente assassinado por um dos homens do tio. Seu desaparecimento sem explicação havia causado muitas perguntas na corte, mas Gustavson havia se declarado rei na ausência de outros herdeiros homens de St. George. O medo de seu tio e dos torturadores das masmorras a levara à aceitação silente de Gustavson como o novo rei.

— Removido — repetiu Tierney, acariciando o ângulo agudo de sua mandíbula com os dedos longos. — Forçado a abdicar, quer dizer?

Lágrimas ardiam nos olhos dela.

— Assassinado.

Aquela palavra solitária e todas as suas implicações pairavam entre eles, pesadas como o silêncio que se seguiu.

Ele murmurou um xingamento e disse:

— Sinto muito, princesa.

Havia verdadeira compaixão em sua voz, em seus olhos. Uma ternura inesperada em um homem tão duro e severo. Ela havia passado a última década temendo por sua vida, por suas irmãs, chorando a morte dos pais, aterrorizada pela crueldade e tirania de seu tio. Suportara chicotadas e todo tipo de degradação e privação imagináveis. E, depois de passar por tudo isso, Stasia se orgulhava de sua força, de sua determinação indomável. Mas havia algo na suavidade da voz de Archer Tierney, no cuidado dele, que a fazia se sentir vulnerável.

Ela engoliu em seco, tentando controlar a emoção que formava um nó em sua garganta e sufocando um choro de impotência que seu orgulho se recusava a soltar.

— Não precisa ter pena de mim. Outros suportaram coisas muito piores do que eu. Afinal, sou uma princesa mimada e mal-acostumada que foi tratada gentilmente durante toda a vida.

Ela não conseguiu resistir à provocação. Talvez fosse mesquinho da parte dela jogar as palavras de Archer na cara dele, mas saber que essa era a opinião dele sobre ela havia doído.

Ele estremeceu.

— Não tão mimada, estou começando a ver. Nem mal-acostumada, nem tratada gentilmente. Desculpe por tê-la julgado sem conhecê-la, Vossa Alteza.

A formalidade do título parecia errada saída da boca daquele homem sentado à sua frente.

— Chame-me de Stasia, por favor — disse ela baixinho.

Ele a fitou por um bom tempo; ela tinha certeza de que ele recusaria.

— Stasia — repetiu ele com a voz aveludada e pecaminosa.

A voz a envolveu como um abraço e, apesar da tristeza que a dominava por falar de seu passado doloroso, o calor floresceu, afastando um pouco do frio.

Ela tomou um gole de vinho para aplacar seu repentino desconforto.

— Fale mais sobre como seu tio se tornou rei e o que aconteceu com o irmão que você está procurando aqui em Londres — disse Tierney, para romper mais um silêncio que se instaurara.

Grata pelo retorno ao assunto de encontrar Theodoric, ela pousou sua taça de vinho na toalha de mesa branca como a neve.

— Meu pai esteve doente um tempo. Em seu leito de morte, sua mente estava frágil e ele era facilmente manipulado. Meu tio conseguiu persuadi-lo de que minha mãe o havia envenenado e que essa era a razão de sua doença. Então, meu pai lançou um decreto real que dizia que todos os seus filhos deveriam repudiar minha mãe e exigir que ela fosse mandada à forca. Eu era uma menina de quinze anos na época, aterrorizada pelo crescente poder do meu tio na corte e sobre meu pai, e tinha medo de ser mandada para as masmorras. Minhas irmãs Annalise e Emmaline tinham apenas dez anos. Fiz o que achei que deveria fazer para prote-gê-las e agi como meu tio e meu pai ordenaram. Meu irmão Reinald se tornou rei quando meu pai morreu, mas ele sempre esteve sob o controle de Gustavson. Eu o via muito pouco depois que assumiu o trono. Nunca fomos livres para falar abertamente com Reinald. Ele ficava nos aposentos do rei por semanas a fio. Até que chegou o dia em que desapareceu e nosso tio se declarou rei.

Sua voz tremeu de tristeza pelo destino de seu irmão e sua mãe e de dor pelo que acontecera depois que Gustavson assumira o trono. Ele passara, sistematicamente, a destruir toda a prosperidade da Boritânia; sua ganância e corrupção consumindo a corte e o reino. E ele acabava com qualquer pessoa que ousasse desafiá-lo.

Ela respirou fundo, trêmula, antes de continuar.

— Pois então, é por isso que procuro meu irmão Theodoric. A última esperança para a Boritânia e minhas irmãs está nas mãos dele.

O semblante de Tierney era sombrio; um músculo latejava em sua mandíbula.

— E você?

Ela sustentou o olhar dele.

— Eu me sacrificarei alegremente pelo bem do meu povo e da minha família. Já deveria ter feito isso antes; deveria ter sido tão corajosa quanto Theodoric e me recusado a repudiar nossa mãe. Não há um dia que passe sem que eu pense, com o mais profundo arrependimento, na escolha que fiz. Eu farei qualquer coisa para encontrar meu irmão e pagar pelos meus pecados.

— Mesmo que isso signifique um casamento que não quer.

Ela concordou, pensando no rei Maximilian e sua crueldade fria, o futuro sombrio que a aguardava em um casamento sem amor com um homem que temia.

— Como eu disse, farei qualquer coisa.

— E se arriscar procurando seu irmão exilado.

— Sim.

Stasia não podia mais encará-lo, pois as emoções que a dominavam eram muito fortes e ela não queria mostrar a ele sua vulnerabilidade. Olhou para as próprias mãos em seu colo e notou que estava amassando o tecido do vestido desesperadamente.

— Stasia, olhe para mim.

A voz dele era gentil. Dolorosamente gentil. Ela obedeceu com relutância.

— É tão corajosa quanto seu irmão, se não mais — disse ele. — Eu fui um idiota por chamá-la de mimada e mal-acostumada. Você é muito forte.

Mais uma vez, ela precisou desviar os olhos dos dele, mas por um motivo totalmente diferente.

— Obrigada — murmurou ela.

Ouviu-se o som suave da cadeira dele raspando o tapete e, de repente, ele estava ao lado dela, oferecendo-lhe a mão.

— Venha comigo.

Stasia não hesitou. Pousou a palma da mão na dele e permitiu que ele a ajudasse a sair da cadeira. Em silêncio, ele a levou da sala de jantar para a elegante escadaria. Enquanto subiam os degraus lado a lado, ela pensava que seguiria aquele homem até os portões do Hades e além, tamanha a certeza de que era certo estar ao lado de Archer, sob os cuidados dele, com seus dedos entrelaçados.

E essas descobertas eram tão assustadoras quanto o futuro que a aguardava.

CAPÍTULO 5

Archer Tierney não a levou aos portões do Hades.

Ele a levou a seu quarto.

Havia velas acesas ali dentro, banhando o suntuoso interior com um brilho ardente e bruxuleante. O grande aposento tinha um opulento tapete Aubusson, com uma intrincada estampa de rosas e hera em tons de vermelho intenso, verde e dourado. As paredes eram vermelhas e cobertas de pinturas com molduras douradas. Uma olhada rápida revelou uma paisagem tempestuosa, uma cena náutica com um grande veleiro e uma pintura assustadora de um templo em ruínas.

A mobília era elegante: de mogno entalhado ornamentado com bronze. Em uma extremidade do quarto havia uma imponente cama com dossel, cujas cortinas com veludo combinavam com as paredes.

Não havia dúvidas a respeito de para onde ele a havia levado.

Aquele quarto tinha o cheiro dele.

Quando a porta foi fechada, eles ficaram sozinhos como haviam estado na sala de jantar. E, dada a natureza do quarto em que estavam, uma impressionante intimidade acompanhava a reclusão.

Acaso ele havia decidido tirar a inocência dela naquele momento? Não houvera nenhum indício de sedução enquanto jantavam. Ele não havia sido nada além de um anfitrião solícito, certificando-se de que ela comesse bem. Suas perguntas haviam sido de natureza profissional; ela não duvidava de que ele as havia feito para ajudá-lo em sua busca por Theodoric.

— Você me trouxe ao seu quarto — disse ela, voltando-se para ele, com os dedos ainda entrelaçados e as palmas das mãos juntas.

Ele a olhava com um ar solene e uma expressão ilegível.

— Não quer ficar aqui?

A pergunta a pegou de surpresa. Mas sua resposta permaneceu a mesma, a que sempre fora desde o momento que ela decidira se entregar a ele.

— Sim — disse ela sem rodeios.

Ele a puxou para seu peito, cercando-a com seus braços fortes, segurando-a em um abraço do qual ela não sabia precisar tanto. Mas soube quando ele acariciou os cabelos que cobriam suas têmporas, respirando lentamente como se vivesse para sentir seu perfume. E então, com clareza repentina e surpreendente, ela se deu conta de que nenhum homem a abraçara desde que seu irmão Theodoric a procurara, temendo ser levado para as masmorras. Isso fora pouco antes de os guardas do palácio o prenderem.

Antes que o mundo inteiro deles fosse tão brutalmente destruído.

Ela sentiu um arrepio; surgiam dentro dela emoções que há muito tempo estavam guardadas. Emoções que ela nunca pudera se dar ao luxo de reconhecer.

— Stasia.

Nada mais que o nome dela. Como se fosse uma oração.

Ela o abraçou com força, fechando os olhos e confortando-se com o calor daquele corpo musculoso e masculino.

— Você deveria me chamar de Archer — acrescentou ele.

— Archer — repetiu ela baixinho.

Estavam calados; o único som era o leve crepitar do fogo do outro lado do quarto.

— Gosto de ouvir meu nome em seus lábios, princesa.

— Eu também — admitiu ela.

Ela gostava de *tudo* nele. Gostava da sensação de estar entre seus braços. Gostava de estar sozinha com ele. Do timbre profundo da sua voz quando ele dizia o nome dela. Da mão áspera na dela, do olhar vibrante e cor de esmeralda a absorvendo, do seu charme vulgar, da sua sensualidade natural. Gostava de seu queixo afiado e sua determinação de aço.

— Você está tremendo, por quê? Tem medo de mim?

— Eu não tenho medo de nada — mentiu ela.

De fato, isso não era verdade. Ela tinha medo do futuro. Tinha medo do que faria se os guardas do seu tio descobrissem sua traição. Do que aconteceria com suas irmãs e sua terra natal se ela não conseguisse encontrar Theodoric ou se ele se recusasse a voltar para a Boritânia. Tinha medo de se casar com o rei cruel.

— Acho que você é surpreendentemente hábil em se apresentar ao mundo como se não temesse nada — disse ele, subindo as mãos pela coluna dela em uma carícia lenta e reconfortante e roçando com os lábios a orelha dela enquanto falava.

Ele era muito perspicaz. De uma maneira preocupante. Ela nunca conhecera alguém com a habilidade dele de chegar a seu coração. Era como se ele a visse por inteiro, como se estivesse mais exposta do que estivera no dia anterior no escritório dele, com seu vestido e suas anáguas levantados até a cintura.

— Precisei aprender — foi tudo que ela disse, em vez de discutir, pois isso seria irrelevante.

Aquele homem que a abraçava não era alguém que Stasia poderia enganar com facilidade.

Ela nem ousou tentar.

— Você ficou sozinha, à mercê de um homem cruel.

Stasia não deveria concordar com ele; expressar tal opinião sobre o rei da Boritânia era traição, passível de ser punida com a morte.

— Sim — sussurrou, abraçando Archer com mais força, agarrando-se à fina lã de seu casaco.

— E esse homem a quem você foi prometida... ele também é impiedoso?

Stasia não queria falar do futuro marido naquele momento. Ela enrijeceu, e o gelo dominou seu coração só de pensar nisso. O peso do pavor caiu sobre ela.

— Não precisa responder — disse ele baixinho. — Eu já sei.

Ela fechou os olhos. Se ao menos pudesse preservar aquele momento... ficar para sempre nele, abrigada e segura nos braços de Archer Tierney... Parecia um lar para ela. Do jeito que a Boritânia havia sido antes que a ira de seu tio a destruísse. Como era possível que um homem que ela mal conhecia a fizesse se sentir tão à vontade?

— Ele é o homem com quem *devo* me casar — ela se obrigou a dizer, respirando fundo e enchendo seus pulmões com o cheiro de Archer, segurando-o, como se pudesse mantê-lo ali para sempre. — Mas não falemos mais nisso, por favor.

— Como quiser, princesa. Deixe-me cuidar de você esta noite.

Ela não sabia se ele estava pedindo permissão ou dando uma ordem. De qualquer maneira, era incapaz de resistir.

— Por favor.

Ele lhe beijou a têmpora, a face, e então se afastou para fitá-la. Sua beleza masculina feroz a deixou sem fôlego.

— Se quiser que eu pare, diga-me e eu pararei — disse ele baixinho.

O coração dela trovejou.

— Você aceita, então? Você vai para a cama comigo?

Ela não tinha certeza. Com ele, ela nunca tinha certeza. A noite os levara por muitos caminhos sinuosos, até deixá-los ali novamente, naquele que fazia seu corpo doer de desejo. O caminho que a deixara mesquinha em relação à única parte de si mesma que ela poderia entregar como bem entendesse... uma vez e nunca mais.

— Eu cuidarei de você — repetiu ele, sem responder à pergunta dela. — Você passou a vida vivendo sob os caprichos dos outros; terá que se entregar em casamento pelo bem do seu reino; veio para Londres, a primeira liberdade que provou em dez longos anos, só para se dedicar a encontrar seu irmão. Você merece ser a princesa mimada que eu acreditava que fosse, mesmo que só por uma noite.

Que tentadora a oferta que ele lhe apresentava! Mas Stasia notou que ele não havia confirmado que faria o que ela desejava. Percebeu que ele não havia cedido à batalha que travavam. E isso a deixou estranhamente emocionada.

— Você me permitirá fazer isso? — perguntou ele.

Como ela poderia negar? A resposta era tão clara quanto as velas que queimavam no candelabro atrás dele e o iluminavam com um brilho dourado.

— Sim.

Archer abriu um sorriso lento e sensual que fez o calor dominá-la. Tomou os lábios dela em um beijo doce e demorado que a deixou querendo mais quando ele o interrompeu abruptamente e se afastou um pouco.

— Ótimo. Vire de costas.

Ela não obedeceu. Ele sempre lhe dava ordens, e embora Stasia estivesse acostumada a obedecer aos decretos das pessoas que estavam no poder, ela ainda era uma princesa. Não gostava que lhe dissessem o que fazer e esperassem que ela não questionasse, como se fosse natural que obedecesse.

— Vire-se, Stasia — repetiu ele gentilmente quando notou que ela estava paralisada.

Devagar, ela se virou, dando-lhe as costas. Suas anáguas e vestido rodaram quando ela se mexeu.

— Como quiser — disse.

Ele pousou as mãos na cintura dela e apertou, possessivo, e a pegou de surpresa quando a puxou e a aconchegou contra seu corpo. Tão aconchegada que ela sentiu o pau grosso dele cutucando sua lombar.

E então, sentiu a respiração quente dele sobre sua pele e ouviu a voz baixa, profunda e deliciosa em seu ouvido:

— Você é minha até o amanhecer, princesa.

Amanhecer? Apesar do novo langor que a invadiu, sentiu o rápido golpe da preocupação.

Ela virou a cabeça e seus olhares se encontraram.

— Não posso me dar ao luxo de ficar fora tanto tempo. Minha dama de companhia espera que eu retorne muito antes disso.

Tansy já desaprovava ferozmente a decisão de Stasia de perder a virgindade segundo seus próprios termos antes de se casar com o rei Maximilian. Mas, se temesse que algo ruim houvesse acontecido com Stasia, era totalmente possível que alertasse os guardas de seu tio. Stasia não podia correr um risco tão grande, nem mesmo pelo homem pecaminosamente bonito que a segurava em seus braços.

— Garantirei que retorne em segurança e sem que ninguém saiba — afirmou ele baixinho, cheio de confiança e charme.

E, por algum motivo, ela acreditou nele. Seus dias em Londres antes que seu noivado fosse formalmente anunciado estavam acabando, assim como suas horas de liberdade. E ali estava sua oportunidade de conseguir o que queria enquanto ainda podia.

— Já estou arriscando muito andando em sua carruagem — recordou ela.

Se chegasse aos ouvidos do rei Maximilian a notícia de que ela havia mentido aquela noite…

Não, ela não pensaria nisso naquele momento.

Archer beijou-lhe a testa.

— Está pensando demais, minha querida. Conceda-me sua confiança. Não sou homem de oferecer proteção levianamente; de modo que, quando o faço, por Deus, honro minha palavra.

Ela fechou os olhos, incapaz de suportar a intensidade dos dele.

— Eu confio em você.

Ele passou os lábios pelas pálpebras, pelo nariz dela…

— Suas sardas são encantadoras.

Ela abriu os olhos. Os lábios dele estavam nos dela antes que ela pudesse responder. Foi um beijo mais profundo que o anterior. Ele a beijava com habilidade, firme e exigente, com uma maestria ainda mais erótica devido à posição estranha em que estavam. Com as mãos de Archer a apertando, aquela coisa dura em suas costas e os lábios dele se banqueteando nos seus, ela estava completamente à mercê daquele homem.

Aquela mesma emoção proibida e selvagem que explodira dentro dela na noite anterior no escritório dele retornou. Ela estendeu a mão e seus dedos cegos encontraram a nuca de Archer, enroscaram-se nos fios macios de cabelo. Disputavam o comando do beijo, línguas e dentes colidindo. Com um desejo repentino, tão desesperado quanto voraz, ela queria consumi-lo; devorar seus lábios e esfregar-se nele toda sinuosa, como uma gata. Queria mais daquele prazer que ele lhe mostrara antes, queria a mão dele entre suas pernas, queria Archer dentro dela. Queria se perder em um êxtase insano e esquecer a feiura do mundo, a dor de seu passado, a desesperança de seu futuro.

Tinha a sensação de que tudo isso era possível. Como se ela houvesse sido criada para aquele momento a sós com ele, como se seu corpo houvesse sido feito para derreter sob as mãos habilidosas dele. Stasia se sentia imprudente e ousada, de uma forma que não tinha o direito de ser. Sentia-se uma mulher, e não uma princesa. Poderosa e sedutora, e não a prisioneira em que havia se transformado.

Archer a beijou até deixá-la sem fôlego e, então, afastou-se. Pegou a mão dela, levou-a até seus lábios e beijou a parte interna de seu pulso, provocando-lhe um arrepio no corpo todo.

— Esta noite, princesa, quem manda sou eu. Você fará o que eu disser — avisou ele baixinho.

E a princesa Anastasia Augustina St. George, que só aceitava obedecer à vontade de qualquer homem quando sua vida e a de suas irmãs dependiam disso, viu-se concordando. Não porque era fraca e mansa, e não porque o temia. Mas porque ela queria se render a Archer.

Queria ser dele em todos os sentidos.

— Está bem.

— Ótimo.

Ele abriu um sorriso pecaminoso, devagar, que fez os mamilos de Stasia endurecerem. Archer a soltou e deu um passo para trás, e o corpo dela se sentiu subitamente desolado sem seu calor o queimando. Mas, antes que ela pudesse protestar, com dedos ágeis ele começou a desamarrar as fitas do vestido dela. Afrouxou-as com tamanha facilidade e expertise que a fez perceber que ele já devia ter realizado aquela tarefa tantas vezes que tinha a habilidade de uma dama de companhia.

Pensar nisso lhe provocou uma pontada aguda de ciúmes.

— Você já fez isso antes...

Ele deu uma risadinha, sem hesitar em sua tarefa.

— Isso é uma pergunta ou uma observação?

— Uma observação — disse ela, corando.

Que tolice a dela! Claro que ele já dormira com outras mulheres. Archer era estonteantemente bonito, e ela não tinha dúvidas de que nenhuma mulher poderia resistir a ele se jogasse seu charme sobre elas. E por que ela deveria se importar? Stasia havia acabado de conhecê-lo e, quando partisse para Varros, nunca mais o veria. Ele seria dela apenas naqueles momentos furtivos, não para sempre.

Stasia sentiu seu coração se apertar, como se estivesse sendo comprimido por um torno implacável.

— Sim, já — concordou ele, soltando-lhe o corpete. — Mas nunca com uma princesa.

Archer a fazia se sentir uma mulher, em vez de uma princesa, e isso era completamente novo para ela; era algo que jamais havia sentido. Mas ela não disse nada. Ele já se mostrava bastante convencido pelo efeito que tinha sobre ela.

— Suponho que não — disse ela com aspereza.

— Levante os braços.

Ela obedeceu, e ele puxou o vestido pela cabeça de Stasia com um movimento rápido, deixando-a apenas de anágua, espartilho e chemise. Deixou o vestido sobre o encosto de uma cadeira com um cuidado surpreendente. Archer era um homem de muitas contradições, e Stasia se sentia muito atraída por ele e por sua complexidade.

Archer retornou a Stasia e, dessa vez, parou à frente dela, não atrás.

— Agora, as anáguas.

O coração de Stasia deu um pulo ao ouvir isso. Por algum motivo, ela acreditara que ele a deixaria com as roupas íntimas. Na noite anterior, ele não havia removido uma única camada... Mas, afinal, o que ela sabia sobre fazer amor? Seu conhecimento era mínimo, infelizmente.

— O que você pretende? — ela não pôde deixar de perguntar.

Ele deu um sorriso de lobo que fez as entranhas de Stasia derreterem.

— Acaso mudou de ideia, princesa?

A resposta dela foi instantânea e visceral.

— Claro que não.

Archer apertou os lábios, e ela não soube dizer se ele estava reprimindo o riso ou um sorriso de vitória.

— Erga os braços de novo.

Ela fez o que ele pediu. Ele pegou a anágua de linho e a tirou também. A peça foi colocada cuidadosamente sobre sua antecessora e, então, Archer retornou.

— Espartilho.

Engolindo em seco, ela se virou, mostrando-lhe as costas, onde estava o laço do espartilho que Tansy a ajudara a amarrar naquela manhã.

Ele trabalhou rápido no laço e desatou o nó com facilidade, puxando a fita para afrouxá-la e liberando os seios dela, que doeram pela libertação, mas também por certa vergonha que ela sentia.

— Braços.

Ela obedeceu a breve instrução; levantou os braços para que ele pudesse retirar o espartilho também. Sem dizer nada, ele colocou o espartilho em cima da cadeira. Ela lambeu os lábios, sentindo neles o gosto de vinho, liberdade e pecado. De Archer. Tudo que ela mais queria. Tudo que nunca poderia ser dela.

Ele voltou para ela; seu olhar ardia de desejo enquanto a percorria.

— O chemise. Pode tirá-lo para mim?

— Você... você quer que eu fique nua?

Embora se orgulhasse de sua ousadia, ela gaguejou um pouco ao fazer a pergunta. Nunca havia ficado nua diante de um homem.

— Você queria que eu tirasse sua virgindade... o que supôs que isso implicaria? — perguntou ele.

— Não sei — admitiu ela, sentindo as faces vermelhas de novo ao admitir sua ignorância.

Mas se ela esperava que ele sentisse pena dela, estava enganada.

Archer a manteve presa com seu olhar insondável.

— Ainda não é tarde demais, Stasia. Se não é isso que quer, eu a vestirei de novo e você estará livre para ir. Eu a levarei para casa em minha carruagem agora mesmo.

Pensar em perder a oportunidade de conhecer o prazer nos braços dele a estimulou e a fez recuperar a coragem.

— É isso que eu quero — disse, pegando o chemise e tirando-o pela cabeça antes que sua bravura a abandonasse.

Suas roupas se foram. Não exatamente, pois ela ainda apertava o chemise na mão, ao seu lado. Mas estava nua, exceto pelas meias, amarradas com laços de cetim roxo acima dos joelhos. Nua diante do olhar errante dele.

Ela jogou os ombros para trás, aprumando-se diante de sua análise, dizendo a si mesma que não hesitaria.

— Aqui está seu cavalo, Tierney — disse. — Talvez você precise de mais inspeção além da que conduziu ontem.

E, então, ela fez algo bobo e infantil para distrair-se do surpreendente fato de que estava nua diante de um homem que mal conhecia. Pegou seu chemise amassado e o jogou em Archer Tierney. A peça bateu no peito dele e caiu no tapete.

Ele riu de novo, um som áspero, como se não houvesse espaço para leviandade em sua vida.

— Ninguém jamais confundiria você com um cavalo, princesa. Agora, deite-se em minha cama.

Nada poderia ter preparado Archer para a visão da princesa nua diante dele, só de meias, como uma deusa exigindo adoração.

E ele a adoraria.

Pernas bem torneadas, envoltas em meias cor de marfim com rosas violeta bordadas e laços de cetim da mesma cor acima dos joelhos. As coxas dela eram exuberantes, como ele bem recordava, e o prêmio entre elas implorava por sua boca. A cintura de Stasia era estreita e os quadris largos, seios fartos e redondos, com mamilos rosados que ele ansiava por chupar.

E seu porte majestoso evidente em cada movimento, seu olhar azul-gelo brilhando, desafiador, diante dele.

Pelos deuses!

Aquela mulher seria a ruína dele. No fundo de sua alma descrente e surrada, ele sabia disso.

Archer precisava de todo o autocontrole que tinha para conter seu desejo brutal por ela enquanto a via passar por ele e se dirigir à cama.

Mas, tão logo o fogo do desejo que sentia por ela começou a arder, foi subitamente apagado pela visão das costas de Stasia.

O choque fez sua boca ficar seca. Ele caminhou em sua direção e a pegou pelo braço para impedir seu progresso em direção à cama. Uma fúria o sufocava tão feroz, forte e implacavelmente que quase o fez cair de joelhos.

— Quem fez isso com você? — perguntou.

Ela se virou para ele com surpresa nos olhos brilhantes e os lábios semiabertos.

— Não sei do que está falando.

Tentando controlar a raiva por um maldito qualquer ter ousado açoitar sua princesa, ele rangeu e apertou os dentes com tanta força que teve medo de que se desintegrassem. As cicatrizes em relevo na pele lisa dela eram inconfundíveis.

— Suas costas — disse. — Há marcas de chicote nelas.

Mais de meia dúzia de chicotadas, na verdade. Santo Cristo! Só de pensar em alguém levantando a mão contra ela já ficava louco, quanto mais atingi-la com tanta força que deixara uma trilha permanente de sulcos rosados que cruzavam sua espinha e parte superior das costas.

Ela respondeu com o queixo erguido:

— Minhas irmãs mais novas falaram contra meu tio; eu levei a surra por elas.

A estoica aceitação da violência que lhe fora imposta fez o estômago de Archer revirar. Assim como a calma com que ela falava de ter assumido a punição para proteger as irmãs. Tarde demais ele percebeu que a estava segurando com muita força, governado pela reação visceral de seu corpo à visão do sofrimento dela.

Ele a soltou e declarou:

— Eu vou matá-lo para você.

Ele falava sério. Sua meia-irmã havia sido espancada por seu meio-irmão, o marquês de Granville. Archer fizera Granville pagar, com a ajuda de seus amigos poderosos da família Sutton, e juntos, eles se asseguraram de que Portia nunca mais fosse machucada por aquele porco. E ele faria o mesmo por Stasia. Um desejo de protegê-la cresceu dentro dele; naquele momento, se sentia capaz de escalar qualquer muro do palácio inimigo, entrar sorrateiramente e cortar a garganta do rei enquanto dormia.

Ou melhor ainda: cravar profundamente uma adaga entre as costelas dele enquanto estivesse acordado. Não queria um fim misericordioso para um tirano tão implacável.

— Não pode matá-lo — disse Stasia. — Ele é o rei, e tais palavras são consideradas traição.

Ela falou com rigidez, sem nem um pingo de emoção na voz. Archer odiava aquilo, detestava as circunstâncias em que ela estava: um pássaro preso em uma gaiola dourada, um peão para o tio assassino, sem nenhum meio de fugir.

— Não dou a mínima para quem ele é — rosnou Archer. — Quem chicoteia uma mulher como ele fez com você merece engasgar-se com o próprio sangue enquanto agoniza.

A virulência de sua reação poderia ter assustado outra pessoa na posição dela, mas Stasia nem pestanejou diante das palavras dele.

— Perdão — disse Stasia baixinho. — Eu havia esquecido. Minha dama de companhia cuidou dos meus ferimentos o melhor que pôde, mas me avisou que a pele nunca mais seria a mesma. Se preferir, posso soltar meus cabelos. São longos, podem esconder bem as cicatrizes.

Por mais que quisesse ver o cabelo dela caindo solto sobre aqueles ombros, em toda sua rica glória, de jeito nenhum Archer permitiria que ela cobrisse aquelas cicatrizes.

Ela já estava com as mãos em seus grampos de cabelo.

Ele a segurou pelo pulso, impedindo-a de desmanchar o penteado.

— Seu cabelo fica como está, princesa.

Com gentileza e ternura, ele a fez se virar e lhe mostrar suas costas nuas e marcadas. Mais uma vez, a força e coragem dela o surpreenderam. Ele beijou as cicatrizes que marcavam sua carne.

— Essas cicatrizes são a prova de que você é uma pessoa destemida e altruísta.

Os lábios dele percorreram a pele enrugada, os sulcos arroxeados, evidência de quão ferozmente determinada ela era.

— Não sou nada disso — disse ela.

— Você é corajosa.

Beijo.

— Forte.

Beijo.

— Linda.

— Não precisa fazer isso — protestou ela, tentando se virar.

Mas Archer não lhe permitiria convencê-lo a parar. Pegou-a pela cintura e a manteve imóvel.

— Preciso sim — respondeu, e continuou beijando as cicatrizes dela, decidido, admirando-a de uma maneira nova e mais profunda.

Stasia se manteve firme enquanto ele terminava. O calor da pele e o cheiro dela perseguiam o gelo da descoberta de que ela havia sido tão cruelmente chicoteada no passado. E uma nova resolução suplantou a antiga em Archer.

Ele a fez se virar para olhá-la nos olhos, com as mãos ainda na sua cintura.

O brilho nos olhos dela, das lágrimas que Stasia se recusava a derramar, fez uma trinca se propagar em seu interior até rachar. Que mulher fascinante, quanto orgulho e força. Archer sabia que jamais conheceria outra como ela.

— Diga-me o que você quer — disse Archer, com a voz rouca pela emoção reprimida que ele há muito tempo acreditava não ter mais capacidade de sentir.

— Quero que me beije — murmurou ela.

Ele tomou os lábios dela sem hesitação, mostrando sem palavras quanto a queria. Mostrando quanto a achava linda. Quanto sua ousadia e força o faziam ansiar por ela. Ela abriu os lábios, suspirando, e ele lhe ofereceu sua língua, saboreando a doçura do vinho e os mistérios mais doces daquela mulher. Uma princesa que lutara e se sacrificara pelo bem dos outros.

Que ousara arriscar a vida por alguns momentos roubados de liberdade e paixão.

Ele lhe daria isso. Ele lhe daria tudo que ela quisesse.

Tudo que ela quisesse, *exceto* tirar sua inocência. Porque, uma vez que entendia a brutalidade que Stasia enfrentava, a crueldade de seu tio, como poderia permitir que ela corresse um risco tão imenso? Não seria ele a razão de que mais dor ou crueldade fosse infligida a ela. Independente de quão tentadora fosse a perspectiva de tomar sua inocência para si.

Simplesmente não podia. Importava-se demais com o bem-estar dela.

Ele suavizou o beijo; precisava prosseguir devagar, para não perder o controle. A vontade de carregá-la para sua cama e enterrar sua cabeça entre as coxas dela, chupá-la até fazê-la gritar, ficou tão forte que combateu a fúria protetora que sentia por ela. Reunindo todo o autocontrole que tinha, ele arrancou seus lábios dos dela e se sentiu grato pela visão que teve: os cílios fechados sobre seus olhos brilhantes, os lábios entreabertos e inchados dos beijos, como se tingidos por frutas vermelhas amassadas.

Ela era adorável; sua princesa guerreira que tentava proteger todos que podia da ira de seu tio. Mas quem a protegia? Quando o irmão fora exilado e a mãe levada à forca, Stasia ficara à mercê de um homem cruel. Archer jurou a si mesmo que a protegeria da maneira que pudesse, pelo tempo que fosse capaz.

Não seria o suficiente, pensou ele enquanto se inclinava e a pegava nos braços sem esforço.

Ela ofegou, assustada, e se agarrou ao pescoço dele.

— Tierney!

— Archer — recordou ele, louco para ouvir seu nome na voz deliciosa dela.

— Archer — repetiu ela, menos assustada. — Não precisa me levar no colo, minhas feridas já sararam há muito tempo. Posso muito bem andar sozinha.

— Preciso sim — disse Archer, notando que estavam repetindo a mesma conversa de poucos minutos atrás, quando ela dissera que ele não precisava beijar suas cicatrizes.

Ela não pesava nada em seus braços, era uma delícia tê-la contra seu peito. E tendo-a ali, o desejo de mantê-la aumentou, enlouquecedor e fútil, pois jamais poderia tê-la do jeito que desejava.

Mas *podia* lhe dar prazer, isso sim. Podia lhe dar um mínimo do que ela merecia antes que partisse para seu casamento sem amor e o deixasse ali. E era exatamente isso que ele pretendia fazer.

— Você é um homem teimoso — resmungou ela, mas não conseguiu disfarçar a gratidão na voz.

— Você gosta da minha natureza teimosa — provocou ele, tentando amenizar o momento.

Archer não queria que o que estava prestes a acontecer entre eles fosse manchado pela violência do passado.

— Não gosto — disse ela, sarcástica. — Você é demasiado arrogante.

— Você prefere assim.

Ao chegar ao lado da cama, ele a deitou reverentemente, sem se preocupar em esconder sua admiração flagrante, deixando seu olhar passear sobre a nudez dela.

— Meu Deus, princesa, você é deliciosa, dá vontade de devorar.

E era exatamente isso que ele ia fazer.

Archer ainda estava vestido; mas não importava. Na verdade, talvez fosse até melhor, pois as barreiras entre eles tornariam mais difícil para ele perder o controle e ceder à tentação.

— Ainda estou de meias — disse ela, ofegante. — Não devo tirá-las?

Era insuportavelmente erótico vê-la com nada além de meias e ligas. Ele nunca vira nada tão sexy.

— Deixe-as — disse ele, com a voz rouca de desejo reprimido, e se ajoelhou ao lado dela na cama.

Ela ia protestar; ele notou a mudança no semblante de Stasia. Mas o momento de falar havia acabado. Ele se deitou ao lado dela e se apoiou no antebraço, e baixou a cabeça para tomar avidamente o bico de um seio dela com a boca.

— Ah!

O leve suspiro de surpresa dela fez o pau dolorido de Archer pulsar. *Não é com você, meu velho. Terá que esperar sua vez*, pensou ele, ironicamente. Mais tarde, Archer se entregaria à lembrança de sua princesa macia, nua e linda em sua cama, pronta para se entregar a ele. Pensaria em seu mamilo duro enquanto o chupava. Lembraria o doce aroma de laranja e jasmim, a maciez da sua pele.

Ele soltou o mamilo inchado e passou a língua em volta dele, devagar, antes de soprar; um jato de ar quente sobre a carne enrugada.

— Ah — disse ela de novo, com intensidade.

Incapaz de disfarçar o sorriso em seus lábios, ele olhou para o rosto assombrosamente adorável dela.

— Meu objetivo é lhe arrancar mais *ahs* até o final da noite, princesa.

Ela era majestosa, mesmo deitada nua na cama dele, com o cabelo ainda preso em uma elaborada série de tranças, o queixo orgulhoso, o nariz arrebitado reforçando seu ar inerentemente desafiador. Pele beijada pelo sol, tão diferente das pálidas rosadas inglesas que ele conhecia. E, de repente, ele sentiu um ciúme cruel do sol por conta da permissão que tinha todos os dias para adorar seu rosto, seu pescoço. Sua pele era indecentemente bronzeada, seus braços e ombros dourados, ao passo que sua barriga, seios e coxas eram pálidos.

— Diga-me, como você conseguiu se expor tanto ao sol? — perguntou ele, beijando a carne fresca e macia do seio dela.

Ele não podia acreditar que o tirano do tio dela lhe permitia isso.

— Tenho uma sacada em meus aposentos — disse ela. — Ela dá para o oceano, ninguém pode me ver lá. Muitas vezes sou relegada aos meus apartamentos e, quando o sol do verão está quente, fico sentada na sacada para ler, só de robe. O clima da Boritânia é muito mais quente que o da Inglaterra.

Ele podia imaginar sua gloriosa princesa ali, sozinha na sacada, abaixando o robe para expor seus ombros. Seu pau pulsou.

— Sua pele é como o mel — murmurou enquanto apalpava o seio dela, girando o polegar sobre o bico. — Doce e dourado.

Archer pegou o outro mamilo na boca e chupou forte, feliz por vê-la arfar e arquear as costas, oferecendo-se mais a ele. Ela enroscou os dedos nos seus cabelos. Ele continuou chupando, lambendo e mordiscando, até fazê-la se contorcer ali na cama. Então, ele passou a mão pelo quadril de Stasia e foi descendo com a boca pela pele macia da barriga dela.

— Você ainda está vestido — protestou ela.

E ele pretendia continuar assim.

— Não se preocupe com isso — disse ele, colocando-se entre as pernas de Stasia e, com as mãos nas coxas dela, abrindo-as. — Mostre-me sua boceta linda.

Ela fez o que ele pediu; deixou cair as pernas abertas sobre a colcha e se mostrou sem hesitação. A franca aceitação de Stasia de sua própria sensualidade e ousadia o excitaram de uma forma que ele nunca havia experimentado antes. O corpo dela fervia de uma luxúria extraordinária. O sexo dela estava totalmente exposto, como uma flor, todo rosa, molhado pela evidência do desejo, tão perfeito.

Minha, rugiu Archer por dentro, possessivo.

Só esta noite, recordou sua consciência.

Mas ele não queria pensar no tempo tão curto que tinham. Não queria pensar em nada além de deixá-la sem sentidos de tanto prazer.

Sua princesa inquisitiva estava impaciente e curiosa.

— Mas como...

Sua pergunta morreu quando ele abaixou a cabeça e a chupou. O gosto dela inundou os sentidos dele. Almiscarado, doce e delicioso. Ele perdeu o controle; agarrou a bunda dela e a segurou firme para poder se banquetear. Devorou-a com uma entrega implacável, lambendo, chupando e beliscando, fazendo-a gemer, arfar, deitada nos travesseiros, agarrando os lençóis nas laterais do corpo. Ele chupou sua pérola, lambeu sua entrada. Suas coxas tremeram, e ele entendeu que ela já estava quase lá.

Nossa, ele também.

Ele respirou fundo para evitar seu clímax, porque não ia gozar nas calças como um rapazote que nunca havia olhado por baixo das anáguas de uma mulher. Enfiou a língua nela e sentiu a umidade a cobrir, quente e escorregadia.

Nossa!

Ele disse a si mesmo que não poderia enfiar seu pau nela do jeito que queria. Que o importante era o prazer dela. Mas não pôde resistir a reivindicar um pouco do prazer dela para si. Ele lambeu sua fenda e voltou ao broto inchado, e levou um dedo até a entrada, enfiando-o em seu calor apertado e úmido.

— Ah — ela suspirou.

Ele parou para fitá-la.

— Mais?

— Mais — disse ela sem hesitação.

Rogo e demanda sensual, dois em um.

Ah...

Ele enfiou o dedo mais fundo; a boceta dela o apertou. Ele teve que controlar uma onda ofuscante de desejo, o que exigiu todo seu autocontrole para não abrir suas calças e libertar seu pau. Ele queria desesperadamente estar dentro dela, mas teria que se contentar em usar seus dedos e a língua. Não a tomaria por completo.

Archer gemia enquanto trabalhava em sua carne sensível de todas as maneiras que podia. Lábios, língua e dentes, seu dedo deslizando sem esforço para dentro e para fora. Ela estava encharcada, seu orvalho escorria pelo pulso dele; o som úmido provocado por seu dedo a penetrando o tomou de uma ardente necessidade de dar prazer a ela até vê-la gemer e estremecer.

Seu autocontrole já era.

Ele estava feito um animal, faminto por ela. Dois dedos dentro de sua boceta apertada, fodendo-a rápido, profundamente, enquanto chupava seu broto inchado e a estimulava com a língua. Ela enrijeceu, arqueou o corpo na cama e gritou ao gozar, apertando os dedos dele. Archer não conseguia parar de pensar em como seria estar dentro dela enquanto ela gozava, sua boceta ordenhando seu pau até que ele a enchesse com sua semente.

Mas ele não se permitia ceder ao desejo implacável de possuí-la por completo.

Ficou ali com ela, lambendo-a gentilmente enquanto o último espasmo a sacudia, prolongando o orgasmo e arrancando dela cada gota de prazer. Deu um beijo em sua boceta e se deitou ao lado dela na cama, aconchegando-a, saciada, contra si.

Foi só então que ele percebeu que, no impulsivo desejo de fazê-la gozar, irrefletidamente havia se esquecido de tirar suas botas.

CAPÍTULO 6

A carruagem sacudia pelas estradas de Mayfair; embora conhecesse seu interior espaçoso como a palma de sua mão, Archer se sentia um estranho dentro daquele veículo tão bem equipado.

Gostasse ele ou não — e, sem sombra de dúvida não gostou nada —, tudo mudara naquela noite.

Ele se tornara um estranho para si mesmo, um homem que mal reconhecia. Porque sentia algo profundo e indefinível por aquela mulher aninhada confiantemente nele. Algo que o aterrorizava, que o deixava vulnerável; e ele não era um homem que pudesse se dar ao luxo de ser fraco.

— Archer?

A voz suave de Stasia interrompeu seus pensamentos sombrios.

Ele olhou para baixo e viu que ela o fitava com seus olhos azuis brilhando sob a luz da carruagem. O capuz de sua capa estava caído às costas; ela era adorável, e ele não conseguia reprimir o furioso desejo que crescia dentro dele. Archer ansiava por ordenar que a carruagem desse meia-volta e os levasse de novo para sua casa, para poder mantê-la em seu quarto por toda a eternidade.

Ele limpou a garganta.

— Princesa?

— Por que não me fodeu?

Fodeu? Cristo!

Ele franziu a testa.

— Onde aprendeu essa palavra?

Ela ergueu uma sobrancelha, imperturbável.

— Com você.

Ora! Claro que sim.

— Sou uma péssima influência, princesa — disse ele, esfregando o queixo. — Não repita para mais ninguém as palavras que eu digo.

— Então a palavra *foder* é vulgar? — perguntou ela, inocente. — Disse que significava ir para a cama. Não sei se temos um equivalente em boritano.

— Não vou lhe ensinar a dizer palavras vulgares em sua língua materna, princesa — disse ele ironicamente. — Mesmo se as soubesse, deveria mantê-las longe de seus lindos lábios.

Porque se aqueles lábios de frutas vermelhas continuassem pronunciando aquela palavra, era possível que ele enlouquecesse. Ele cairia de joelhos e levantaria o vestido e as anáguas que havia arrumado meticulosamente antes e a chuparia até que ela implorasse por misericórdia.

— Por quê? — perguntou ela em tom de desafio de novo, uma vez que estava na carruagem e não mais deitada, mole e satisfeita, na cama dele. — Só porque você disse?

— Porque você é uma princesa e uma dama — murmurou Archer, percebendo a grande hipocrisia de o maior pecador do mundo, que havia acabado de devassá-la completamente em sua cama, dar instruções sobre os caprichos da etiqueta.

— Mas um cavalheiro pode usar a palavra *foder* impunemente?

Ah, Deus...

Seu pau estava duro de novo; ele não se lembrava da última vez que precisara tanto gozar. A brincadeira espirituosa e a boca suja de Stasia não estavam ajudando em nada. Ele resolveria isso quando voltasse a seu quarto, mas tinha muito medo de se render à tentação e tomá-la.

— Pare de dizer isso, princesa.

— E se eu não parar?

— Se não parar vou deitá-la em meu colo e dar nessa sua bunda linda a surra que ela merece — grunhiu ele, ajeitando-se nas almofadas para diminuir o desconforto de suas calças apertando seu pau.

— Talvez eu goste disso — disse ela.

Deus, aquela mulher era uma feiticeira perigosa. Archer adorava o espírito dela. Na verdade, adorava tudo nela. Das sardas no nariz aristocrático até as solas dos pés delicados.

— Estou levando-a de volta para sua casa — disse ele, severo. — Não há tempo para mais brincadeiras.

Independentemente de quanto ele desejasse que houvesse.

Ela enrijeceu os ombros, o fogo desapareceu de seus olhos.

— Você não respondeu à minha pergunta.

Ah, sim. Ela queria saber por que ele não havia tirado sua virgindade. Por que não havia entrado nela e a fodido do jeito que tão desesperadamente queria.

— Porque não serei eu a razão de mais danos para você, princesa — confessou Archer.

— Ninguém saberia — rebateu ela.

— E se descobrirem? — Ele sacudiu a cabeça. — Não, Stasia. Eu não farei isso.

Ela soltou um suspiro de indignação, determinada e teimosa de novo.

— Como poderiam descobrir?

— Seu marido poderia notar sua falta de inocência na noite de núpcias — disse ele severamente.

Essas palavras foram como veneno em sua língua. Pensar que outro homem a veria como ele a havia visto naquela noite, que a tocaria e beijaria e possuiria, era como uma adaga entre suas costelas.

Ele não suportava pensar nisso.

— Sua dama de companhia, os guardas de seu tio — acrescentou ele. — Há riscos demais. Já sofreu o bastante, e não serei a razão de que mais dor lhe seja infligida.

— Não acha que eu deveria ter o direito de decidir quais riscos escolho correr? — perguntou ela, irritada e desafiadora.

Ela era fascinante. Mas também precisava de alguém para salvá-la de sua própria coragem e determinação. Stasia precisava de alguém para protegê-la, maldição!

— Pode escolher seus riscos como quiser — explicou ele friamente —, mas isso não significa que serei cúmplice deles.

— Isso é um tanto *anrogante* de sua parte — retrucou ela.

Mesmo despeitada, ela era gloriosa. De todas as mulheres naquele maldito mundo, por que ele tinha que se sentir atraído pela única que não podia ter?

— Arrogante — corrigiu ele, divertido pelo raro lapso no inglês dela e grato pela distração do peso da conversa.

Ela fez um movimento desdenhoso com a mão.

— Autoritário e arrogante, Tierney. É isso que o senhor é.

Ah, então ela voltou a chamá-lo pelo sobrenome. Ótimo. Eles precisavam de certa distância mesmo.

Ele apertou os lábios.

— Você não pensava assim há uma hora, em minha cama.

A princesa fungou, e até esse ato foi majestoso.

— Porque eu pensava que o senhor era o tipo de homem que concluía seus trabalhos.

Isso feriu bastante o orgulho másculo de Archer, mas ele a ignorou, pelo bem dela.

— O trabalho pelo qual você me paga, princesa, não é ir para a cama com você. É encontrar seu irmão.

— Claro.

Ela se afastou dele e dirigiu seu olhar para a janela da carruagem e suas persianas fechadas, como se pudesse ver além delas.

— E quando você terá mais notícias de Theodoric?

Um assunto muito mais seguro. Talvez ele houvesse conseguido desviar a atenção dela. Mas sentiu uma pontada de decepção — coisa que ele não tinha o direito de sentir.

— Amanhã — decidiu Archer, pois quanto antes tirasse a princesa Anastasia St. George de sua vida para sempre, melhor seria para ele.

✖ 63 ✖

— Obrigada — disse ela baixinho, mas ainda desviando o olhar. — Meu tempo está acabando, o noivado será anunciado.

Que lembrança indesejada a do homem com quem ela se casaria! Ele sabia que deveria deixar o assunto de lado, mas não conseguia.

— Você não deseja se casar com esse homem que seu tio escolheu? — perguntou ele, com o maxilar tenso.

— Não — disse ela calmamente, com as mãos cruzadas no colo.

— Então, por que simplesmente não foge, agora que está em Londres? — perguntou Archer, curioso. — Pelo que vi consegue fugir dos guardas do seu tio sem que percebam. Certamente, ele não pode forçá-la a se casar estando na Boritânia e você aqui.

Ela se virou para ele com um sorriso impregnado de tristeza.

— Claro que ele pode. Meu tio sabe que farei o que exigir de mim, porque se eu lhe desobedecer, ele matará minhas irmãs.

Archer não estava preparado para essa resposta, que o atingiu com a força de um soco e o deixou sem ar. Deus, o tio dela era um monstro brutal! Ele não sabia o que responder. O que poderia dizer a ela? Palavras eram insuficientes, lamentavelmente. O desejo de tomá-la em seus braços foi mais forte que nunca, mas ele se controlou, pois sabia que se a tocasse de novo, a separação momentânea seria muito mais difícil para ambos.

Então, ele pegou as mãos dela.

— Sinto muito, Stasia.

A carruagem parou bruscamente.

— Eu também — disse ela.

Com a mão livre, ele abriu as cortinas para se certificar de que haviam chegado a seu destino: perto da casa onde ela estava hospedada, mas longe o suficiente para não chamar a atenção.

— Chegamos — disse ele.

Ela assentiu e aprumou os ombros.

— Obrigada.

Pensar nela andando sozinha à noite o perturbou muito.

— Vou acompanhá-la até os estábulos.

Ela retirou suas mãos das dele.

— Não é necessário. Boa noite.

Ela não estava errada em recusar; Stasia sabia onde os guardas de seu tio estavam posicionados, mas Archer não. Ele não tinha desejo algum de, inadvertidamente, causar mais problemas a ela ou que corresse o risco de ser vista. Mas não estava acostumado a se sentir tão impotente, e não gostava disso. Nem um pouco.

— Como quiser, princesa — disse, embora contrariado.

Com um sorriso triste, ela enrolou sua capa mais firmemente ao redor de si e desceu da carruagem. Ele esperou alguns momentos antes de segui-la noite adentro a uma distância discreta. Ela se movia pelas ruas sombrias com uma graça assustadora, o que provava que estava mais que familiarizada com a noite londrina.

Ele se aventurou até os arredores do pequeno jardim nos fundos da casa; seus olhos estavam acostumados à escuridão. Um movimento perto dos galhos baixos de uma árvore solitária chamou sua atenção. Archer observou, perplexo, a princesa escalar até uma janela iluminada e entrar por ela, formando uma nuvem de anáguas cor de marfim e seda púrpura.

— Você ficou horas fora.

Na voz tensa de Tansy mesclavam-se preocupação e desaprovação.

Suspirando, Stasia procurou nas sombras de seu quarto e encontrou sua dama de companhia deitada em uma *chaise longue*, cansada e preocupada, com uma carranca estampada no rosto.

— Imaginei que você já estaria na cama.

— Bem que eu deveria ter ficado nela — respondeu Tansy incisivamente. — E você também.

Era verdade. Mas Stasia estava na cama de Archer Tierney, nua e lasciva, enquanto ele enterrava o belo rosto entre suas coxas. Pensar nisso acendeu o calor e o desejo dentro dela. Como queria ainda estar lá! Queria não precisar ir embora nunca.

Ela limpou a garganta, rezando para que Tansy não lesse seus pensamentos.

— Você sabe por que eu estava fora.

Tansy se levantou e atravessou o quarto em passos silenciosos e determinados.

— Seu propósito inicial não teria exigido a noite toda e metade das horas da manhã.

Ela falava baixinho para evitar carregar sua voz da ira que sentia; Tansy era circunspecta. E Stasia sabia que a raiva de sua amiga era causada pelo medo que sentia por sua própria segurança. Além disso, sua inquietação não era descabida. Stasia havia corrido outro risco naquela noite ficando com Archer por tanto tempo.

Ela abriu o fecho de sua capa, e Tansy a tirou.

— Ele me serviu o jantar. Eu não havia percebido quão faminta estava depois de recusar as bandejas que me foram enviadas.

— Por sete horas? — perguntou Tansy. — Por favor, Alteza, não me tome por tola.

Havia algo diferente na dama de companhia naquela noite. Sua voz tinha um tom áspero que não estivera lá antes.

— Eu nunca a tomaria por tola — disse Stasia baixinho, tomando o braço de Tansy. — Há algo errado. O que aconteceu?

— Claro que há algo errado — sibilou Tansy, afastando-se do toque de Stasia. — Está se colocando em grave perigo agindo de forma tão imprudente.

Um novo mal-estar apertou o coração de Stasia.

— Os guardas do meu tio vieram verificar se eu estava aqui?

— Não. — A carranca de Tansy ficou mais severa. — *Ele* veio.

— Meu irmão?

No instante que a pergunta escapou de seus lábios, ela percebeu como era tola. Theodoric deixara claro que não tinha desejo algum de ser encontrado. A última coisa que ele faria era se arriscar a ir a uma casa vigiada pelos guardas do tio e fazer uma visita social.

— O rei Maximilian — anunciou Tansy severamente.

O pavor gelou o desejo ardente que a queimava desde que estivera sozinha com Archer.

— Ele veio? Por que ele faria uma coisa dessas?

— Vossa Alteza devolveu a carruagem dele, ele queria saber por quê.

As mãos habilidosas de Tansy se moviam com uma pressa incomum, desatando fitas e retirando o vestido de Stasia.

— Não tive escolha senão me encontrar com ele em seu nome.

— Deus — sussurrou Stasia. — Ele não a machucou, não é, Tansy?

— O que faria se ele houvesse me machucado?

A pergunta amarga fez que a culpa tomasse conta de Stasia.

— Ele a machucou?

Em silêncio, Tansy foi soltando a anágua de Stasia, até deixá-la cair no chão.

— Tansy — pressionou Stasia, frustrada e morrendo de medo.

O rei Maximilian era capaz de qualquer coisa, ela sabia disso. Ele a avisara. Mesmo assim, Stasia acreditava que só ela seria obrigada a pagar o preço se ele descobrisse o que estava fazendo. Egoisticamente, ela não havia levado em conta que haveria consequências para Tansy também.

— Este nó não é meu — murmurou sua dama de companhia atrás dela, puxando o laço de seu espartilho.

Isso porque Archer desatara o nó de Tansy, dera a Stasia mais prazer do que ela jamais conhecera e, então, com ternura, recolocara suas roupas como se ela fosse alguém precioso para ele. Alguém merecedor de seus cuidados, apesar de que suas ações naquela noite provavam que ela não merecia os cuidados de ninguém, muito menos os dele. Meu Deus, e se o rei Maximilian descobrisse que ela estivera na cama de Archer? Acaso o mataria, como fizera com tantos inimigos em Varros?

Ela se virou para fitar sua dama de companhia, incapaz de suportar o suspense.

— Conte-me o que aconteceu, por favor.

Seu olhar percorreu o rosto pálido de Tansy e não encontrou nenhum hematoma. Mas ninguém sabia melhor que Stasia que era fácil esconder cicatrizes e manchas arroxeadas.

— Eu disse ao rei que a carruagem havia sido espionada pelos guardas que ficam perto dos estábulos e que perguntas haviam sido feitas — disse Tansy. — Ele ficou grato por sua cautela, teve o cuidado de desempenhar o papel de pretendente preocupado e enganou facilmente os guardas. Ele me mandou avisar que os espiões dele na corte de Gustavson enviaram uma mensagem dizendo que seu tio está ficando desconfiado pelo atraso em anunciar seu noivado. Há rumores de que talvez ele venha a Londres pessoalmente.

Stasia respirou fundo.

— Só isso?

Stasia achava improvável que seu tio deixasse o refúgio de sua corte ou a proteção do Palácio de August, uma vez que era tão vilipendiado por toda a Boritânia devido a seus impostos desastrosos e à corrupção vil. Viajar para tão longe o exporia ao perigo e, tendo apenas recentemente conseguido o poder pelo qual ansiara por tanto tempo, Stasia sabia que ele não faria nada para prejudicar seu governo. Um atraso no anúncio do noivado causado pela doença dela não seria razão suficiente. Era um risco que ela e o rei Maximilian haviam assumido voluntariamente enquanto tentavam encontrar Theodoric.

— Não — disse Tansy mais calma, interrompendo os pensamentos turbulentos de Stasia. — Não foi só isso.

— Ele bateu em você? — perguntou Stasia, temendo que o rei houvesse infligido dor a Tansy. — Ele a ameaçou ou a machucou? Você precisa me dizer, Tansy. Não vou permitir que você sofra por minha causa.

— Não, o rei Maximilian não me bateu — disse a dama de companhia, afastando o olhar de Stasia com inegável culpa. — Ele fez algo muito pior.

— O que pode ter sido? — Sua preocupação aumentou, fazendo o coração de Stasia bater rápido. — Precisa me dizer, Tansy. Por favor.

Com um suspiro trêmulo, Tansy olhou de volta para Stasia.

— Ele me beijou.

— Ele a beijou — repetiu Stasia, chocada, pois em suas interações com o rei Maximilian, ela nunca o considerara um homem com propensões românticas. Ele nunca tentara nada.

Essa revelação abrigava novas e feias implicações.

— Ele a forçou? — perguntou.

— Não — Tansy sacudiu a cabeça, perdendo sua expressão normalmente estoica. — Não houve força. Vossa Alteza, sinto muito pelo que aconteceu. Imploro que me perdoe e que eu possa reconquistar sua confiança.

Stasia olhou para Tansy; as emoções guerreavam dentro dela. Em todos aqueles anos em que Tansy estivera fielmente ao seu lado, ela provara sua lealdade e fidelidade. Era a única amiga e confidente de Stasia, afora suas irmãs mais novas. Depois que seu mundo virara de cabeça para baixo, quando perdera sua mãe e Theodoric, Tansy era o único consolo de Stasia.

Ela confiava sua própria vida a Tansy.

Stasia não sabia o que essa revelação a faria sentir. O rei Maximilian seria seu marido. Um marido que ela não queria e por quem não tinha sentimentos ternos, era verdade. Mas que sua dama de companhia beijasse o homem com quem ela logo se casaria...

— Eu não queria que isso acontecesse, Vossa Alteza — acrescentou Tansy, baixando a cabeça. — Imploro por misericórdia, que eu não mereço. Prometo que isso nunca mais ocorrerá.

— Ele não fez nada para machucá-la? — perguntou Stasia, precisando ter certeza.

— Nada — confirmou Tansy baixinho.

Por ora, isso teria que ser suficiente. Ela gostava demais de Tansy; precisava da amiga ao seu lado. E, por ora, estava mais preocupada em encontrar seu irmão e — ela não podia mentir — ser tomada por Archer Tierney.

— Está perdoada — disse.

Lágrimas brilharam nos olhos de Tansy.

— Obrigada, Vossa Alteza.

— Stasia, por favor. Sempre foi como uma irmã para mim, Tansy, isso nunca vai mudar.

Apesar de seu futuro parecer mais sombrio do que nunca.

— Vossa Alteza é a única irmã que eu tenho — disse Tansy, sem sorrir.

Talvez estivesse pensando em seu passado problemático. Ela ficara órfã quando criança e fora deixada à mercê da corte.

Stasia pegou a mão da amiga e a apertou de maneira apaziguadora.

— Vamos enfrentar essa tempestade como sempre fizemos. Juntas.

Tansy concordou, mas franziu o cenho.

— Mas precisa ter mais cuidado. O perigo está ficando maior, e não sei quanto tempo mais poderemos continuar enganando os guardas ou o rei Maximilian.

A ideia de nunca mais ver Archer, nunca mais tocá-lo ou beijá-lo, nunca mais estar em seus braços, era como uma ferida aberta dentro dela.

— Só mais um pouco de tempo — disse Stasia, na esperança de que fosse o suficiente para encontrar seu irmão e se curar da necessidade de Archer Tierney.

Porque, muito em breve, ela o perderia para sempre. E se não localizasse Theodoric e o convencesse a se juntar na luta deles, sua terra natal e suas irmãs também estariam perdidas.

CAPÍTULO 7

— *O que* quer saber, senhor?
Archer pegou um charuto, fixando seu olhar mais mortal no homem que se contorcia diante dele. Um olhar que prometia um castigo brutal caso mentisse. E, então, exalou como se não tivesse nenhuma preocupação no mundo.

— Tudo o que há para saber sobre Fera — disse.

Betram Hyde se mexeu de novo na cadeira, nitidamente desconfortável. Era um dos homens que trabalhava com Fera para proteger a casa do duque de Ridgely. Após recentes tentativas de assassinato do duque, ele havia contratado Archer e seus homens para protegê-lo. Tinham a dupla tarefa de proteger o duque e sua família, e descobrir quem estava tentando matá-lo. E Archer tinha mais uma tarefa para ele, que não tinha nada a ver com o duque e tudo a ver com a linda princesa em quem ele não conseguia parar de pensar.

Archer desempenhara muitos papéis na vida. Filho bastardo, agiota implacável, espião secreto da Coroa. Depois de anos envolvendo-se com os homens mais perigosos de Londres, arriscando a vida e fazendo sua fortuna, usando cada quantidade por menor que fosse de poder que conseguisse para fazer seu império crescer, era muito estranho ver-se investigando um dos seus. Ele sempre se orgulhara da confiabilidade de seus homens. Pensar que um deles estava mentindo para ele, mesmo inadvertidamente, mantendo sua verdadeira identidade em segredo, era algo que o irritava.

E pensar que ele havia sido tolo demais para perceber que Fera era muito mais do que dizia ser...

Isso doía como o diabo.

— Ele não fala muito — disse Hyde. — É um homem frio, capaz de qualquer coisa.

Até aí, ele já sabia; essa era uma das razões pelas quais ele era um dos mercenários mais confiáveis de Archer. Ele deu outra tragada em seu charuto, contemplativo.

— Há quanto tempo você o conhece? — perguntou.

Hyde coçou a cabeça.

— Dez anos, creio. Há muito tempo. Quando nos conhecemos, ele era puro osso, pálido e magro. Parecia um esfregão com uma caveira espetada em cima.

Dez anos. Havia algo aí. Era uma bela coincidência, de fato. E naquela época Fera não era o homem forte e saudável que é agora. Isso também estava de acordo com o que Stasia lhe dissera sobre seu irmão. Ele estivera perto da morte, dissera ela, depois de ter sido torturado e passado fome nas masmorras de seu tio. Mas Archer precisava saber com certeza antes de convocar Fera para outro encontro com Stasia. Ela era muito importante para ele, e preferia ser amaldiçoado a fazer qualquer coisa para lhe causar mais mágoa ou decepção.

Ele precisava ter certeza.

Archer se inclinou para frente e apoiou os cotovelos na mesa de jacarandá.

— Como se conheceram?

— Ele ficava lá no cortiço — disse Hyde. — Nós dois éramos miseráveis; ficamos um ao lado do outro, saímos de lá o mais rápido que pudemos.

— Ele alguma vez disse algo sobre seu passado?

— Não que eu me lembre. Comentou que a mãe e o pai estavam mortos, só isso. Certa vez, ficou ébrio de cair e disse que seu tio era um maldito cruel.

Ébrio de cair.

Então, Fera ficara embriagado e fora mais honesto do que pretendia ser. Pais mortos, chegado a Londres dez anos antes e um tio que era um maldito cruel. Isso, somado à crença de Stasia de que seu irmão usava o apelido de Fera… bem, não havia dúvidas.

Havia encontrado o homem. O irmão de Stasia era Fera. Archer não tinha dúvidas disso.

Archer deu outra tragada lenta em seu charuto e soltou a fumaça para cima, formando uma nuvem.

— Mais alguma coisa, senhor? — perguntou Hyde, com a testa brilhando de suor.

Era evidente que ele não estava gostando daquele interrogatório.

— Só isso — disse Archer, com dó do pobre sujeito. — Não diga nada disso a Fera, entendeu?

Hyde concordou vigorosamente.

— Sim, senhor.

— Pode ir.

Hyde fez uma reverência e saiu depressa da sala, claramente feliz por ter sido dispensado.

Archer terminou seu charuto; sua mente estava agitada devido aos últimos fatos que havia descoberto. Prosseguir exigiria cautela e cuidado. Fera era um sujeito inteligente e havia mantido seus segredos bem guardados por dez anos. Dada sua reação às perguntas de Archer, era evidente que estava determinado a manter seu passado morto e enterrado. Mas isso não era nada bom, porque havia uma princesa ousada e linda que dependia de Archer para garantir que Fera não pudesse mais se esconder.

Ela lhe pagara o resgate de um rei para fazer isso. Mas não eram as joias reais — que valiam uma fortuna — que ela lhe entregara no primeiro encontro que o incitavam. Ele ficou surpreso ao perceber que se importava muito menos com o valor dos diamantes, esmeraldas e safiras que com a situação da mulher que lhe pagara. Ele não era assim, e não sabia bem o que fazer com essa constatação.

Não havia dúvidas de que a urgência de Stasia o motivava. *Não tenho muito tempo,* havia dito ela com tanto desespero em sua voz sensual. *Preciso encontrá-lo.*

Ele não conseguia se livrar da suspeita de que havia algo que ela estava escondendo dele. Que havia outra razão por trás da necessidade de encontrar seu irmão exilado com tamanha urgência. Não era apenas um reencontro o que ela desejava. Mas qual seria essa outra razão, ele não era capaz nem de começar a adivinhar. Não podia negar que o irritava o fato de ela compartilhar tanto de si mesma com ele — seu corpo, sua paixão, sua inocência —, mas, ainda assim, não revelar toda a verdade.

Muita coisa sobre ela ele ainda não sabia. Muita coisa que ele jamais saberia. E essa amarga percepção era como uma dor em seu âmago.

O que havia em Stasia que o mantinha tão completamente cativo? Ele havia compartilhado sua cama com muitas mulheres, mas nenhuma delas havia conseguido romper sua concha protetora como ela. Suas experiências passadas haviam tido o objetivo de saciar necessidades mútuas; uma distração do mundo sombrio ao redor.

Mas Stasia...

Não havia como negar. Ela era muito mais. Ele não a queria apenas em sua cama; queria conhecê-la; queria a mão dela na dele, queria Stasia ao seu lado, queria saber cada detalhe de seu passado, entender o que a fizera se tornar a mulher que era. E queria protegê-la, beijá-la e estar dentro dela. Queria fazê-la sua para sempre.

Ele sacudiu a cabeça e se levantou, pois sabia que era completamente inútil desejá-la de uma forma que nunca poderia tê-la; assim como era inútil tentar continuar trabalhando essa noite. A contabilidade poderia esperar até o dia seguinte. E a correspondência também. Aproximava-se a hora de se encontrar com Stasia, e a necessidade de vê-la de novo, de tocá-la, beijá-la, sentir seu cheiro, suplantava todo o resto.

Archer saiu de seu escritório e, no corredor, chamou.

— Lucky!

Seu mordomo apareceu, como sempre, ranzinza e sério.

— Senhor?

— Pode trazer a carruagem para mim, por favor? — pediu.

— Vai buscar sua dama? — perguntou Lucky.

Archer soltou um suspiro pesado.

— Ela não é minha, Lucky.

Mas como ele queria que fosse! E isso era terrivelmente assustador.

— Mas poderia ser — apontou Lucky rispidamente. — Nunca vi você assim por causa de um par de saias.

Archer sacudiu a cabeça.

— Se ao menos fosse tão simples assim... Ela está prometida a outro.

E a sensação de reconhecer isso foi como um soco cruel.

Lucky deu de ombros, imperturbável diante da revelação.

— Por que deixar que isso o impeça? Quando quer algo, simplesmente pega. Sempre foi assim, não é?

Sim, certamente havia sido assim no passado. Archer trabalhara implacavelmente para ter tudo que quisesse, fosse por meios justos ou sujos. Poder, dinheiro, influência. Aquela casa na cidade, as mulheres em sua cama, os cavalos. Quando queria algo, simplesmente pegava.

E nunca, em toda sua vida miserável, quisera nada tanto quanto queria a princesa Anastasia.

— Receio que, neste caso, não posso simplesmente tomar essa dama — explicou com cuidado, pensando nas cicatrizes nas costas de Stasia, no perigo inerente à posição precária dela com o tio e os guardas. — Ela já sofreu o suficiente, não serei eu a razão de mais sofrimento na vida dela.

— Talvez fosse melhor deixar a dama decidir — sugeriu Lucky. — Se ela o quiser mesmo, o risco pode valer a pena.

— Não vou deixar que ela se coloque em perigo só porque eu a quero — rebateu Archer. — Tenho escrúpulos, Lucky. Não muitos, mas os poucos que me restam dizem que não posso simplesmente tomá-la sem consequências desta vez.

— Sempre se pode mandar matar o inimigo. É uma maneira incrível de ganhar a afeição de uma mulher.

Archer sorriu, sacudindo a cabeça.

— Sempre posso contar com sua sabedoria.

— Eu não estava brincando — resmungou Lucky. — Bem, vou pedir que tragam sua carruagem.

Com uma leve inclinação, o mordomo corpulento desapareceu, deixando Archer ruminando as palavras dele. Ele não tinha intenção de causar mal algum ao noivo de Stasia, mas Lucky o deixara pensativo. Quem era o homem com quem Stasia seria obrigada a se casar?

Sorrateira, Stasia atravessou os jardins dos fundos da casa; a ânsia de ver Archer Tierney de novo impulsionava cada passo em direção ao local onde, como ela sabia, a carruagem dele estaria esperando. Ela havia passado o dia em seu quarto, escondendo-se dos guardas do tio, vivendo à base de chá e torradas. As horas — até que pudesse estar a sós com Archer de novo — pareciam demorar uma eternidade para passar, o que ela havia suportado com pouca graça. Ficara andando de um lado a outro pelos tapetes até seus pés doerem. Havia tentado se distrair, sem sucesso. Nem ler, nem desenhar, nem bordar haviam lhe oferecido distração suficiente.

Tudo que ela queria era vê-lo de novo. E, para sua vergonha, era um desejo egoísta junto com o desejo altruísta de encontrar Theodoric antes que fosse tarde demais e sua chance de ver seu irmão restaurado ao trono estivesse perdida para sempre. Ela não podia mentir para si mesma. Apesar do perigo, apesar do risco de ser descoberta, apesar da probabilidade de incorrer na ira de seu futuro marido, Stasia queria Archer Tierney. Desejá-lo era um fogo em seu sangue que ela não conseguia apagar. Ele habitava seus pensamentos dia e noite.

A noite anterior ela passara inquieta. Sonhara com ele, seus lábios habilidosos em seu corpo, a língua dele a reduzindo a uma inconsciência trêmula. Mas ela acordara em seu quarto escuro, sozinha, o corpo pulsando de desejo. Um desejo que com relutância ela havia resolvido sozinha, encontrando infalivelmente sua pérola com seus dedos e acariciando-a até sussurrar o nome dele.

Mas não fora o suficiente. Ele despertara o desejo nela. Havia lhe mostrado um prazer diferente de qualquer outro que ela já conhecera sozinha. Era como se ele houvesse destrancado uma porta escondida dentro dela, que ela nem sabia que existia. E, uma vez aberta, ela não podia fechá-la. Precisava dele. Precisava mais do que o prazer que ele já lhe havia dado.

Precisava de tudo.

Naquela noite ela se entregaria a ele. O tempo que eles tinham era precioso e estava ficando mais curto a cada dia que passava. Ele podia recusar o quanto quisesse, mas ela estava determinada.

Aquela seria a noite em que ela perderia a virgindade com Archer Tierney.

O pensamento atiçou as chamas do desejo dentro dela; conforme ela se aventurava pelas sombras, a cada passo sua fome se exacerbava. Ela sentia a umidade entre as pernas, uma dor respondendo bem no fundo do seu âmago que só poderia ser saciada de uma maneira.

A carruagem dele a esperava, como na noite anterior. Ela apertou o passo, sentindo um frio na barriga enquanto se perguntava qual versão do homem enigmático a receberia. Estava ansiosa para vê-lo, para abraçá-lo, para sentir os lábios dele nos seus.

Mas, antes que chegasse à carruagem, uma figura saiu da escuridão e saltou em sua direção, com o braço erguido. À tênue luz dos postes, ela viu o brilho inconfundível de uma lâmina fulminante. O que aconteceu a seguir pareceu se desenrolar em meio a um torpor agonizante e uma velocidade assustadora. Ela gritou quando a adaga desceu em sua direção, cortando sua capa. A dor queimou seu braço quando ela se desviou de seu agressor e correu para a carruagem de Tierney. Atrás dela ouviu-se um rosnado animalesco, seguido por passos tentando alcançá-la. Cada vez mais perto. Botas escorregando nos paralelepípedos molhados.

— Archer! — gritou ela, sem se importar mais se seriam vistos ou ouvidos. A necessidade de sobreviver suplantava todo o resto. — Socorro!

A porta da carruagem já estava aberta e ele corria em direção a ela com uma pistola na mão.

— Stasia!

Tudo aconteceu muito rápido. Archer a puxou para trás de si, usando seu corpo como um escudo. O estrondo ensurdecedor de uma pistola ecoou na noite. O agressor cambaleou para trás, segurando o abdômen, e caiu no beco úmido. Stasia percebeu, estarrecida, que o homem havia sido baleado. Archer atirara nele para salvá-la. Acaso estaria morto?

Que bom, pelos deuses! Ela ouviu um estrondo, seguido por um som agudo, e sua visão começou a escurecer. O choque a deixou indefesa. Ela tombou para a direita, quase caindo, mas se segurou no último instante, apenas cambaleando para o lado.

— Entre na carruagem — ordenou Archer.

A voz dele parecia estranhamente distante e fria. O coração de Stasia batia forte, sua boca estava seca, mas ela obedeceu depressa; conseguiu segurar as saias com ambas as mãos para poder subir na carruagem. A dor queimava, irradiava por todo seu braço, fazendo-a ofegar.

— Stasia? — Ele se virou para ela, preocupado, nas sombras. — O que foi?

— Meu... braço — ela conseguiu dizer, sentindo o mundo girar mais uma vez.

Ela tocou o lugar onde a adaga havia cortado sua capa e um líquido quente encharcou suas luvas de pelica.

— Deus do céu, princesa, está sangrando!

Essas foram as últimas palavras que ela ouviu, então seu mundo inteiro escureceu.

CAPÍTULO 8

Stasia estava ferida. E era tudo culpa dele.

Archer andava de um lado a outro pelo corredor, sentindo-se impotente, furioso e aterrorizado ao mesmo tempo. Alguém ousara machucá-la; derramara seu sangue. O grito dela ainda ecoava em sua mente.

Seu nome.

Ela gritara seu nome.

Archer estava em sua carruagem esperando Stasia, mas ela chegara mais cedo naquela noite. Ele não esperava que ela deixasse a segurança da casa tão antes da hora, mas, mesmo assim, estava ali, de olho nas persianas parcialmente abertas, quando vira um movimento. A noite estava sombria e mais escura que o normal, havia chovido e caído uma névoa densa.

Ele estava tentando exercer cautela extrema; mais cedo, havia mandado alguns homens para investigar o perímetro da casa e determinar onde os guardas do tio dela estavam posicionados. Não queria chamar atenção indevida, alertar os guardas de sua presença, e sabia que eles andavam pelos estábulos a cada meia hora. Por isso, hesitara antes de pular de sua carruagem para defendê-la; um lapso de julgamento do qual ele se arrependeria eternamente. Ele não sabia o que era aquilo nas sombras, até que ela gritou.

Chamou *seu* nome.

Ele era a razão de ela estar em perigo. Esta constatação o torturava. Stasia estava indo até ele. Archer poderia ter mandado uma mensagem para ela; poderia muito bem pagar qualquer pessoa para fazer o que ele quisesse. Mas havia sido egoísta e ganancioso. Queria vê-la de novo.

O braço dela sangrava muito. Ele amarrou sua gravata em volta dele na tentativa de estancar o sangramento. Beijou-a e a tranquilizou, mas morria de medo de perdê-la. Ele ainda não sabia a extensão do dano que lhe fora infligido. O maldito havia esfaqueado o braço dela; Archer notou isso pelo estado da capa. Ele estava acostumado a ferimentos; estava o mais calmo que podia, dadas as circunstâncias. Porque ele nunca havia amparado uma mulher de quem gostava enquanto ela sangrava e sentia dor.

Se ele a perdesse...

Não, ele não pensaria nisso.

Ferimentos da carne sempre sangravam; e a determinação de Stasia era inabalável. Se alguém poderia sobreviver ao que havia acontecido naquela noite, era ela.

Precisava acreditar nisso. Tinha que acreditar nela. Porque não suportava cogitar a alternativa. Entrara na sua vida há poucos dias e já era importante demais para ele.

Era tudo, sussurrou uma voz interior, e ele não pôde negar. Stasia realmente era tudo para Archer, e o pior era que ele não tinha razão nem direito de sentir o que sentia por ela, de se sentir tão conectado, como se Stasia fosse parte dele.

Porque era isso que ele sentia, e não podia negar. Sentia que não conseguia respirar sem ela.

Antes que ele pudesse ponderar mais, a porta do seu quarto se abriu e o médico que ele chamara em desespero para cuidar do ferimento de Stasia cruzou a soleira. Archer correu para recebê-lo.

— Como ela está? — perguntou sem preâmbulos.

— Ela está descansando agora — assegurou o Dr. Crisfield. — O ferimento foi superficial, felizmente. Estou confiante de que nenhuma lesão permanente resultará disso.

O alívio o dominou com tanta força que uma pena poderia ter derrubado Archer naquele momento. Graças a Deus. Ele nunca fora um homem de rezar, mas passara a viagem inteira de carruagem com Stasia nos braços, sangrando e com dor, implorando silenciosamente aos céus que a poupassem.

— Tem certeza? — perguntou com voz rouca, mal conseguindo formar palavras.

Ele nunca ficara em tal estado. O que havia acontecido com ele?

Archer não se reconhecia. Suas mãos tremiam, ele apertava os punhos, impotente.

O médico assentiu.

— Mas precisará ficar de olho nela. Se houver qualquer sinal de febre ou infecção, mande me chamar imediatamente. Os próximos dias são da maior importância.

Febre. Infecção. Essas eram palavras que ele não queria ouvir. Alertas de quão rápido um ferimento pode se tornar mortal. Ela ainda não estava fora de perigo, mesmo o ferimento não tendo sido grave a ponto de causar dano permanente.

Ele falhara com ela, maldição!

Archer engoliu em seco, tentando controlar a culpa e a preocupação.

— O que devo fazer para cuidar dela? Diga, e será feito.

— Ela precisa de repouso — disse o dr. Crisfield. — O curativo deve ser mantido limpo e seco também. Ela é uma mulher obstinada e forte, sua resiliência deve ser elogiada; mas o ferimento provavelmente causará dor, e ela recusou o láudano.

Sua princesa era forte. Uma deusa guerreira que não tinha medo de se sacrificar pelo bem de seu povo. Mas Stasia quase se sacrificara ao ir até Archer aquela noite, e ele não podia permitir que ela corresse outro risco como esse. Precisava fazer alguma coisa.

Ele conseguiu assentir bruscamente para o médico.

— Obrigado por vir tão rápido.

Pagara generosamente pelo atendimento noturno do médico, mas daria até seu último centavo para salvar Stasia. Ele sabia como fazer que os melhores profissionais da cidade fossem correndo à sua porta e nada o impediria de garantir o melhor médico que pudesse ser encontrado.

Crisfield assentiu.

— Não há de quê, Sr. Tierney. Mande alguém me buscar, se necessário.

— Lucky o levará até a porta — disse Archer, acenando para o mordomo e amigo que estava ali perto. — Lucky, dê ao bom doutor um adicional por seu empenho esta noite.

Lucky concordou com a cabeça.

— Sim, senhor.

Archer não perdeu mais um segundo; tinha que ver Stasia, tocá-la, para se assegurar de que o médico havia dito a verdade e ela não sofreria nenhum dano duradouro em função do ferimento que aquele maldito lhe havia infligido.

Ele irrompeu no quarto como um louco e só parou ao estar ao lado dela. Ela estava pálida; seu vestido misericordiosamente intacto devido às mangas curtas, mas a capa precisaria de limpeza e conserto. Um curativo envolvia seu braço esquerdo, visível abaixo da manga curta do vestido. O filho da puta que atacara Stasia provavelmente queria acertá-la no coração. Graças a Deus o maldito estava morto.

Essa percepção foi como gelo nas veias de Archer.

— Como está, princesa? — perguntou, a voz embargada devido a uma emoção reprimida que não queria revelar.

Ela deu um sorriso fraco.

— Melhor agora que seu açougueiro terminou de tratar meu braço.

— Ele é um médico, não um açougueiro — corrigiu Archer gentilmente, como se a distinção importasse, acomodando-se na beira da cama. — Está sentindo muita dor, amor? O dr. Crisfield disse que você recusou o láudano.

— Eu não poderia aceitar. Meu irmão Reinald tomou láudano como tônico e adoeceu. Acredito que, em parte, foi isso que o matou, além do meu tio.

As lembranças do seu passado eram tão afiadas quanto a adaga que havia sido usada contra ela poucas horas antes.

— Nada de láudano, então — concordou Archer, desejando poder fazer algo para tirar a dor dela. — O que posso fazer para ajudá-la a melhorar?

Era uma pergunta inútil, ele sabia. Nada poderia melhorar aquela situação precária. Ela sempre estivera em perigo, mas sua associação com ele aumentara o risco.

— Um pouco de água, talvez — disse ela. — Minha boca está mais seca que a areia das praias da Boritânia no auge do verão.

Ele se levantou, atravessou o quarto e serviu um pouco de água fresca de uma jarra. Quando voltou, ela estendeu o braço ileso para pegar o copo e seus dedos se roçaram. O mesmo choque poderoso subiu pelo braço dele e o fez queimar.

Archer reprimiu aquela reação imprópria. Ela quase havia morrido aquela noite por causa dele, e ele se odiava por isso. Nunca se perdoaria.

Ele observou enquanto ela bebia, sedenta, como se não bebesse água havia uma semana.

— Devagar — advertiu ele gentilmente. — Senão vai passar mal.

Ela baixou o copo, com sua teimosia habitual notavelmente ausente.

— Obrigada.

Ele sacudiu a cabeça, sentindo-se o pior animal do mundo.

— Dar-lhe água é o mínimo que posso fazer.

— Não pela água — disse ela baixinho. — Por me salvar. Se não estivesse me esperando… tremo só de pensar no que poderia ter acontecido.

A raiva de si mesmo aumentou.

— Se eu não lhe houvesse dito para ir até mim de novo, você não estaria na rua à noite à mercê do perigo. Estaria segura em seu quarto, onde é seu lugar, não correndo riscos escalando árvores e se esgueirando no meio da noite. Não se engane, princesa: o que aconteceu com você esta noite foi culpa minha.

— Archer…

Seu nome dito tão ternamente foi o suficiente para incitar um remoinho dentro dele. Seu ser inteiro clamava para que a tomasse nos braços. Para que a abraçasse, sentisse seu coração batendo, seu calor e vitalidade. E nunca mais soltá-la.

Mas Archer não podia.

— Alguém tentou matá-la esta noite — disse ele sem rodeios, embora odiasse aquelas palavras, tanto quanto odiava o que havia acontecido com ela.

— Por que alguém tentaria me assassinar? — perguntou ela, denotando confusão em sua voz suave. — Não há razão para alguém tentar me matar. Provavelmente era um ladrão querendo roubar meus objetos de valor.

— Não, Stasia. — Ele se sentou de volta na cama, tão perto dela quanto podia se permitir. — Se fosse um salteador, não teria tentado esfaqueá-la. Teria apenas exigido sua bolsa e suas joias. Aquele homem se lançou contra você das sombras com a intenção de cravar a adaga em seu coração.

Pensar nisso despertou nele mais frieza que nunca.

Ela entreabriu os lábios, e ele pôde notar a compreensão surgindo nos vibrantes olhos azuis dela.

— Atingiu meu braço esquerdo, sim, mas certamente está enganado.

— Não estou, por mais que deseje estar. Meus homens tiraram o cadáver dele do beco. Suas vestes eram finas demais para um mero batedor de carteira.

— Ele está morto, então... o homem que... o homem — disse ela, com voz anormalmente trêmula.

Ele assentiu, severo.

— Ele teve muita sorte. Se minha bala não houvesse acabado com ele, eu teria tido um grande prazer em torturá-lo lentamente pelo que fez a você. Pelo que pretendia fazer.

— Eu não gostaria disso — disse ela baixinho.

Ele sustentou o olhar dela.

— Princesa, por você, eu transformaria Londres inteira em cinzas. Eu deveria protegê-la e falhei com você esta noite. Sinto muito. Sinto muito, maldição!

— Você não falhou comigo. Você me salvou.

Ela o fitava como se ele fosse um herói, não um canalha movido pela luxúria que a colocara em perigo. Archer não suportava a adulação, a ternura que via ali. Ele não as merecia.

Por isso, teria que acabar com aquela loucura.

Teria que levar Stasia embora.

— Nunca deveria ter permitido que você continuasse andando sozinha à noite. Buscá-la com minha carruagem não é suficiente para mantê-la longe do perigo. De agora em diante, ficará em sua casa, em seu quarto, onde ninguém poderá machucá-la. Encontrarei uma maneira de lhe mandar uma mensagem. Talvez por meio de sua dama de companhia.

Ela ergueu o queixo e, mesmo pálida, cansada e ferida, cada centímetro seu mostrava a princesa fogosa, mais majestosa do que ele jamais havia visto.

— Não é você quem me *permite* fazer alguma coisa. Eu sou dona de mim.

Maldição, Archer deveria ter antecipado que ela discordaria. Mas ele era tão teimoso quanto ela.

— Não vou deixar você se colocar em perigo — disse ele, tensionando o maxilar.

O fogo azul dos olhos dela cintilou.

— Não cabe a você decidir.

— Você acha que consegue subir em uma árvore assim, sangrando, com um braço ferido? Pois eu posso lhe garantir que não consegue.

— Como sabe da árvore? — perguntou ela.

— Eu a segui ontem à noite — admitiu ele. — Queria ter certeza de que voltaria em segurança. Esta loucura tem que acabar, Stasia. Você quase foi morta esta noite.

— Mas quem está morto é meu agressor. Graças a você. Por Deus, eles estavam andando em círculos!

— Não vou discutir com você. Você é muito importante para mim.

Essa declaração ficou pairando entre eles. Era mais do que ele pretendia revelar. Mais, também, do que ele queria sentir por ela, uma mulher que nunca poderia ser verdadeiramente sua.

— Sou importante para você — disse ela baixinho, com uma pitada de emoção que ele não conseguia definir.

Archer não podia negar suas palavras; estava louco por ela. Desde que Stasia aparecera em sua casa pedindo ajuda para encontrar seu irmão, ela assombrava suas horas de vigília e sono. Ele pensava nela o tempo todo. Quando não estava com ela, queria estar. Ensinar-lhe os caminhos do prazer havia sido a forma mais intensa de tortura sensual que ele já havia experimentado. Conhecê-la na pequena medida em que ela havia permitido e saber sobre seu passado havia sido uma lição de humildade. O que Archer sentia por Stasia era incrivelmente forte, a atração entre eles era mais potente do que qualquer outra que ele já conhecera.

— Muito mais do que deveria — anuiu ele a contragosto.

— Então, deixe-me ficar aqui com você.

Stasia prendeu a respiração enquanto esperava a resposta de Archer à sua louca sugestão de mantê-la ali.

Era o que ela queria, claro, mais do que qualquer outra coisa. Era o que seu coração implorava. Também era um risco terrivelmente perigoso, particularmente porque Tansy havia acabado de lhe dar avisos terríveis sobre Gustavson e o rei Maximilian. Mas ela não tinha alternativa; entrar pela janela do seu quarto seria impossível, dado o estado de seu braço, como o próprio Archer acabara de apontar.

E, além desse fato ineludível, Stasia não podia negar que tudo mudara entre os dois aquela noite. Nem podia negar que estar com ele era o certo.

A viagem de carruagem até a casa dele fora esvaecida pela dor, a escuridão e vários sons. Mas Archer a segurara com cuidado nos braços, sussurrando palavras reconfortantes em seu ouvido, esforçando-se ao máximo para evitar que ela fosse chacoalhada enquanto a carruagem corria pelas ruas. E o calor, a força e o cheiro dele permearam o choque por tudo que acontecera. A violência repentina do ataque e o ferimento que ela havia sofrido, juntamente com a perda de sangue, fizeram-na perder a consciência por alguns momentos.

Mas ele estivera ao lado dela o tempo todo. Seu corpo terno, carinhoso e musculoso a envolvera em um abraço do qual ela gostaria de nunca mais sair. Pela primeira vez em muito tempo, Stasia se sentira pertencer a algum lugar. A alguém.

Ele salvara a vida dela. Apesar dos protestos dele em contrário, ela teria continuado a assumir os riscos que andara correndo desde sua chegada a Londres, conhecendo-o ou não. Não tinha escolha, pois sua liberdade era limitada e o rei Maximilian precisava que Theodoric fosse encontrado antes que o noivado fosse anunciado. Não havia dúvida de que, se Archer não estivesse dentro da carruagem, e não estivesse armado e não saltasse do veículo naquele exato momento, ela não estaria deitada na cama dele, com o braço latejando.

— Não posso mantê-la aqui, princesa.

A negativa dele doeu nela muito mais que o ferimento que seu agressor provocara. Graças a Deus o vilão tinha uma péssima mira. Se ele a houvesse atingido alguns centímetros mais para o lado, aquela noite teria terminado diferente.

— Pode sim — disse Stasia, pois ele não tinha escolha, assim como ela. — De fato, deve. Se eu ficar com você, corro o risco de ser descoberta. Mas se eu sair daqui esta noite, também corro esse risco. Como você mesmo disse, não posso subir na árvore com um braço só. Todas as portas da casa estão vigiadas, meu único meio de escapar era a janela do meu quarto, mas não poderei usá-la até que meu braço esteja recuperado.

Um músculo pulsou no maxilar de Archer.

— Se você não voltar até de manhã, sua dama de companhia vai notar. Ela não terá escolha, terá que avisar os guardas de seu tio ou enfrentar um grande perigo ela mesma.

Ela passou a língua pelos lábios secos.

— Existe a possibilidade de que ela possa persuadi-los, por alguns dias, de que minha doença piorou; só até que eu me recupere o suficiente.

— Como ela poderia fazer isso? — Ele sacudiu a cabeça. — Não dará certo, amor.

Ele a chamara de amor de novo. Esse termo carinhoso não lhe escapara. Acaso os ingleses o usavam sem cuidado? Ela não sabia, mas seu coração tolo saltava toda vez que o ouvia, independentemente da cautela de sua mente prática.

— Você disse que poderia me mandar uma mensagem — ressaltou ela. — Não poderia mandar uma mensagem para ela também?

— Céus — murmurou ele, passando os longos dedos por seus cabelos escuros.

Na luz fraca e bruxuleante das velas, ela podia ver reflexos dourados nos fios grossos dele. Archer era muito bonito; estava dividido, e ela ansiava por tocá-lo.

— Ela é leal e de confiança — acrescentou Stasia. — Eu confiei minha vida a ela.

— Isso que você está sugerindo é extremamente imprudente.

Os olhos verdes dele ardiam e queimavam os dela. Stasia sabia que não estava enganada ao ler desejo nas profundezas deles.

— Acho que podemos dizer que cada ação que tomei desde que cheguei a Londres foi insensata — disse ela. — Que diferença faz uma a mais?

Especialmente se isso significasse que ela poderia ficar ali com ele, prolongar o tempo que tinham juntos. Tansy poderia manter afastados os guardas do tio dela e, com sorte, o rei Maximilian também. E Stasia teria Archer só para si por mais alguns dias felizes.

Ele suspirou, esfregando o queixo, bastante dividido.

— Manter você aqui será difícil.

— Por quê? — perguntou ela. — Ninguém sabe que estou aqui com você, exceto Tansy.

Mas se o rei Maximilian descobrisse onde ela estava? Ela não queria pensar nisso naquele momento. Ficar com Archer era o melhor para ela, dado seu ferimento.

— E o homem com quem você vai se casar? — perguntou ele, como se houvesse lido os pensamentos dela.

A culpa se fez presente, misturando-se ao mesmo medo permanente que gelava seu estômago sempre que ela contemplava seu futuro como noiva relutante do rei Maximilian.

— Ele nunca saberá. Estou confiante de que minha dama de companhia será capaz de manter todos afastados por alguns dias.

Na verdade, se o rei Maximilian fizesse outra visita inesperada exigindo vê-la, Stasia não sabia o que poderia acontecer. Mesmo assim, as outras escolhas eram impossíveis. Seu braço doía, e qualquer tentativa de subir na árvore do jardim provavelmente agravaria o ferimento, e seria terrivelmente doloroso.

— Como pode ver, não temos outra opção além desta — acrescentou ela, uma vez que ele se mantinha em silêncio, com o semblante impassível.

— Farei todo o possível para mandar uma mensagem à sua dama de companhia — cedeu ele, ainda sombrio e relutante. — Ela fala inglês, não é?

O alívio tomou conta de Stasia.

— Fluentemente.

— Ótimo — disse Archer, buscando o rosto dela com o olhar já mais suave. — Agora, descanse um pouco. Foi uma longa noite, e imagino que esteja cansada.

Ele se levantou e se virou, pronto para sair do quarto. Cedo demais; ela não queria que ele se fosse. Nem naquele momento, nem nunca.

— Archer? — chamou-o.

Ele parou, lançando um olhar para trás.

— Você também é importante para mim — confessou Stasia.

Archer ficou em silêncio por um momento, com o rosto inflexível, o olhar duro e severo, os lábios sensuais apertados.

— Mas não deveria ser, princesa — disse enfim. — Não sou digno de você.

Antes que ela pudesse protestar, ele se foi.

CAPÍTULO 9

Ordenar que um de seus homens subisse em uma árvore em um jardim de Mayfair e invadisse o quarto de uma dama era um pecado novo e peculiar para Archer. Felizmente, o feito insolente funcionou. Seu capanga retornou ileso; passara despercebido pelos guardas posicionados ao redor da casa. O mais importante era que conseguira entregar o bilhete que Archer escrevera para a dama de companhia de Stasia, no qual explicava as circunstâncias da noite. Foi o mais vago que pôde, uma vez que sabia que era possível que alguém interceptasse o bilhete antes que chegasse à destinatária.

Seu capanga esperara a resposta antes de descer da árvore e desaparecer na noite.

Archer pegou de sua mesa a resposta concisa da dama de companhia e a leu de novo.

Minha lealdade, como sempre, é de Sua Alteza. Farei o máximo para evitar que outros descubram sua ausência, mas recomendo três dias, no máximo, antes que as suspeitas surjam; mas melhor antes, se possível.

Atenciosamente, T.

Obs.: Devo insistir que, caso ocorra uma infecção, eu seja notificada imediatamente.

Não foi a exigência contida no bilhete o que mais o impressionou; nem o tom frio, quase condescendente. Foi a fixação do tempo: três dias.

Archer fechou os olhos. Cada um daqueles três dias seria uma tortura pura e total, por saber que as horas que poderia passar com Stasia ali, sob seu teto, eram finitas.

Ela estava na cama dele, dormindo inocentemente e se recuperando dos eventos cruéis de meras horas antes. Não, Archer não podia esquecer a razão de ela estar ali com ele; os dias adicionais que ganharam para estar juntos tinham um propósito muito diferente daquele que ele tanto ansiava.

Porque alguém queria Stasia morta.

E Archer não tinha a mínima ideia de quem era ou por quê. Nem se o maldito atacaria de novo. Os suspeitos eram óbvios: seu tio ou seu noivo. Mas por que seu tio a mandaria a Londres para um compromisso oficial e mandaria matá-la ali? E se houvesse sido realmente o rei, por que ele não teria simplesmente mandado um de seus guardas a envenenar ou tentar matá-la dentro da casa? Archer tinha bastante certeza de que o homem que atacara aquela noite a estivera observando das sombras nos últimos dias. Sabia onde esperar e espreitar, estava preparado para atacar. Seria o homem com quem ela deveria se casar? Afinal, ela não se preocupara em esconder seu desejo de não se casar com ele.

Mas quem era o noivo de Stasia? Acaso ela o temia? Seria o tipo de monstro cruel que contrataria um assassino para matá-la? O noivo certamente sabia o que ela estava fazendo; havia enviado sua carruagem para que ela a usasse. Nada disso fazia sentido.

— Inferno — murmurou, levantando-se da cadeira com a carta da dama de companhia de Stasia na mão.

Caminhou até o fogo e jogou o bilhete nele, e ficou observando enquanto as letras elegantes se distorciam e desapareciam completamente, transformadas em cinzas. Era melhor eliminar todas as evidências. Ele havia instruído Tansy a fazer o mesmo com seu bilhete; quanto menos conexões existissem entre ele e Stasia, melhor.

Pelo bem de ambos.

As palavras que ela pronunciara antes de ele deixar o quarto voltaram a ecoar em sua mente. *Você também é importante para mim.* Ela gostava dele. E que os santos o protegessem, porque ele gostava dela também. Mais do que jamais acreditou ser capaz.

Archer não gostava da sensação de impotência que o oprimia implacavelmente. Fazia muitos anos que não se sentia tão impotente, e ele não gostou do lugar a que essa sensação levou seus pensamentos.

Àqueles dias sombrios que ele não tinha vontade de revisitar.

— Ainda está acordado...

A voz rouca e feminina pegou Archer de surpresa. Virou-se e encontrou Stasia à soleira de seu escritório; ela abrira a porta sem que ele ouvisse. Céus, outro sinal do quanto não conseguia resistir a ela. Ele havia sido um espião da Coroa, certamente não porque cometia erros tão flagrantes.

— Você deveria estar dormindo — disse ele, reunindo todo seu autocontrole para não atravessar a sala e ir até ela.

Seu semblante estava pálido em contraste com o cabelo, que estava solto, caindo sobre seus ombros. O vestido com que chegara ainda abraçava amorosamente seu corpo cheio de curvas. A visão da atadura de linho enrolada no braço dela o atingiu como um soco; mais um lembrete do motivo de ela estar ali e do que havia acontecido.

Ela deu um sorriso triste.

— Não consigo. Meu braço dói.

Sem dúvida. Por Deus, Archer não suportava o fato de ela ter sido ferida. Queria poder ressuscitar o vilão só para atirar de novo nele por ousar fazê-la sangrar.

Ele flexionou os dedos na lateral do corpo; desejava tocá-la, mas não confiava em si mesmo.

— Vinho? — sugeriu.

Ela se aproximou, segurando seu braço machucado firmemente.

— Por favor.

Ele foi até o aparador e serviu uma taça para cada um. Virou-se e entregou uma a ela. Ela a pegou, e seus dedos se roçaram. Instantaneamente, Archer teve consciência de que queria puxá-la para seus braços, enterrar o rosto em seus cabelos, abraçá-la e nunca mais soltá-la.

Que idiota! Como ela conseguira penetrar seu coração frio e morto com tanta facilidade?

— Sente-se — disse ele, seco.

Estava furioso consigo mesmo por sua reação incontrolável a ela. Por desejá-la tanto, sabendo que se render àquela tentação era impossível.

Por falhar com ela.

— Não quero me sentar — rebateu ela, observando-o com um olhar cintilante por cima da borda da taça enquanto bebia. — Estou deitada na cama há horas, cansei de ser uma inválida.

Mulher teimosa...

— Fique em pé, então, se lhe agrada. — Ele tomou um grande gole de vinho. — Meu assistente conseguiu levar uma mensagem à sua dama de companhia sem que ninguém o descobrisse.

O alívio se refletiu no olhar de Stasia.

— Obrigada.

— Não precisa me agradecer. É o mínimo que posso fazer, depois do que aconteceu.

— Archer, você não tem culpa pelo que aconteceu.

Ela ainda o olhava como se ele fosse um cavaleiro que a protegera galantemente.

— Sim, tenho, e não vou mais discutir esse assunto com você.

Ele bebeu mais um pouco de vinho, mas sabia que não seria suficiente para amenizar as dores gêmeas provocadas pelo desejo e a culpa que o consumiam.

Ela também tomou outro gole de vinho.

— Porque você sabe que, se continuar discutindo comigo, acabará perdendo.

A resposta arrogante dela arrancou um sorriso relutante dele.

— Se é nisso que quer acreditar, princesa...

— Você não vai me persuadir do contrário. — Stasia inclinou a cabeça, fitando-o com um olhar profundo. — Quer saber o verdadeiro motivo de eu não conseguir dormir?

Ele queria e não queria. Era o céu e o inferno em uma só pergunta, o desejo ardente de que ela desse voz à poderosa conexão que havia entre eles e a intensa necessidade de manter distância. Havia pelo menos uma dúzia de razões pelas quais ele não deveria querer a princesa Anastasia St. George do jeito que queria, mas nenhuma delas parecia importar.

— Por quê? — perguntou ele.

— Porque senti sua falta.

A confissão dela dita baixinho foi a gota d'água. A reação dele foi visceral. Ele apertou os dentes com tanta força que seu maxilar doeu. Esvaziou a taça, voltou ao aparador e a depositou na superfície polida. Respirou fundo para se acalmar antes de se virar para ela.

— Não deveria me dizer coisas assim.

Ela sustentou o olhar dele com seu lindo semblante solene.

— É a verdade.

Ele engoliu em seco.

— Você sofreu um choque esta noite, é natural que se sinta incomodada e não queira ficar sozinha.

Ela se aproximou dele; só parou quando a bainha de seu vestido roçou a ponta das botas dele.

Stasia inclinou a cabeça para trás em um gesto aberto e vulnerável.

— O que sinto não tem nada a ver com o que aconteceu antes. Tem a ver com você. Acho que estou apaixonada por você.

Stasia o estava matando. Lentamente, meticulosamente, acabando com ele com cada palavra que proferia, com a intensidade de seu olhar. E ele não conseguia desviar os olhos. Não conseguia quebrar o feitiço que ela lançara nele.

— Você perdeu muito sangue antes de o médico cuidar do seu ferimento — ele se obrigou a dizer. — Não está pensando claramente.

— Estou pensando com mais clareza do que nunca.

— Deveríamos estar falando do seu irmão — disse Archer, tentando mudar de assunto. — Tenho certeza de que Fera e o príncipe Theodoric são a mesma pessoa.

— Não quero falar nele agora.

Isso Archer podia notar. Ela havia colocado sua taça de vinho meio vazia no aparador, junto com a dele.

Ela não é sua, ele se obrigou a recordar. *Ela nunca poderá ser sua. Ela é uma princesa, e você é o filho bastardo de um marquês.*

Mas, apesar de tentar se apegar ao bom senso, quando a mão de Stasia pousou em seu plastrão, Archer se viu agarrando o pulso dela. Não para afastar o toque, e sim para manter a mão dela ali.

— Stasia — disse com voz rouca. — O que está fazendo?

— Beijando você — disse ela com naturalidade, ficando na ponta dos pés.

Inferno!

— Não deveríamos...

O resto do protesto foi abafado pelos lábios que ela colou nos dele. A resistência de Archer desapareceu sob o ataque sensual daquele beijo. Ele levou as mãos à doce curva da cintura dela, onde queriam estar. Puxou-a contra si gentilmente, muito atento à necessidade de evitar sacudir o braço ferido dela.

Todos os motivos pelos quais ele não deveria beijá-la fugiram de sua mente quando a língua dela entrou em sua boca.

Archer tinha gosto de vinho e de pecado, e Stasia queria se perder nele. Queria esquecer toda a incerteza de seu futuro, esquecer o que acontecera há algumas horas, distrair-se da dor que queimava seu braço. Mas, acima de tudo, não queria desperdiçar um único segundo que tinha com aquele homem.

Ele logo assumiu o controle do beijo, puxando-a contra si, e ela sentiu o pau dele encostando em sua barriga. Mas ele foi muito cuidadoso com ela, toques suaves, movimentos lentos. Tratava-a como se ela fosse frágil feito uma porcelana delicada. Ela queria lhe dizer que não precisava tomar tanto cuidado, que não a machucaria, mas a boca de Archer provocava um efeito surpreendente sobre sua vontade de fazer qualquer coisa além de continuar beijando.

Era como se fosse perecer se parasse de beijá-lo.

Seu braço ferido permanecia imóvel ao seu lado, pois ela temia causar mais dor se abraçasse Archer inteiramente como desejava. Abandonou a gravata e foi subindo a mão, enroscando-a em volta da nuca de Archer, mantendo-o onde ela o queria, incitando-o a continuar se banqueteando com seus lábios.

Stasia entendera as intenções de Archer claramente: ele estivera tentando se distanciar dela. Mas distância era a última coisa de que ela precisava; não queria que ele fosse honrado, bancasse o cavalheiro e se preocupasse com ela. Queria que ele esquecesse tudo, exceto o desejo que sentiam um pelo outro.

Quando ele gemeu e enroscou a língua na dela, uma explosão de triunfo a dominou. Stasia nunca se sentira tão viva, era como se houvesse recebido um novo senso de propósito após o ataque.

Ele interrompeu o beijo, mas não recuou. Manteve os lábios a dois centímetros dos dela, tão perto que seu hálito quente acariciava sua boca.

— Não deveríamos estar fazendo isto. Você está ferida.

— Foi quase um arranhão — murmurou ela. — Vou sobreviver.

Ele fechou os olhos e encostou a testa na dela, como se travasse uma grande batalha interior.

— Princesa... só você chamaria um ferimento a faca de arranhão.

Stasia notou a relutante admiração na voz dele. Ela se orgulhava de sua resiliência; era o que a havia impulsionado pelos últimos dez anos de terror. E seria o que a levaria a enfrentar o que tinha pela frente. Mas ela não queria pensar no casamento com o rei Maximilian agora, nem no que aconteceria se não conseguisse persuadir Theodoric a fazer parte da conspiração contra Gustavson. Ela não queria pensar no perigo que suas irmãs enfrentavam ou no destino da Boritânia. E, sem dúvida, não queria pensar no fato de que alguém estava tentando matá-la.

Tudo que desejava era o homem que abraçava. O homem que lhe preparara uma refeição quando ela sentira fome, que atirara em seu agressor e a salvara, que lhe mostrara um prazer tão maravilhoso. O homem que ela desejava que fosse seu para sempre.

— Um batedor de carteiras com péssima pontaria não é o suficiente para me impedir de fazer o que eu quero — disse ela, séria.

— Já falamos nisso; não foi um batedor de carteira.

— Fosse quem fosse, está morto agora, e não quero pensar nele nem por um segundo mais. Beije-me de novo, Archer. Por favor.

Ele grunhiu baixinho e tomou os lábios dela de novo, dessa vez com um pouco mais de selvageria, arranhando com os dentes o lábio inferior dela, tão carnudo. Ela respondeu ao beijo com enorme furor. Beijou-o até ficar sem fôlego, com os lábios inchados.

Foi a vez de Stasia interromper o beijo e inclinar-se para trás para fitá-lo, tão apaixonada que seus joelhos tremiam.

— Venha para a cama comigo — sussurrou ela.

Ele lambeu os lábios.

— Sua ferida...

— O médico a enfaixou muito bem — concluiu ela, triunfante.

— Você já sentiu dor suficiente esta noite — continuou ele.

— Pelos deuses! Pare de ser tão cavalheiro!

Ela sacudiu a cabeça, implorando com o olhar, mostrando-lhe que estava absolutamente certa do que desejava.

Ele ergueu uma sobrancelha.

— Ninguém é menos cavalheiro que eu, mas até eu sei a diferença entre o certo e o errado. E ir para a cama com você nesse estado é muito errado.

— Errado é você recusar o que nós dois queremos — rebateu Stasia, determinada a conseguir o que queria. — Você quer que eu implore?

Essa pergunta rompeu a barragem dentro dele.

Ele murmurou um palavrão que ela não entendeu e a pegou nos braços, embalando-a contra seu peito musculoso. Saiu do escritório a passos largos, rapidamente percorrendo a distância até seu quarto.

CAPÍTULO 10

Archer não parou até chegar a seu quarto. Seu coração batia forte, sua respiração era ofegante e seu pau duro pulsava.

Talvez ele se odiasse na manhã seguinte. Certamente, ele se arrependeria do que estava prestes a fazer.

Mas quase perdê-la aquela noite havia minado seu autocontrole. E os beijos no escritório, somados à determinação ardente dela, o deixaram longe de conseguir pensar direito, sua racionalidade e honra se foram.

Ele a colocou no tapete com o máximo de delicadeza possível, tomando cuidado com o braço machucado dela.

— Esta é sua última chance de mudar de ideia, princesa — Archer se sentiu obrigado a avisá-la. — Aproveite para mandar-me ao diabo.

— Não vou mudar de ideia e não quero que você vá a outro lugar que não seja sua cama, comigo.

Como ele poderia resistir? A resposta era clara: não poderia. A rendição era sua única opção. Ele sabia disso desde o momento em que a tomara nos braços. Inferno, ele sabia disso instintivamente desde a primeira vez que a vira. Sentia lá em seu âmago que aquela era a mulher certa.

Minha, minha, minha.

Lá estava aquele pensamento errante de novo, o desejo de posse. Archer dizia a si mesmo que mantinha distância por ela, mas a verdade era que ele também estava tentando se proteger. Porque o que ele sentia por Stasia era perigoso. Ele queria mais do que ela podia lhe dar. Queria tudo.

— Isso é uma ordem, Vossa Alteza Real? — perguntou ele, em voz baixa.

Ela sustentou o olhar dele, majestosa como sempre, sem hesitar.

— Sim.

Mas ele precisava ter certeza, para o bem de sua consciência mais tarde, de que nem um pingo de dúvida permanecia na cabeça dela.

— Tem certeza, Stasia?

— A única coisa neste mundo da qual tenho certeza é do que você me faz sentir — disse ela, baixinho.

E Archer não duvidou, porque sentia o mesmo. Cada toque, cada beijo, atiçava mais o fogo. Dar-lhe prazer havia sido uma doce tortura. Saber que ela queria muito mais do que ele lhe havia dado até então não havia sido diferente. Archer passava seus dias em agonia devido ao desejo reprimido.

— Serei gentil — prometeu, enquanto tirava seu casaco e o jogava no chão.

— Se sentir dor, se seu braço começar a doer mais, diga-me que eu paro.

Em resposta, ela lhe deu as costas, jogando os longos cabelos sobre os ombros.

— Ajude-me com o vestido, por favor.

— Com prazer.

Ele não poderia tê-la despido mais depressa. Suas mãos trêmulas voavam nas fitas, desfazendo os nós. Archer tomou muito cuidado ao puxar o corpete para baixo pelos braços, certificando-se de não apertar o ferimento. A seguir, cuidou da anágua e o espartilho, retirando-os com facilidade e com o mesmo cuidado com o braço ferido.

Alguém já havia tirado suas botas, ela estava só de meias e chemise.

— Suas botas — resmungou ele, com a voz tingida de ciúme. — Quem as tirou?

— Eu.

— Graças a Deus — murmurou ele. — Eu não dei permissão a Crisfield para olhar embaixo de suas saias. Se ele houvesse...

Suas palavras se esvaneceram, pois ele supôs que aquilo não tinha importância. Não precisava dizer a ela qual teria sido sua reação, e o bom doutor viveria para ver outro dia.

Archer limpou a garganta e acrescentou:

— Deveria ter me pedido ajuda. Eu a teria ajudado de bom grado.

— Acho que eu estava um tanto atordoada. Deixei pingar sangue nos cadarços, nem sei por que estava tão preocupada em tirá-las. Foi bobagem.

O lembrete de que o sangue dela havia sido derramado naquela noite o fez tensionar o maxilar.

— Você estava em choque. É o que acontece quando enfrentamos um perigo repentino ou um ferimento. Mas não se preocupe com elas, amor, eu as limparei para você.

— Não é preciso.

Sua negativa suave e rápida não foi inesperada. Ele não tinha certeza se era seu orgulho ou seu senso de independência que falara mais alto. Mas ela teria que aceitar sua ajuda; afinal, estava ali, mesmo que temporariamente, sob o teto e a proteção dele.

— É preciso, sim — disse ele firmemente. — Preciso fazer muito mais que isso, na verdade. Você é minha enquanto estiver aqui comigo, e eu cuido do que é meu.

Sua princesa era teimosa, mas também sabia quando ceder.

Sua expressão de protesto desapareceu, gratidão tomando seu lugar.

— Obrigada, então.

Se a tensão entre eles — puramente sexual por natureza — não fosse tão pesada e forte, ele a teria provocado pela capitulação apressada e sua vitória. Mas, em vez disso, Archer a beijou. Lenta e profundamente. Tomou seus lábios macios como ele ansiava por fazer desde o momento em que suas bocas se separaram, antes de ele levá-la para seu quarto.

Ela soltou um gemido inebriante, do fundo da garganta, e se agarrou ao ombro dele com uma mão. Ele aceitou o convite para enfiar a língua dentro da boca de Stasia, prová-la de novo. Ela retribuiu com a mesma paixão, como se extraísse sua fonte de vida dos lábios, da língua, da respiração dele.

Ele foi descendo os lábios, beijando o queixo delicado dela, absorvendo com os lábios a leve estrutura óssea coberta por sua pele sedosa. Aspirou seu cheiro, levou os lábios à orelha dela.

— Não quero sua gratidão, princesa — murmurou baixinho. — Só quero você.

Ela suspirou, acariciando a face dele com seu hálito quente.

— Eu quero você mais ainda.

Ele a pegou pela nuca e tomou seus lábios de novo.

Depois do susto que ambos sofreram, depois de chegar tão perto de perdê-la, diante de todo o perigo que os rondava, a capacidade de Archer de se controlar estava por um fio.

Aquilo era errado, mas ele não dava a mínima.

Aquela mulher — aquela princesa — nunca poderia ser verdadeiramente dele, mas, ainda assim, naquele momento, era como se fosse. Como se fazer amor com ela fosse inevitável. E mesmo que não pudesse tê-la pelo resto de seus dias, pelo menos poderia tê-la naquele momento, naquela noite. Aquelas horas fugazes de paixão eram tudo que poderiam ter. Teria que bastar.

Mesmo não bastando.

A vida não era justa. Ninguém sabia disso melhor que Archer, o filho bastardo de um marquês enganado pela própria mãe, abandonado pelo pai, que tivera que sair sozinho das profundezas do inferno onde fora atirado quando era um jovem ingênuo.

Ele passou os lábios pelo pescoço de Stasia, sentindo sua pulsação bater rápido, frenética. Pegou um seio dela e sentiu o mamilo duro na palma de sua mão por cima do chemise. Recordou que, devido ao ferimento, teria que tirar o chemise com mais cuidado que o resto da roupa.

Ele pegou o linho fino nas mãos, dando um leve puxão.

— Quero tirar isto, amor, mas não quero machucá-la. Avise-me se seu braço doer, que eu paro imediatamente.

Ela assentiu, dando um passo para trás para facilitar. Archer viu imediatamente que o chemise era justo e diferente do corpete. Retirá-lo sem mexer o braço seria muito difícil.

Teria que cortá-lo.

— Inferno — murmurou Archer, esfregando o queixo. — Creio que não há uma boa maneira de tirá-lo sem machucá-la. Vou ter que buscar uma faca para cortá-lo.

— Faça isso — disse Stasia, sem se deixar intimidar pela perspectiva de sua roupa íntima ser completamente arruinada.

Archer foi até a mesa ao lado da cama e acionou uma alavanca que fez que um compartimento secreto se abrisse, revelando a arma. Estava ali como proteção, mas naquela parte de Londres, mesmo com os inimigos que Archer havia acumulado ao longo dos anos, não era mais necessária. Empunhando a adaga, voltou para onde havia deixado Stasia, segurou o chemise com a mão livre e, com cuidado, cortou-o ao meio. Agia lentamente e com extrema cautela, ciente do fio da adaga e da proximidade com a pele de Stasia.

Quando terminou, retirou as duas metades facilmente e tirou as meias e ligas também, até deixá-la com nada mais que um colar de ouro no pescoço. Não pôde resistir e ficou admirando-a por um momento; sua princesa ousada e descarada que subia em árvores e se esgueirava por Londres à noite e pretendia se sacrificar pelo bem maior de seu povo, que era corajosa e forte, que havia sido atacada e, ainda assim, demonstrara uma resiliência surpreendente. Que era a mulher mais destemida, teimosa e bonita que ele já conhecera.

— Meu Deus, princesa...

As palavras saíram da parte mais baixa e profunda de Archer, onde tudo era escuro e cruel. Onde ele havia escondido a dor de sua juventude. Porque ela era como a luz do sol, iluminando sua noite, banindo as sombras.

— Gostou, Tierney? — perguntou ela, curvando os lábios em um sorriso arrogante.

— Não tenho palavras — disse ele, rouco, passando um braço em volta da cintura dela, puxando-a para si. — Não tenho palavras para descrever quanto gostei.

Um brilho maroto surgiu nos olhos de Stasia; o sorriso ainda estava naquela boca deliciosa.

— Que bom. Porque eu também gosto do que vejo, mas quero ver mais.

Sim.

Ele estava usando roupa demais, não é?

Seu pau latejou.

— Quer me ver nu, princesa?

Mais uma vez, ela não hesitou.

— Quero.

Manter-se vestido ajudara a controlar seu desejo por ela nos encontros anteriores, mas naquela noite, ele não queria bancar o cavalheiro. Naquela noite, ele queria aceitar o que ela lhe oferecia há dias. Queria possuí-la. Possuí-la em todos os sentidos da palavra, porque quase perdê-la o levara ao limite da razão.

— Então diga — disse ele com voz rouca, delatando seu desejo.

Ela sustentou o olhar dele, sem vacilar.

— Quero você nu, Archer. Quero que você me foda e me preencha, que me faça sua.

Foi um choque ouvi-la dizer essas palavras. A luxúria que rugia dentro dele era quase estonteante.

— Onde aprendeu tanta devassidão, princesa? — perguntou Archer, embora já soubesse a resposta, largando a adaga no chão e começando a abrir seus botões.

— Com você.

Sem dúvida…

Ele tirou o colete.

— Eu já lhe disse, sou uma péssima influência, amor.

— Não me importa que você me corrompa — disse ela.

O pau de Archer estava mais duro que mármore. Ele rasgou o resto de suas roupas, mais ansioso que nunca para se despir. O desejo fez seus dedos se atrapalharem com aqueles botões teimosos. A paciência o abandonou, então, o som de tecido se rasgando encheu o ambiente.

Caiu a última barreira entre eles; ele tomou os lábios de Stasia em outro beijo e foi guiando-a para a cama que os esperava. A colcha estava puxada, aberta no lugar de onde ela havia saído para ir até o escritório dele. Lençóis que carregavam o perfume delicado dela — laranja doce e jasmim — os aguardavam. Ele passara a noite anterior cercado por ela, atormentado até o amanhecer por uma cama que cheirava a ela, mas na qual estava sozinho. Sem nada mais que sua própria mão para um conforto fútil. Mas naquela noite, ela estava ali com ele.

Era dele enquanto durasse.

O desejo de possuí-la o queimava, era como uma corda que apertava seu peito, fazendo seus pulmões doerem. Ele percebeu que estava prendendo a respiração e a soltou em um suspiro forte de satisfação quando se deitaram juntos na cama: Stasia de costas e Archer sobre ela. Ela era cheia de curvas, toda feminina, suave e ardente, e ele queria perder-se nela. Stasia estava com as pernas abertas, Archer entre elas e seu pau roçando na barriga macia dela.

Sempre atento ao ferimento dela, ele apoiou seu peso em um antebraço, tentando evitar apertá-la sem querer. Ao mover-se, sentiu os mamilos duros dela se esfregarem contra seu peito nu. Foi como uma flechada de luxúria.

Ela soltou um leve gemido.

— Você está confortável? — perguntou Archer, preocupado, com medo de ter lhe causado mais dor.

Ela levou a mão ao ombro dele e acariciou a pele faminta.

— Já lhe disse que não vou quebrar.

Enquanto dizia essas palavras, ela esfregou seus quadris nos dele, buscando-o. O pau dele doía, rígido, desesperado para entrar nela.

— Diga se doer — disse ele.

— Dói — disse ela, com a voz baixa e rouca.

Ele era uma besta, aquilo era errado. Foi sair de cima dela, mas ela enroscou as pernas em volta dos quadris dele, segurando-o.

— Não, não me deixe — disse ela. — Fique.

Ele rosnou.

— Princesa, seu ferimento já está doendo, não vou piorar tudo com...

— Não é o ferimento que dói — interrompeu ela. — Não é aí que sinto dor. Inferno!

— Onde? — gritou ele. — Onde dói?

— Dê-me sua mão.

Que jogo era esse que ela estava fazendo? Archer nunca se sentira tão no limite; agonia e desespero se misturavam com o desejo. Sentia-se impotente, não podia fazer nada além do que ela pedia, e lhe deu sua mão. Ela envolveu o pulso dele com os dedos e a levou ao seu seio. Ele sentiu o mamilo duro, luxurioso, e imediatamente aninhou-o em sua mão.

— Aqui — sussurrou ela. — E em outros lugares também.

Ele acariciou o mamilo com o polegar.

— Onde mais? — perguntou.

— Mais embaixo.

Archer engoliu em seco, tentando se controlar, e foi deslizando a mão pela barriga dela, obedecendo, e só parou quando chegou àquele monte convidativo entre as pernas dela. Sentiu a umidade nas pontas de seus dedos quando os deslizou sobre a fenda e separou suas dobras. Encontrou o broto inchado do clitóris e o dedilhou levemente, fazendo Stasia mexer os quadris.

— Aqui? — perguntou ele, provocando-a, acariciando o broto.

— Hmmm — foi tudo o que ela disse em resposta.

Sorrindo, ele baixou a cabeça e chupou o lindo bico rosado do seio de Stasia enquanto seus dedos dançavam sobre a boceta dela em toques leves e provocantes. Queria deixá-la desesperada. Queria levá-la à beira da loucura e então, entrar nela. Mas mesmo sabendo que não devia se apressar, seu desejo havia crescido tanto que era quase uma dor.

Pairando sobre a pérola dela, ele procurou a entrada; ela estava encharcada, totalmente pronta para ele. Acariciou-a e não pôde resistir; enfiou seu dedo indicador na boceta quente e apertada dela, que se contraiu internamente, dando-lhe as boas-vindas. Arqueando os quadris, ela o puxou mais fundo, querendo mais. E ele lhe deu o que ambos queriam. Foi mais fundo, encontrou o lugar que a deixava louca e curvou o dedo suavemente, pressionando até deixá-la ofegante, enquanto esfregava o clitóris com o polegar e beijava seu seio.

Ela era deliciosa, perfeita. Ela *dele*, e Archer queria mantê-la ali para sempre, apesar de saber que era impossível. Tinham poucos dias furtivos, nada mais, e essa situação o motivou ainda mais.

— Quero que você recorde sempre esta noite — murmurou com os lábios na pele docemente perfumada dela. — Quero que se lembre de mim. Ele poderá tê-la, um dia, mas eu sempre serei seu primeiro.

— Eu nunca esquecerei isso, nem por um segundo — disse ela com a voz rouca, passando os dedos pelos cabelos dele em uma doce carícia que o levou ao limite da razão.

A maneira como ela o tocava, como olhava para ele, era como o céu e o inferno ao mesmo tempo. Um purgatório, uma tortura. O corpo dela era sedoso, macio. O som provocado por seus dedos entrando e saindo da boceta gotejante dela se misturava aos ofegos deles. E, de repente, Archer não podia mais esperar. Precisava estar dentro dela.

Retirou os dedos e segurou seu pau, deslizando-o pelas dobras dela e cobrindo-o de umidade.

— Está pronta para mim, princesa? — perguntou, quase tonto pela febre tão forte que o dominava.

— Sempre — disse ela, com os lábios ainda inchados pelos beijos dele, os olhos brilhando à luz das velas, o cabelo espalhado no travesseiro como uma nuvem castanha.

Cada centímetro da princesa o encantava. Ela era mais linda do que qualquer mulher deveria ser. Era tudo que ele nem sequer sabia que queria e já não podia imaginar viver sem ela.

Ele subiu um pouco o corpo para poder tomar seus lábios enquanto tomava seu corpo. A cabeça de seu pau estava pronta. Ela suspirou ao ser beijada e esfregou seus quadris ansiosos nele.

Isso foi demais para ele; mas não o suficiente.

Então, ele mergulhou dentro da passagem apertada dela. Era tão quente, tão molhada... O desejo rugiu dentro dele, incitando-o. Com outra leve estocada, ele entrou mais fundo. Nunca havia transado com uma virgem, e nem com uma mulher de quem gostava tanto. Queria que fosse bom para ela. Mais que bom. Ele queria ser não só seu primeiro amante, mas o melhor.

Queria ser tudo para ela.

Isso não era possível, de modo que se contentaria com o que podia ter: tornar aquela noite o mais memorável possível, fazê-la gozar quantas vezes pudesse.

Ele suavizou o beijo para dizer:

— Não quero machucá-la. Como está, amor?

— Está... — Suas palavras sumiram, e ela mexeu os quadris, impaciente e ousada como sempre. — Eu preciso de...

Mais uma vez, sua frase ficou incompleta. Ótimo; ele queria vê-la louca e embriagada de prazer.

Ele se mexeu de novo, esticando-a, indo mais fundo.

— É disto que precisa, princesa?

Ela gemeu e o apertou, quase o espremendo para fora.

Ele passou os dedos pelo clitóris dela; sabia de quanta pressão e velocidade ela gostava ali.

— Quer mais pau?

— Ah, pelos deuses!

A resposta foi a reação do corpo dela, a maneira como se contorcia, buscando mais, a maneira como o sugava. Com mais um movimento dos quadris, ele estava completamente dentro da boceta dela, que o apertava como um torno. Ele pegou a mão dela e a levou ao lugar onde estavam unidos.

— Sinta, princesa. Sinta como nos encaixamos perfeitamente.

Ele tirou um pouquinho, permitindo que os dedos inquisitivos dela viajassem pela base de seu pau, trilhassem os lábios inchados e escorregadios de seu sexo, circundassem o ponto onde, duro e grosso, ele a penetrava tão deliciosamente.

— Adoro a sensação de ter você dentro de mim — murmurou ela, ofegante e embriagada de desejo.

Ele tirou a mão dela e a levou a seu ombro.

— Eu também, amor. Vou possuí-la agora.

Suas palavras foram recebidas com um movimento de quadris dela e outro gemido rouco.

O autocontrole de Archer desapareceu. Seu corpo assumiu o controle; seus quadris batiam nos dela, seu pau entrava e saía, enchendo-a e esvaziando-a, encontrando o ritmo de que ambos precisavam. Mais forte, mais rápido, mais fundo, *mais*. Todo o cuidado anterior se perdeu sob aquele furor ardente. Ele acariciou os quadris, os seios dela, puxou seus mamilos. Mergulhou de cabeça em seu pescoço perfumado e se banqueteou como um homem faminto. Brincou com seu clitóris, fazendo-a apertar o pau dele. Entrou nela com estocadas mais rápidas, prendendo-a na cama com seu pau, enquanto a cabeceira batia contra a parede no ritmo daquela foda frenética.

Eles eram um só, dois corpos molhados de suor trabalhando juntos por um objetivo comum: a satisfação. Tudo que havia além das quatro paredes do quarto deixou de existir. Eles não eram princesa e bastardo, eram homem e mulher, Stasia e Archer, unidos pelo desejo elementar queimando entre eles mais que qualquer chama. Eram as versões mais belas, cruas e verdadeiras de si mesmos ali.

E, enquanto ele afundava entre suas belas coxas até o talo, enquanto sua boceta o agarrava como se quisesse segurá-lo ali para sempre, Archer se deu conta de algo impressionante, que disparou através dele como fogo. Algo doloroso, repentino, abrasador como o fogo.

Tinha se apaixonado por ela.

Archer amava a princesa Anastasia Augusta St. George. Inferno! Quando isso acontecera e por quê? Como?

Ah, tantas perguntas... Ela cravou as unhas na carne macia do ombro dele, arqueou as costas, enroscou as pernas em volta do seu quadril, que ainda entrava e saía dela, e encontrou seu clímax.

— Archer — gritou, jogando a cabeça para trás, com lábios bem abertos e os olhos fechados.

Ele se sentia capaz de conquistar o mundo inteiro.

Ela estava tão linda assim, perdida em êxtase, com seios pulando pela força das estocadas, mamilos duros que imploravam por sua boca. Sua deusa boritana.

— Isso, princesa — rosnou ele. — Goze no meu pau.

Em resposta, sua boceta se contraiu com força, ameaçando drená-lo até deixá-lo seco.

— Boa menina — disse ele, enlouquecido.

Ele enfiou fundo de novo, à beira do abismo, cavalgando as ondas do clímax dela. Mais algumas estocadas. Ele apertou os dentes, tentando evitar o inevitável. Entrando e saindo, afundando em sua boceta encharcada. Ela estava ainda mais molhada que antes, suas coxas manchadas de seus sumos e um círculo úmido formado nos lençóis embaixo dela. Fundo, duro, rápido. A cabeceira batendo. Pele com pele. Ele prendeu a respiração até seus pulmões doerem por causa da pressão. Estava perto, muito perto.

Archer precisou de todo seu autocontrole para sair dela no último instante.

Mas saiu, pegando seu pau com a mão — uma pobre substituta da boceta dela —, apertando-o, subindo e descendo. Gozou em um instante, lançando jatos brancos leitosos na barriga e nos seios de Stasia, até que não havia mais nada, e ele desabou na cama ao lado dela, ofegando muito, como se houvesse acabado de correr em círculos pelo Hyde Park.

Seu coração batia forte, sua mente era incapaz de formar um pensamento coerente, seu corpo tremia pela força do orgasmo. Stasia era uma presença feminina suave e quente ao seu lado, grudada nele. Uma estrela que havia sido arrancada do céu da meia-noite e entregue somente a ele.

— Obrigada — disse ela baixinho, buscando a mão dele e entrelaçando seus dedos sobre os lençóis desgrenhados.

Ela o estava agradecendo? Céus! Ela nem desconfiava que havia acabado de deixá-lo de joelhos. Que havia acabado de arruiná-lo para sempre. Que depois dela, nenhuma outra mulher serviria, porque nenhuma seria ela.

Ele se virou para Stasia e disse:

— Eu é que devo agradecer — Archer levou a mão dela aos lábios e deu-lhe um beijo reverente. — Você me deu um presente incrível, mais caro do que qualquer riqueza que eu já tenha buscado.

Nesse momento, ele pensou que deveria limpá-la. Mas gostava de vê-la daquele jeito, coberta por ele, marcada por ele no sentido mais primitivo.

Ela beijou seu ombro, e esse gesto provocou um nó em suas entranhas.

— Gostei muito mais do que havia imaginado.

Essa confissão arrancou uma risada dele.

— Cuidado, princesa. Seu elogio vai subir à minha cabeça.

— Acho que você já sabe que é muito bonito — retrucou ela, sorrindo também.

— Ouvir você dizer isso me deixa feliz.

Mais feliz do que ele queria admitir. Obrigou-se a não se deter nas sensações que fervilhavam dentro dele, tantas novas e estranhas, e começou a esfregar sua semente na pele dela.

— Está linda vestindo nada além de mim.

Ela meneou o corpo, arqueando-se sob a mão dele.

— Depois de quanto tempo podemos fazer de novo?

Ele já havia pensado nisso. Por Deus, aquela mulher seria sua morte. Seu pau voltou à vida com interesse renovado. Que morte gloriosa seria!

— Não quero machucá-la — disse ele, lutando para combater sua luxúria desenfreada e ser um cavalheiro.

— Não vai machucar — respondeu ela.

Então, sua princesa devassa pegou a mão dele e levou o dedo aos lábios, lambendo uma gota perolada de esperma.

E todos os seus esforços para ser um cavalheiro foram prontamente pelos ares.

CAPÍTULO 11

Stasia acordou com um braço possessivo em volta da sua cintura e um corpo masculino quente e duro pressionado contra o dela.

O pau grosso dele cutucava seu quadril, e ela sorriu.

Estava bem duro.

Era tudo tão perfeito, a manhã calma e silenciosa, a luz cinza suave dançando ao redor deles, que, por um momento, ela teve medo de estar sonhando. Não queria se mexer para que o idílio não acabasse. Mas a dor de seu braço ferido a fez lembrar que aquilo não era um sonho. Assim como o ambiente ao seu redor. Estava em uma cama estranha, em um quarto que não lhe pertencia.

Com um homem que não lhe pertencia.

Na noite anterior, Archer fizera amor com Stasia duas vezes, e ela nunca mais seria a mesma.

— Como está se sentindo esta manhã, amor?

A voz sonolenta e rouca a fez virar a cabeça no travesseiro e o encontrou observando-a com os olhos semicerrados. O desejo ganhou vida, quente e pesado; aquele ponto entre suas coxas latejou, tanto por terem feito amor na noite passada quanto pelo novo desejo. Ele deixara seu corpo corado e dolorido, como se sua pele estivesse firmemente esticada. Como se precisasse ser tocada, mas, ao mesmo tempo, como se ela fosse se estilhaçar em mil pedaços se ele passasse sua mão sábia sobre sua carne gulosa.

Era desconcertante. Grande parte de sua existência fora governada pela repressão e pelo medo. Entregar-se a esse desejo, às necessidades de seu corpo, parecia algo terrivelmente iníquo e proibido. Errado, mas ao mesmo tempo tão... ah, tão certo!

— Sinto... — começou Stasia, mas deixou suas palavras morrerem.

Porque o que sentia era uma confusão de emoções. Sentia-se poderosa e forte. Sentia-se saciada e, ao mesmo tempo, ansiosa por mais. Sentia-se perfeita, como se estivesse exatamente onde deveria estar. Mas isso não passava de uma quimera, pois o tempo que tinham juntos era finito. Alguns dias, não mais.

— Sente... — incitou ele, beijando o queixo dela e provocando-lhe um arrepio de prazer com seu bigode.

— Eu me sinto maravilhosa, mas meu braço está doendo horrores — admitiu.

— É melhor eu dar uma olhada para ter certeza de que não há nenhuma infecção.

Ela não queria que ele saísse da cama. Nunca.

— Depois.

Mas ele já estava saindo de baixo das cobertas. Ela pousou os olhos amorosamente no corpo dele. Suas costas eram só músculos e tendões, os ombros muito largos. Mas a bunda... ela nunca havia pensado nos detalhes do corpo de um homem, mas a bunda de Archer era firme, deliciosa. A vontade de cravar os dedos naquela carne aumentou.

Infelizmente, seu amante já estava todo sério à luz da manhã. Ele atravessou o quarto e, com um robe, escondeu seu corpo da ávida observação se Stasia, frustrando-a. Ela queria a oportunidade de observá-lo mais.

Como se pudesse ler seus pensamentos, ele lançou um sorriso presunçoso em sua direção.

— Gosta do que vê, princesa?

— Você duvida disso?

Como ela desejava ter tido a oportunidade de vê-lo de frente de uma maneira mais completa! Na noite anterior havia muitas sombras e, bem, na maior parte do tempo ela estava de olhos fechados, perdida nas sensações que ele lhe provocava.

— Gosto, sem dúvida — prosseguiu ela. — Mas gostaria de ver mais. Precisa se esconder de mim? Quero... como se diz em inglês? Devorá-lo com os olhos?

Seu inglês era ótimo; tanto seus pais quanto Gustavson insistiram no uso do inglês na corte. Era um dos poucos princípios com os quais eles concordavam: a necessidade de manter relações com esse reino muito mais poderoso. Mas, em certos momentos, sua mente não conseguia encontrar a palavra adequada. E como Archer lhe ensinara, havia palavras que ela ainda tinha que aprender.

Ele riu, aproximando-se dela.

— Pode me devorar com os olhos mais tarde. Primeiro, preciso ver essa sua ferida.

Ele cheirava a sabonete e almíscar, com uma inegável nota do sexo que haviam feito. Seu cabelo cor de mogno caía desgrenhado sobre sua testa. Ele se sentou na cama, e ela afastou os cabelos do rosto de Archer, notando pela primeira vez uma protuberância na ponte do nariz dele; uma imperfeição em um conjunto de beleza masculina que, se não fosse por isso, seria impecável.

— Você quebrou o nariz? — murmurou ela.

Ele afastou seu olhar verde.

— Sim.

Ela ficou esperando que Archer explicasse melhor, mas ele não disse nada.

Gentilmente, ele começou a desfazer a atadura de linho que o médico havia colocado na noite anterior.

— Se doer, avise-me. Estou tentando ser o mais cuidadoso possível.

Nenhum homem jamais a tocara com todo o carinho que Archer Tierney demonstrava. Ela sabia que ele faria todo o possível para mexer seu braço o mínimo possível.

— O que aconteceu? — perguntou ela.

Ele tensionou o maxilar.

— Foi há muito tempo.

Stasia se deu conta de que sabia muito pouco sobre ele. Sabia que ele sabia cozinhar; que ele tinha poder e conexões surpreendentes em Londres e seu submundo. Sabia como ele beijava, como era senti-lo dentro de si. Mas não sabia nada do seu passado, do que o transformara no homem que era. E queria muito — talvez de forma egoísta — saber mais. Queria que ele lhe mostrasse as partes secretas de si mesmo que nunca mostrara a ninguém. Queria guardar aqueles tesouros em seu coração para mantê-los seguros.

— Então, não me contará? — pressionou, na esperança de que ele mudasse de ideia.

Afinal, ela havia lhe contado a verdade a respeito de suas cicatrizes. Seria uma troca justa.

Ele mantinha a atenção em sua tarefa, desenrolando a atadura com cuidado letárgico. Por um longo momento, Stasia achou que ele recusaria seu pedido ou ignoraria sua pergunta. Mas então, por fim, ele falou.

— Foi um presente de meu meio-irmão, o marquês de Granville — disse em voz baixa e comedida, como se fizesse um grande esforço para não deixar transparecer nenhum traço de emoção. — Ele era cheio de crueldades, empurrou nossa meia-irmã dentro do lago na casa de campo dele, e ela não sabia nadar. Ela era só uma garotinha.

— Meu Deus — sussurrou ela, horrorizada diante da revelação e temendo o que mais ele poderia dizer. — O que aconteceu com ela?

— Eu pulei atrás dela — prosseguiu ele, metodicamente — e a tirei da água. Ela tossiu e cuspiu água, mas ficou bem. Fiquei furioso com Granville. Mesmo sabendo da diferença de status entre nós... eu era um mero bastardo autorizado a ficar com a família como se fizesse parte dela. Enfim, eu o empurrei. Ele era mais velho que eu e muito mais forte, e me mostrou com os punhos o que achava de minha raiva.

— Graças a Deus você estava lá para resgatá-la. Que canalha desprezível!

— Essa é uma descrição muito gentil dele. — Archer terminou de tirar o curativo, deixando o ferimento exposto. — Mas, no fim, ele sentiu o gosto da minha vingança. Granville nunca mais machucará ninguém, especialmente minha irmã; se o fizer, terá que se ver comigo. Eu sou muito mais forte que ele agora, em todos os sentidos. Não será bom para ele se decidir me desafiar.

A determinação fria do tom de voz dele não combinava com o amante atencioso e cuidadoso que ela conhecia.

— Você tem uma irmã, então?

Stasia achou melhor perguntar sobre ela que continuar falando sobre o meio-irmão que ele detestava, um homem sobre quem, dada a história que Archer contara, não valia mais a pena discutir.

Saber que ele tinha família foi algo surpreendente. Ele parecia uma fortaleza em alguns aspectos, um homem sozinho.

— Sim, uma meia-irmã legítima. Seu nome é Portia — disse ele, e mudando de assunto: — O ferimento parece estar bem, mas Lucky tem um cataplasma que jura que protege contra infecções. Eu já o usei, vou buscá-lo para você. Espere aqui.

Uma meia-irmã chamada Portia que era filha de um marquês. Aquela informação atiçou a curiosidade de Stasia, mas ela a guardaria para mais tarde.

— Lucky — repetiu, achando vagamente divertido que ele pudesse pensar que ela iria a algum lugar, uma vez que estava completamente nua sob os lençóis. — Seu mordomo carrancudo?

— Ele mesmo. Lucky é um bom sujeito. Teve uma vida difícil, muito mais do que a minha, mas eu confiaria minha vida a ele.

Stasia não tinha certeza se queria algo que aquele sujeito corpulento e sisudo tinha a oferecer. Mas Archer confiava nele, e ela confiava em Archer.

Ela concordou.

— Está bem. Não estou vestida para sair deste quarto.

Ele passou o olhar sobre o corpo dela, escondido pelos lençóis.

— É assim que eu prefiro você, amor. Nua em minha cama.

Ela sustentou o olhar dele, ansiando que a beijasse.

— É como eu também prefiro a mim mesma.

Archer se levantou da cama como se ela houvesse posto fogo em seu traseiro.

— Não demoro.

Com seu robe e pés descalços, ele atravessou o quarto com seus característicos passos longos, saindo com uma graça que desmentia seu tamanho e força. Quando a porta se fechou, ela suspirou, permitindo que sua cabeça descansasse no travesseiro com o delicioso cheiro dele. Seu coração tolo batia rápido e forte, fazendo-a lembrar que a maior ameaça ao seu bem-estar não era o corte em seu braço que poderia estar infeccionando, e sim os sentimentos cruelmente inapropriados por Archer que não paravam de florescer.

Depois da noite passada, como ela poderia se considerar outra coisa senão apaixonada por ele? Desesperadamente. Archer não mudara apenas a ela; mudara o que ela sentia por ele. Os laços entre eles eram tão fortes e verdadeiros que ela sabia instintivamente que, se os cortasse, perderia uma parte de si mesma. E não estava preparada para abrir mão dessa parte de si.

Como poderia imaginar que se entregaria a ele sem querer mais? Sem querer tudo?

Ele retornou, como prometido; entrou pela porta tão silenciosa e calmamente quanto havia saído, com o cataplasma na mão.

O peso de suas emoções era como uma pedra no peito de Stasia roubando-lhe a capacidade de respirar. Ela precisava se distrair, pensar em qualquer coisa que não no amor crescente em seu coração, no futuro sem ele que se avizinhava.

— Lucky mesmo fez este cataplasma? — perguntou ela.

— Sim.

O colchão afundou quando Archer voltou a se sentar na cama.

— Ele não colocou uma pitada de veneno, não é? Ou talvez esterco de cavalo? — disse Stasia, tentando dar um pouco de leveza à conversa.

Queria espantar a sombra que parecia ter se instalado sobre eles depois de seus desejos satisfeitos.

Conseguiu fazer Archer dar um leve sorriso.

Com um canto da boca só.

— Não que eu saiba — disse, queimando Stasia com seu olhar ardente. — Vai doer um pouco no começo, tente ficar parada.

Ela sentiu o cheiro das ervas medicinais.

— Não pode doer mais do que a pomada que Tansy aplicou em minhas costas depois das chicotadas. Por pior que seja, vá em frente.

— Para você, somente o meu melhor. — Archer aplicou o cataplasma no ferimento. — Pronto. Sente algum desconforto?

Ela sentiu um leve frio e um leve ardor. Como havia dito a Archer, a pomada de Tansy havia sido muito menos agradável de suportar.

— Vou sobreviver — provocou.

— Graças a Deus — murmurou ele, franzindo a testa e refazendo o curativo. — Não brinque com isso. Eu poderia ter perdido você ontem à noite.

Ela esperou que ele enrolasse a atadura de linho no braço dela antes de responder, incapaz de esconder a amargura na voz.

— Logo você vai me perder de qualquer jeito…

Ele apertou o maxilar e suas narinas se dilataram.

— Não desse jeito. Desde que esteja segura, nada mais importa.

— Mesmo que esteja casada com outra pessoa?

A pergunta saiu de sua boca antes que ela pudesse impedir; era inútil e tola; impossível de se responder de uma maneira aprazível.

Ele ficou pensando um momento.

— Mesmo que esteja casada com outra pessoa.

E, então, ele voltou a enrolar o curativo em volta do braço dela, firme, para manter o cataplasma no lugar, mas não tanto a ponto de causar mais dor. Ela se viu irritada com ele por aquelas palavras. Era ridículo, o que ela esperava que ele dissesse? Ela nunca deveria ter feito aquela pergunta.

No entanto, ela não conseguiu se livrar da decepção, frustração e mágoa.

Não conseguia deixar de desejar que ele tivesse lhe dado uma resposta diferente. Que houvesse dito que fugiriam juntos e que se casaria com ela no lugar do rei Maximilian. Que mesmo por um segundo, ele houvesse pensado em tê-la para sempre em vez de entregá-la a outra pessoa.

Ele terminou o curativo.

— Stasia... — disse no silêncio que havia se instalado.

Mas havia uma nota de pena no tom de voz dele, e isso ela não suportava ouvir. Stasia estava com raiva de si mesma, com seu orgulho ferido, ressentida pela falta de controle que tinha sobre a própria vida. Se não houvesse nascido princesa, poderia se casar com qualquer homem de sua escolha e não teria que viver uma vida miserável de sacrifício.

— É melhor eu me vestir — disse ela friamente, tentando esconder suas emoções turbulentas.

— Eu a ajudo.

— Posso me vestir sozinha.

— Está ferida, só pode usar um braço.

Seus olhares se encontraram, travando uma batalha de vontades.

— Não preciso que me ajude — rebateu ela.

— Está zangada comigo.

Ele estendeu a mão, afastou uma mecha de cabelo do rosto dela, em um gesto íntimo que, contra a vontade de Stasia, derreteu sua determinação.

— Estou zangada com as circunstâncias.

Ele acariciou o rosto dela com o polegar.

— O que queria que eu dissesse, Stasia? Você é uma princesa, e eu sou o filho bastardo de um marquês que foi vendido pela própria mãe. Tudo que temos são os próximos dias.

Eram palavras tão verdadeiras quanto sombrias. Mas uma parte delas a impressionou. Ela franziu a testa, procurando o olhar cor de esmeralda dele.

— Sua mãe o vendeu?

Ele confirmou; sombras de tristeza encobriram seus olhos, e ele apertou o queixo.

— Sim.

— Quando? — perguntou Stasia, lutando para compreender todas as implicações do que ele havia acabado de revelar. — Como?

— Não importa, amor.

— Importa para mim. Eu quero saber. Quero saber sobre você, sobre seu passado. Eu...

Ela hesitou. Quase disse que o amava. Mas tal confissão teria sido a ruína. Stasia não suportaria dizer aquelas palavras, por medo da resposta dele.

— Conte-me, por favor — acrescentou baixinho.

— Esse fardo não é seu, é meu, eu devo carregá-lo.

Ele se levantou da cama, e foi como se houvesse fechado uma porta dentro de si, que ela não deveria ultrapassar.

Stasia não queria pressioná-lo, mas insistiu. Saber sobre o passado dele lhe parecia fundamental para entender o homem complexo em que ele havia se transformado. Ela afastou os lençóis com o braço ileso e se levantou da cama, seguindo-o, sem se importar com sua nudez.

— E se eu quiser carregá-lo com você? — gritou às costas dele.

Ele parou e baixou a cabeça, aparentemente travando uma guerra consigo mesmo.

— Stasia, você não entende...

Stasia foi até Archer e pousou a mão nas costas fortes dele. Sentiu os músculos se contraírem ao seu toque, mas ele não se afastou.

— Então me faça entender. Você viu minhas cicatrizes, agora mostre-me as suas.

Ele inalou lenta e profundamente, e soltou o ar. Ela sentiu o movimento, o ar dilatando seus pulmões. Por um momento, temeu que ele saísse do quarto e a deixasse, que decidisse que não podia mais correr o risco de esconder uma princesa ferida em sua casa. Que ela o havia pressionado demais.

Mas, então, ele se virou de frente para ela. Stasia manteve a mão no lugar, até que estava sobre o coração dele, não mais nas costas. *Tum, tum, tum,* batia em ritmo constante, tão vital e reconfortante.

— Você quer saber? — perguntou Archer, apertando o pulso dela com mais carinho que firmeza.

— Quero.

— Pois lhe contarei — cedeu ele, por fim, sem sorrir, como se seu rosto fosse esculpido em mármore. — Mas, em troca, você me permitirá ajudá-la a se vestir.

Um xeque-mate perfeito. Mas acaso ela esperava menos dele? Certamente não.

— Muito bem — concedeu ela. — Permitirei que me ajude e, em troca, você me contará sobre seu passado.

— Por que isso lhe importa tanto?

Stasia sustentou o olhar dele e, dessa vez, optou pela verdade.

— Tudo a seu respeito importa para mim. É assim que as coisas são.

Sem esperar pela resposta, ela passou por ele e se dirigiu à pilha de roupas descartadas às pressas na noite anterior.

Tudo a seu respeito importa para mim.

Santo Deus, como ele responderia àquelas palavras? Eram palavras que ninguém lhe havia dito antes. E ela lhe mostrara um carinho que nenhuma mulher jamais tivera com ele.

Archer engoliu em seco, tentando controlar a emoção pungente, o ardor desconhecido no fundo dos seus olhos. Não eram lágrimas, certamente; ele não chorava. Não chorava desde que era um garoto que fora vendido e mandado embora do único lar e família que já tivera na vida.

Stasia passou por ele a passo firme, distraindo-o com suas curvas femininas e pele luxuriosa. Dourada onde havia sido exposta ao sol, pálida onde ficara coberta. Curvilínea em todos os lugares certos.

Sua mulher.

Ela pegara o chemise. Ele se obrigou a reagir, pois depois de lhe oferecer uma troca justa, não poderia deixá-la se vestir sozinha. Muito bem, se ela queria ouvir os segredos sórdidos do seu passado, Archer lhe contaria. Talvez fosse melhor; ela não o veria da mesma forma depois que soubesse. Talvez pudesse reerguer os muros de defesa que ela destruíra, impor a distância tão necessária entre eles.

Archer tirou a peça íntima da mão dela e só então se lembrou do estado deplorável em que estava: rasgada ao meio.

— Terei que arranjar um substituto para isto — disse ele, sentindo-se culpado.

Não havia um método mais fácil de retirá-la, mas ele também não havia pensado em como arranjar outro chemise.

— Posso ficar sem — disse ela. — Agora me conte, por favor.

Ele se abaixou e pegou o espartilho, ainda inteiro, e começou a vesti-lo.

— Minha mãe era amante do marquês de Granville. Foi uma atriz famosa, mas seu amor pela bebida a levou à ruína e ela acabou consumindo ópio também.

Ele começou a apertar os cordões do espartilho, começando por cima, tentando manter as velhas emoções controladas.

— Durante alguns anos, me permitiram viver com meus meios-irmãos. Fui educado e tratado como se fosse da família. Mas, quando minha mãe deixou de ser a favorita do marquês, ficou desesperada, pois a marquesa não queria por perto o filho ilegítimo do seu marido. Portanto, ofereceu uma boa fortuna à minha mãe para me levar embora dali, e ela aceitou.

Stasia olhou para ele por cima do ombro, com a testa franzida.

— Ah, Archer...

Ele mantinha a atenção fixa nos cordões, que amarrou com um nó firme na base.

— Isso não foi o pior. Minha mãe pegou o dinheiro da marquesa e me trouxe para Londres, onde rapidamente percebeu que eu poderia lhe render ainda mais. Eu era um rapaz bonito, e havia bordéis que negociavam com crianças.

Ele engoliu em seco, tentando impedir que a bile subisse por sua garganta e o velho terror o consumisse. Sempre preferira não pensar naquela parte do seu passado, no que quase acontecera com ele, mas que de fato acontecera com tantos outros como ele.

Terminou o nó e se abaixou para pegar as anáguas.

— Não precisa continuar — disse ela baixinho.

Archer não sabia se Stasia havia dito isso para poupar a si mesma ou a ele, mas já havia chegado até ali...

— Serei o mais gentil que puder para vestir isto em você. Avise-me se doer.

— Archer...

Ele ignorou o tom suplicante na voz dela e retomou suas tarefas: ajudá-la a se vestir e revelar seu passado.

— Ela pegou o dinheiro e me deixou ali. Eu ficava preso em um quarto com outro rapaz que fora sequestrado das ruas. A cafetina que dirigia o bordel era uma bruxa cruel determinada a nos deixar passar fome e nos drogar até a submissão. Nós escapamos por puro desespero uma noite, antes que algo pior nos acontecesse, e passamos anos sobrevivendo nas ruas sozinhos, furtando carteiras e fazendo tudo que podíamos para continuar vivos.

A anágua já estava no lugar. Ele fechou os botões de cada lado.

— O que aconteceu com o rapaz que fugiu com você? — perguntou ela.

— Era Lucky — respondeu Archer, pensando na sorte que ambos tiveram por terem se encontrado e forjado aquele vínculo fraternal. — Ele está ao meu lado desde então. Nenhum de nós poderia ter sobrevivido sem o outro. Ele salvou minha vida, e eu salvei a dele.

O último botão estava fechado, e Stasia se virou para ele. Mas o horror e a repugnância que ele pensou que encontraria no semblante dela — dada a reação que recebera no passado sempre que falava de sua juventude — não estavam ali. Não viu nada além de compaixão.

— Fico feliz por vocês terem tido um ao outro — disse ela. — Vocês foram muito corajosos. Imagino como estavam aterrorizados.

— Não éramos corajosos — negou ele com sarcasmo. — Muitas noites, chorávamos como bebês. Mas superamos aqueles tempos difíceis.

Ela levou a mão ao rosto dele, e o calor do toque enfraqueceu ainda mais a determinação de Archer de tentar se distanciar dela.

— Obrigada por me contar.

Ele segurou o pulso dela com delicadeza e levou a palma da mão até os lábios para beijá-la.

— Fui subornado para contar, não se esqueça.

As comissuras dos lábios sensuais dela se curvaram para baixo.

— Desculpe por ter forçado você a falar de algo que não queria.

Ele deu de ombros.

— É melhor mesmo que você conheça o homem com quem se permitiu dormir, princesa. Eu disse que não sou um cavalheiro; fiz e vi coisas que fariam até os criminosos mais experientes estremecerem. Eu mendiguei, menti e roubei. Fui implacável e desalmado. Sou o homem que meu passado forjou. Isso nunca vai mudar.

À sua maneira, Archer estava tentando forçá-la a confrontar a verdade, a deixar de olhá-lo com tanta ternura, como se ele pudesse salvá-la do futuro que ela não desejava. Como se ele pudesse se casar com ela. Houve um momento em que tal sugestão ficou no ar, tácita. Archer sabia o que ela queria ouvir, mas já havia contado mentiras suficientes na vida. Não iria enganá-la.

— Gosto do homem que você é — disse Stasia, sustentando o olhar dele. — Exatamente como é. Eu não gostaria que você mudasse.

Ele teve que engolir em seco para conter a emoção e se obrigar a recolher o vestido dela do chão.

— Você não deveria dizer coisas assim a um homem, princesa — disse ele.

Ela inclinou a cabeça e perguntou com expressão inquisitiva:

— Por que não?

— Porque me faz querer fazer coisas tolas — disse ele.

Coisas como dizer a ela que a amava. Como fugir e se casar com ela e mantê-la para sempre ao seu lado. Mas ele não disse nada disso.

— E nenhum de nós tem cacife para arcar com essas coisas — acrescentou.

Ele a ajudou a colocar o vestido, tomando muito cuidado com seu braço ferido.

— Não — disse ela com profunda tristeza. — Suponho que não.

Archer amarrou as fitas do corpete, furioso pelo futuro que os aguardava.

CAPÍTULO 12

— *Quem poderia* querê-la morta?
Stasia não queria pensar na pergunta sombria feita por Archer do outro lado da mesa do café da manhã, porque toda resposta possível era assustadora, e a perspectiva de seu próprio assassinato não era algo que queria cogitar sentada em frente ao homem de beleza estonteante que só estaria em sua vida por mais alguns dias.

Ela suspirou.

— Já falamos nisso. Não quero falar desse assunto.

Ele soltou um som grave de reprovação:

— Pois deveria. Teve muita sorte de sair apenas com o braço ferido. Se a mira daquele maldito fosse melhor...

Suas palavras se esvaeceram ominosamente.

Ela cutucou seu ovo *poché* com o garfo.

— Felizmente para mim, sua mira foi perfeita.

— Sim, mas da próxima vez, talvez eu não esteja lá com uma pistola pronta.

Stasia não sabia qual perspectiva a assustava mais, a de outro assassino indo atrás dela, ou a de Archer não estar lá para ajudá-la como estivera na noite anterior.

— Não podemos ter certeza de que ele não era um salteador — recordou ela antes de levar um pedaço de ovo à boca com total falta de graça e decoro.

O ovo tinha gosto de cinzas. Ela o engoliu rapidamente.

— Stasia, ele não era um maldito salteador.

A ira na voz de Archer fez Stasia deslocar o olhar do prato aos olhos vibrantes dele. Mesmo irritado como estava, ele era lindo demais. Aquele queixo esculpido, aqueles lábios sensuais que sabiam explorar seu corpo com tanta habilidade e deixá-la inebriada... A protuberância em seu nariz, conquistado por salvar sua meia-irmã. Seus pômulos bem-marcados. O pescoço, o pomo de adão. Seu cabelo comprido que brilhava à luz do sol com ricos toques de vermelho e dourado.

Ele praguejou baixinho, passando a mão pelo queixo e atraindo a atenção dela para seus dedos longos, que sabiam tão bem lhe dar prazer.

— Pare de me olhar assim, princesa.

Pega em flagrante.

— Assim como? — perguntou ela, fingindo inocência para provocá-lo e desviar sua atenção.

— Como se estivesse pensando em meu pau dentro de você.

Graças a Deus ela não dera outra mordida no ovo, senão, teria engasgado. Não teve pressa para elaborar sua resposta; tomou um gole de chá, sustentando o olhar dele. Torcia para que parecesse muito mais calma e controlada do que realmente estava, porque as palavras devassas dele fizeram seus mamilos endurecerem sob o espartilho e aquela parte entre suas coxas — exatamente no lugar onde o pau dele havia estado — latejar.

Exatamente onde ela queria que estivesse de novo.

— Não era nisso que eu estava pensando — disse por fim, satisfeita consigo mesma por ter sangue frio suficiente para continuar a conversa.

— No que estava pensando, então? Não tente me persuadir de que estava pensando no tema que estou tentando discutir com você. Não acreditarei de forma alguma.

Mesmo severo e ríspido, Archer a fazia ansiar por ele. Stasia apertou as coxas para controlar o desejo pulsante e descobriu que estava molhada.

— Estava pensando em como você é bonito — disse honestamente.

Na ausência de criados, podiam falar à vontade, e Stasia ficou grata por poder ser franca. E de observá-lo como quisesse. Não conseguia parar de olhar para Archer, pensando em tudo que ocorrera entre eles.

E querendo mais.

— O fato de eu ser bonito não tem nada a ver com o fato de que alguém tentou fazer um grande mal a você ontem à noite — rebateu ele. — Maldição, lá vai você de novo!

Ela deu um leve sorriso.

— O que foi?

— Está me olhando daquele jeito. Pare com isso agora mesmo.

Ela ergueu uma sobrancelha, desafiadora.

— E se eu não parar?

— Se não parar a colocarei em cima desta mesa agora mesmo.

Seu sexo latejou, seu coração batia forte.

— Isso é uma ameaça… ou uma promessa? Se for uma promessa, eu gostaria muito que você a cumprisse.

Mais uma vez ele praguejou.

— Seu braço…

— Você conseguiu muito bem evitar me machucar ontem à noite — recordou ela. — Duas vezes.

Ele proferiu um terceiro palavrão, que ela não compreendeu; provavelmente foi melhor assim.

— Chega dos seus joguinhos, princesa. Quero nomes, agora.

Que pena, porque o que ela queria era ele. Se bem que não conhecia a mecânica envolvida em fazer amor em cima de uma mesa, e dado o estado de seu braço, talvez não fosse sensato.

Stasia suspirou. Seu corpo ainda queria mais, sua mente sabia que ele estava certo.

— Poderia ter sido meu tio Gustavson. Existe a possibilidade de que um dos guardas tenha me visto saindo da casa e mandado uma mensagem para ele. Se for esse o caso, não tenho dúvidas de que ele desejaria me ver morta.

— Sabemos que ele é cruel a ponto de assassinar qualquer pessoa que se ponha em seu caminho — concordou Archer. — E o homem com quem você deve se casar?

— Ele é capaz disso, não duvido. No entanto, ele precisa muito de mim viva.

Disso ela tinha quase certeza, pois o rei Maximilian havia sido explícito em seu desejo de derrubar Gustavson, um homem que considerava uma ameaça à paz pela qual ele havia trabalhado tanto para estabelecer em seu reino. Mas para derrubar o tio de Stasia, o rei Maximilian precisava de Theodoric, seu irmão. E, para persuadir Theodoric a voltar à Boritânia e recuperar seu trono por direito, o rei Maximilian precisava dela.

— De que forma ele precisa de você? — perguntou Archer, sério. — Como esposa dele?

A confissão completa estava na ponta da língua de Stasia. Mas ela não conseguia se livrar do medo de que, se contasse a Archer quem era realmente seu noivo e o que planejaram, ele concluísse que o perigo que ela representava não valeria a recompensa.

Ela não suportaria se separar dele mais cedo que o necessário.

— Sim — mentiu, olhando para o prato, pois não conseguia sustentar o olhar de Archer, visto que o estava enganando.

A culpa pesou sobre ela. Depois de tudo que haviam passado juntos, ela deveria contar a ele.

— Quem mais? — perguntou Archer antes que ela pudesse dizer mais alguma coisa sobre o assunto. — Seu tio tem inimigos em Londres?

Ela pensou por um momento, cutucando o restante do ovo.

— Nenhum, que eu saiba.

Isto é, além dela e do rei Maximilian.

— E seu irmão?

Essa pergunta a fez levantar a cabeça, surpresa.

— Theodoric? Nunca. Meu irmão jamais me machucaria.

— Mesmo que ele acredite que você o traiu há dez anos, quando foi exilado? — pressionou ele.

Ela não hesitou, pois conhecia o irmão.

— Mesmo assim.

Theodoric era leal e bondoso. Ele fora um tanto libertino quando vivia na corte, isso era verdade, mas era muito jovem na época. E havia sofrido muito por sua lealdade à mãe deles; quase morrera por isso. Stasia não tinha dúvidas de que ele teria morrido por qualquer um de seus irmãos, se isso lhe houvesse sido pedido.

— Mais alguém que imagina que poderia desejar que algo de ruim lhe acontecesse? — perguntou Archer, distraindo-a dos pensamentos do passado.

— Não. Na verdade, meu tio parece ser o mais provável.

Dar-se conta disso lhe provocou um arrepio. Porque se Gustavson sabia que ela estava saindo da casa, era possível que também soubesse por quê.

— Mandarei alguns dos meus homens investigarem — disse Archer, com o semblante sombrio. — Também colocarei mais guardas vigiando esta casa enquanto você estiver comigo, caso ele descubra aonde você foi.

Ela engoliu em seco; outro medo em relação a Gustavson estava criando raízes em seu coração. Como ela havia podido imaginar que estaria fora do alcance dele em Londres? Ou que seus guardas seriam tão facilmente enganados por seu estratagema? E o que seria de Tansy? Stasia não podia colocar sua leal dama de companhia em perigo ainda mais. Fazer isso seria errado.

O que significava que...

— Terei que voltar para casa mais cedo do que esperávamos — disse. — Se for meu tio o responsável pelo ataque a mim ontem, a notícia de que falhou logo chegará a ele. E ele pode mandar prender minha dama de companhia por ser cúmplice.

— Não — disse Archer rápida e firmemente. — Você corre mais perigo lá. Não permitirei isso.

— A decisão não cabe a você. Não colocarei Tansy em risco. Além disso, se meu tio quisesse me matar, já teve muitas oportunidades de fazê-lo. Imagino que ele queira fazer parecer que fui abordada por um batedor de carteiras ou ladrão na rua, não dentro de casa.

— Maldição! — Ele bateu o punho na mesa, assustando Stasia com essa rara demonstração de raiva, apesar de saber que não se dirigia a ela, e sim às circunstâncias. — Encontrarei uma solução melhor. Dê-me um pouco de tempo.

Mas o tempo estava acabando.

Ela suspirou; a devastação coagulou toda a esperança da manhã.

— Quando pode convocar Theodoric para me ver? Preciso falar com ele o mais rápido possível.

— Hoje — prometeu Archer, muito sério.
Acabaram o café da manhã em um silêncio sombrio.

— Esta é sua biblioteca, então? — perguntou Stasia, andando pela sala e passando o dedo pelas lombadas dos livros.

Archer conteve o febril desejo e a necessidade de estar ao lado dela. De abraçá-la, tocá-la. Não podia esquecer que, em breve, ela sairia de sua vida para sempre. A mensagem convocando o irmão de Stasia fora enviada. Era apenas questão de tempo até que ele chegasse. Depois disso, Stasia voltaria para a casa do tio em Londres. E Archer teria que deixá-la ir, a menos que encontrasse uma maneira de mantê-la ali por mais um dia, uma hora, um minuto. Sentia-se ganancioso no que dizia respeito a ela: queria o máximo de tempo que pudesse implorar, tomar ou enrolar.

— É a biblioteca, sim, mas não é propriamente minha. Os livros foram deixados pelo residente anterior — admitiu Archer, com as mãos cruzadas às costas, parado diante de uma fileira de janelas, com a atenção dividida entre Stasia e o dia cinzento, que combinava com seus pensamentos.

— Por que os deixou? — perguntou ela, curiosa. — Tantos livros, prateleiras e mais prateleiras!

— Porque ele me devia muito mais que a casa e todo seu conteúdo valiam — disse ele baixinho, desviando o olhar do corpo tão feminino dela, tão deliciosamente abraçado pelo vestido lilás.

Olhou para baixo, para a rua encharcada e a escuridão iminente.

— Por que ele lhe devia tamanha quantia?

A voz dela estava perto. Ela havia se aproximado, tentadora.

Inferno!

Ele desviou o olhar da janela e se virou, encontrando-a a pouca distância, tão linda que não era nem justo.

Ela não é minha, disse a si mesmo com firmeza. *Não é minha*.

Mas seu coração acelerado tinha outras ideias, assim como seu pau, que se contorcia e ganhava vida, ansioso.

— Eu era agiota — confessou, ciente da desonra inerente a tal ocupação. — Ainda posso ser, se a oportunidade surgir e me interessar o suficiente.

Não tinha vergonha do que fizera para ganhar seu pão. Emprestar dinheiro havia dado um teto a ele e a Lucky, enchera sua barriga. Mais tarde, havia lhe dado uma grande riqueza. E, depois disso, levara-o a outros empreendimentos de natureza muito mais perigosa, mas muito mais lucrativos também.

— Agiota — repetiu ela, pensativa, queimando-o com seus olhos azuis. — Mas o que você faz agora, os serviços que oferece, estão relacionados?

O fato de ela querer saber mais sobre ele o deixou estranhamente satisfeito. Nenhuma das mulheres que haviam passado por sua vida jamais se interessara em saber como ele ganhava seu dinheiro. Ficavam satisfeitas por ele ter o suficiente para pagar a elas o que quisessem.

— Um pouco — foi tudo o que disse, esperando que isso a satisfizesse.

Na verdade, seu passado era complicado. Archer não se arrependia nem por um momento do que fizera para chegar aonde estava, diante de uma linda princesa em uma biblioteca de Mayfair cheia de livros que ele não havia escolhido nem lido.

— Você está sendo deliberadamente vago — observou ela, astuta, inclinando a cabeça e fazendo cair uma mecha de cabelo em seu rosto.

Estava com um coque bagunçado; ele mesmo fizera no cabelo dela depois de ajudá-la a se vestir. E embora fosse hábil para tirar e colocar roupas íntimas femininas, sua habilidade com a toalete feminina se mostrara, decididamente, inusitada.

Sem pensar, ele estendeu a mão e colocou a mecha errante atrás da orelha de Stasia; seus dedos se demoraram roçando o lóbulo roliço e sedoso. Seu corpo gritava por dentro que a tomasse pela nuca e puxasse para si, que colasse seus lábios nos dela e a beijasse até ficar sem fôlego, enquanto ainda podia.

Mas se o fizesse, não conseguiria parar.

— Talvez eu não tivesse certeza de quão interessada você estava, princesa — disse ele, esforçando-se para manter o tom leve e parar de tocá-la.

— Estou sempre interessada no que lhe diz respeito — disse ela baixinho, mas triste. — Até demais, temo.

Ele entendeu. Deus, como entendeu…

Archer levou as mãos às costas de novo, na tentativa de conter seus impulsos. Queria ter um charuto para fumar.

— O que deseja saber? — viu-se perguntando.

— Tudo que haja para saber.

Ela sorriu, e ele sentiu uma fisgada no peito.

— Eu comecei como agiota — disse ele, tentando se distrair. — O lucro era muito bom. A educação que recebi quando garoto me ajudou. Mas Lucky não sabe ler nem escrever, por isso, ele era a força bruta e eu era a mente. Juntos, formávamos uma equipe. Crescemos muito, até que se apresentou uma nova oportunidade para nós, muito mais lucrativa. Começamos a trabalhar em segredo para a Coroa, usando nossos olhos e ouvidos para descobrir traidores e revolucionários e levá-los à prisão. Isso acabou levando aos serviços privados que você contratou. Meu objetivo de vida era ser mais poderoso e rico que as pessoas que me machucaram, e consegui.

— Você criou seu próprio império — disse ela, impressionada.

Ele deu de ombros, desconfortável, pensando nos perigos que haviam enfrentado, nos homens que perderam a vida.

— Sim, de criminosos e ladrões. Fiz tudo o que tive que fazer para sobreviver, e não tenho vergonha disso. Nunca serei bem-vindo na alta sociedade, sempre serei um bastardo do marquês, um homem que sujou as mãos no comércio. Um homem totalmente inadequado para uma princesa. Você nunca deveria ter me deixado tocá-la, muito menos a levado para a cama.

Stasia se aproximou um passo e pousou a mão no peito dele, acima do coração.

— Não me arrependo de um único momento que vivemos juntos.

Ele engoliu em seco.

— Pois deveria, princesa. Inferno, você não deveria estar aqui sozinha comigo agora! Eu não consigo me controlar quando está perto.

— Não se controle, então.

Archer fechou os olhos com força, tentando bloquear a visão majestosa e deslumbrante que era Stasia o fitando como se ele fosse alguém digno dela.

— Eu tenho que me controlar, pelo bem de nós dois.

— Por quê? — perguntou ela, segurando o queixo dele.

O toque da pele dela o fez sentir um arrepio. Ele soltou um suspiro e abriu os olhos, absorvendo a visão.

— Porque eu não deveria ter feito amor com você ontem à noite e, com certeza, não devo fazer amor com você de novo.

— E se eu quiser? — murmurou ela, olhando-o do mesmo jeito que o olhara antes, que o deixara de pau duro e latejante, desesperado para estar dentro dela de novo, uma última vez.

— Maldição, princesa — rosnou ele, rendendo-se à tentação e pousando as mãos na doce curva da cintura dela. — Eu avisei para não me olhar desse jeito.

Um leve sorriso enfeitou os lábios de Stasia. Ela era a imagem da sedução, uma mulher que entendia muito bem o efeito que tinha sobre um homem, o poder que exercia sobre ele. Archer faria qualquer coisa que Stasia pedisse, e a expressão em seu rosto adorável dizia que ela sabia disso. Archer estava perdido. Ele a amava.

Archer a queria mais do que a vida.

— Eu quero que você me foda, Archer — disse ela, com voz profunda e aveludada, puro pecado e luxúria.

Meu.

Deus!

A reação de seu corpo foi instantânea; a luxúria e a necessidade de possuí-la o dominaram. *Minha. Minha. Minha.*

Ele apertou o maxilar.

— Eu também disse para você não usar essa palavra.

Ela mordeu seu lábio inferior carnudo.

— Foder? — perguntou lentamente, arrastando a palavra e destruindo a capacidade dele de resistir.

— Essa mesma — murmurou. — Não diga isso de novo.

— Você nunca me deu uma boa razão para eu não a usar.

Ela acariciou o queixo de Archer e o destruiu completamente usando a ponta acetinada de seu indicador para acariciar o lábio superior dele.

— Eu não quero ser uma princesa ou uma dama agora. Tudo que eu quero ser é sua.

— Maldição, Stasia!

As mãos dele ganharam vida própria e a pegaram pela bunda, puxando-a contra o seu pau e lhe mostrando o efeito que ela tinha sobre ele.

— Veja o que você faz comigo.

Ela soltou um leve gemido de prazer.

— Por favor, Archer.

— Não está dolorida? — perguntou ele, afinal, a noite anterior havia sido a primeira dela e não queria machucá-la.

— Não — tranquilizou ela. — Eu preciso de você.

Essas palavras finais foram a ruína dele.

A parte racional de sua mente sabia que não deveria, mas o resto sabia que tinha que fazer amor com Stasia mais uma vez antes que ela fosse embora para sempre de sua vida.

Archer a beijou com força, um beijo possessivo e devorador.

— Vamos ao meu quarto.

CAPÍTULO 13

Stasia passara o finalzinho do café da manhã e a visita à biblioteca de Archer dizendo a si mesma que não deveria mais ter intimidade com ele. Que se tivesse, isso só tornaria a inevitável separação muito mais difícil para ela. Mas, no momento que ele começara a revelar mais sobre seu passado, parado à janela tão brutalmente bonito e triste, ela soubera que seria impossível manter distância.

Porque ela o amava. Porque ansiava por ele.

Stasia o queria desesperadamente.

E lá estava ela de novo, em seu quarto, beijando-o enquanto ele a ajudava a tirar o mesmo vestido e as mesmas roupas íntimas que a ajudara a vestir poucas horas antes. Seu braço doía menos naquela manhã, era mais uma dor aguda no fundo da carne que qualquer outra coisa. Talvez o cataplasma de Lucky estivesse fazendo efeito. Ou talvez seu corpo estivesse consumido demais por outras sensações muito mais prazerosas para se incomodar com o ferimento.

Nada disso importava, porque Archer estava deixando uma trilha de beijos sobre sua clavícula, com a boca quente e firme e o cabelo sedoso roçando sua face. Ela se agarrou ao ombro dele com uma mão, mais uma vez grata por ter sido seu braço esquerdo o ferido, não o direito.

— Você está com roupas demais — protestou, notando que ele só havia tirado o casaco até então, ao passo que ela estava só de anágua e espartilho. — Quero sentir, ver, beijá-lo.

— Paciência — murmurou ele, beijando o pescoço dela. — Não quero machucar seu braço.

— Para o diabo com meu braço — disse ela, frustrada. — Ele vai sarar, mas eu só tenho você agora.

Archer levantou a cabeça, fitando-a com seu olhar cor de esmeralda, solene.

— Sempre me terá, princesa. Perto ou longe, sou seu. Basta me chamar que irei até você.

Ele estava muito sério, ardendo com uma intensidade que ela nunca vira nele antes. A emoção cresceu dentro do coração dela, o amor fez sua garganta se apertar e lágrimas turvarem seus olhos.

— Obrigada — sussurrou, encontrando cegamente os lábios dele e o beijando.

Ele a tomou pela nuca e a beijou com lábios arrebatadores e vorazes; o sal das lágrimas dela se misturou ao gosto dele.

— Não. — Archer beijou o canto dos lábios dela, e só a ternura em sua voz foi o suficiente para fazê-la chorar de novo. — Não chore, amor, não quero vê-la triste. Quero vê-la ardendo por mim.

Como se quisesse demonstrar, ele passou as mãos pelo corpo ansioso dela, fazendo-a reviver com seu toque hábil. O que Stasia faria sem ele? Como seria capaz de se afastar dele para sempre e se casar com outro homem?

Ele a beijou de novo, dessa vez mais profundamente, enroscando a língua na dela, provocando-a, incitando uma resposta. Com um gemido, ela soltou seu ombro e subiu mais a mão, agarrando um punhado de cabelo. *Eu amo você*, disse ela com os lábios, a língua, com seu corpo se enroscando no dele. *Não quero deixá-lo.*

Mas não pensaria nisso agora.

Stasia baniu todos os pensamentos de sua mente. Só queria sentir, saborear aquele homem em seus braços, assegurar que cada momento ficasse para sempre gravado em sua memória. Gravaria em seu coração cada toque, cada respiração, cada beijo e carícia. O cheiro dele, sabonete, almíscar, homem e couro. A força dele. O fato de Archer fazê-la sentir como se fosse a única mulher que ele desejaria sempre, que fora feita só para ele.

As lágrimas secaram, e logo ele tirou a anágua dela pela cabeça com lentidão, meticuloso, beijando cada pedacinho de pele nua que seus lábios encontravam. Ela abriu os botões do colete dele e o tirou pelos ombros e braços. O plastrão foi o próximo; foi mais difícil manusear o nó, dado que ela estava usando só uma mão. Ele a ajudou afrouxando-o para que ela pudesse puxá-lo.

O desespero e a impotência caíram como as camadas de roupas que iam tirando. Stasia queria apenas viver o momento, esquecer qualquer outra coisa que existisse fora daquele quarto. Quando a camisa dele estava no chão sobre sua anágua, ela começou a admirá-lo sem pressa, beijando seu peito largo, ficando na ponta dos pés para beijar seu ombro, seu pescoço.

Ele gemeu baixinho e enroscou os dedos no cabelo dela, fazendo chover grampos no tapete. Quando o espartilho desapareceu e ele tirou as calças e as ceroulas, Stasia estava queimando por ele, exatamente como ele queria que estivesse.

Foram até a cama agarrados, beijando-se como se a boca de um fosse a fonte da vida do outro. Como se fossem deixar de existir se parassem. Archer a acomodou deitada de costas, afofando os travesseiros e colocando-os embaixo da cabeça dela, e então se abaixou para abocanhar um mamilo. A sucção quente e úmida a fez gemer e arquear o corpo, e a leve abrasão dos dentes dele a fez ofegar e a umidade se acumular entre suas coxas.

Ele foi passando a língua pelo corpo dela, mergulhando os dedos entre suas dobras, fazendo uma breve carícia.

— Você está encharcada por mim, não é, princesa?

— Sim — sussurrou ela, e ergueu os quadris, inquieta, quando ele parou.

Ele passou para o outro seio, mordendo levemente o bico, puxando-o com os dentes e chupando-o com força. Durante todo o tempo, ele manteve a mão sobre o monte de Vênus dela, aumentando o desejo dela com a pressão, mas sem mexê-la, mantendo o dedo parado e a enlouquecendo. Era uma tortura lenta e sutil do tipo mais sensual que existia.

Ele chupou e soltou o mamilo dela, provocando um estalo pecaminosamente erótico.

— Você não sabe como está linda aqui em minha cama, nua e pronta para mim...

Ela se contorceu, querendo ouvi-lo falar; querendo que ele enfiasse fundo o dedo. Que esfregasse a palma da mão em seu clitóris latejante.

— Linda demais. — Ele beijou o vale entre os seios dela. — Poderia adorá-la para sempre sem me cansar. De beijar e lamber cada centímetro seu.

Ele passou o dedo pela abertura dela, tentador, espalhando a umidade pelas dobras. Mas quando alcançou o broto exigente que mais queria sua atenção, parou e retirou a mão.

Lá no fundo, os músculos de Stasia se contraíram, ansiando por ele. Sua respiração já estava ofegante, seus mamilos duros e doloridos. Ele pegou um dos seios dela, beliscou o mamilo tenso, puxou-o.

— Mostre-me como você se toca — pediu ele em voz baixa, veludo e mel para os sentidos dela.

Ela nunca havia tocado seus seios, pelo menos não para se dar prazer. Na verdade, nunca havia prestado muita atenção neles até conhecer a deliciosa felicidade que era a boca de Archer neles. Sua atenção sempre se desviava para outro lugar.

Como se estivesse lendo a mente de Stasia, ele pegou a mão dela e a guiou entre suas pernas.

— Mostre-me como você se dá prazer aqui. Veja como está molhada. Tão quente e escorregadia. Quero ver.

Ela soltou um leve gemido. O pedido dele fez seu clitóris pulsar, e ela queria agradá-lo. Queria agradar os dois. Devagar, ela foi acariciando em círculos seu broto inchado, ofegando ao primeiro toque e imediatamente precisando de mais.

— Assim, amor.

Ele beijou o ombro, a têmpora dela, observando-a enquanto ela se acariciava.

— Fique pronta para gozar.

Ela não sabia se conseguiria levar aquilo até o fim. Sentia-se ousada, mas tímida também. Queria muito, mas o olhar dele lhe causava certo constrangimento.

— Parece bem devasso— disse ela, mas não conseguia parar.

Era bom demais. Pecaminoso, errado e delicioso. Ela aplicou mais pressão, mexendo os dedos com familiaridade, sentindo toda aquela umidade.

— Quando estiver quase lá, quero que me diga — disse ele, beijando sua orelha, lambendo a parte de trás e provocando uma onda de prazer que chegou até os dedos dos pés dela. — Continue até quase gozar.

Archer chupou o pescoço dela, foi passando os dentes levemente por ele, enquanto ela estimulava sua carne sensível, dando prazer a si mesma como ele pedia.

Adorando aquilo.

Mas ela ansiava pelo toque de Archer. Já teria que se tocar sozinha nos anos solitários que a esperavam, presa em um casamento sem amor com o rei Maximilian.

— Quero que você me toque — protestou, frustrada e ansiando por ele.

— Daqui a pouco — tranquilizou-a, beijando seu ombro, mordendo-o suavemente, como se ela fosse uma maçã madura que ele quisesse devorar.

Os dedos de Stasia pareciam determinados a lhe desobedecer, mexendo-se mais rápido sobre sua pérola e levando-a cada vez mais perto do orgasmo.

— Quero você agora — disse ela, ofegante.

Suas pernas já estavam ficando tensas, pois se aproximava do clímax; seu coração batia forte, o sangue pulsava em seus ouvidos.

— Você me terá — prometeu ele, esfregando a barba por fazer nos seios dela, fazendo-a tremer de desejo.

— Quando? — perguntou ela, quase sem voz.

Ele deu batidinhas no mamilo dela com a língua.

— Vai gozar logo, princesa?

O jeito dele de chamá-la de princesa, com aquela voz de barítono cheia de luxúria e sensualidade, foi a ruína de Stasia. Estava quase gozando. Ela podia sentir o orgasmo crescendo, tudo dentro dela se apertando como se fosse um nó.

— Quase — suspirou.

— Que boa menina — disse ele, pegou o pulso de Stasia com delicadeza e puxou a mão dela. — Pode parar agora.

Pegou o dedo que ela estava usando para se dar prazer, que brilhava recoberto do orvalho dela, e o chupou e lambeu até limpá-lo. Sentir a boca quente dele a levou um passo mais perto do ponto enlouquecedor em que tudo explodia dentro dela.

Mais perto, mas não o suficiente.

Ela não havia gozado. Sua boceta estava ansiosa, pronta. Stasia mal conseguia respirar; arfava como um raio atravessando um céu calmo.

Respirou fundo.

— Mas eu não...

— Você não o quê, amor?

Ele foi descendo pelo corpo dela, beijando, lambendo e mordiscando pelo caminho.

— Diga. Pensei que você gostasse de me provocar com palavras vulgares.

Ponto para ele. Diante de tanta luxúria, Stasia esqueceu a altivez. Reuniu coragem, expulsou a névoa mental induzida pelo desejo e disse:

— Eu não gozei.

— Vai gozar, mas só quando eu disser que pode.

Ele lhe lançou um olhar perverso enquanto acariciava as coxas, beijava o quadril dela...

Stasia se deu conta: era um jogo. Archer estava fazendo um jogo de sedução. A noite passada havia sido intensa, frenética, ardente e doce, mas aquela era diferente. Ele estava diferente, e ela também.

Ela também não era mais virgem. Ele havia desvendado os segredos do corpo dela e, ao que parecia, pretendia desvendar ainda mais. Segredos que ela não sabia que existiam. Desejos que ela não sabia que tinha.

— O que está fazendo comigo? — perguntou, agarrando as cobertas enquanto ele abria ainda mais suas pernas.

— Certificando-me de que você nunca esqueça que será sempre minha.

Ele baixou a cabeça, seus lábios quase roçavam o sexo dela, mas só quase; soprou um jato de ar quente. Com suas mãos grandes, ele a mantinha aberta, só para seu olhar.

— Memorizando cada pedacinho seu — ele inalou profundamente. — Seu cheiro — passou a língua rapidamente sobre as dobras de Stasia, imitando o que o dedo dela fizera antes. — Seu gosto — suavemente, como se estivesse degustando o mais delicado doce, ele a sorveu, provocando um enorme prazer e um gemido. — Hmmm, o jeito como você geme quando está desesperada por meu pau. Acho que é disso que eu mais gosto.

Deus, ele queria torturá-la, levá-la à beira da loucura, e ela era incapaz de fazer qualquer coisa além de implorar por mais. Implorar por mais toque, mais movimentos amorosos de sua língua, mais beijos.

— Quero você dentro de mim — disse, projetando os quadris, tentando encostar seu sexo naquele rosto bonito.

Ela o queria tanto, desejava tanto, que esqueceu seu orgulho e implorou:

— Por favor.

— Sshhh, amor. Deixe-me aproveitar, deixe-me saborear cada momento. Se esta for nossa última vez, quero que seja tão marcante que permaneça em mim até meu leito de morte e além, porque sei, do fundo de minha alma negra, que nunca mais vou querer outra pessoa do jeito que quero você.

Eles se olhavam fixamente, emoção e desejo se misturando. Como ela o amava! Deveria dizer isso a ele enquanto tinha a chance, enquanto tinha coragem.

Mas ele baixou a cabeça e beijou seu sexo. Beijou-o de boca aberta e faminta, do jeito que fazia com seus lábios, e o prazer expulsou todos os pensamentos de sua mente. Ele enfiou a língua dentro de sua boceta molhada.

Um antigo palavrão boritano escapou de seus lábios.

Ele a lambeu de novo e de novo, girando o polegar sobre sua pérola. Rapidamente ela chegou à beira do orgasmo de novo, seu corpo se retesou, sua respiração foi ficando mais difícil.

Ele afastou a cabeça; sua boca brilhava dos fluidos dela.

— Ainda não, princesa.

Ela gemeu de frustração; seu corpo inteiro doía por mais um orgasmo negado.

— Você quer me matar...

— Quero lhe dar prazer — disse ele com voz rouca e profunda, carregada de promessas sensuais. — Quero lhe dar tanto prazer que nenhuma outra pessoa servirá para você.

Isso já acontecera, desde a primeira vez que seus lábios se encontraram. Talvez antes disso.

— Existe uma palavra para definir você — disse ela, sem fôlego —, mas não me lembro agora.

— Bonito? — sugeriu ele, passando a língua levemente sobre a pérola dela, com pequenos movimentos que fez Stasia projetar os quadris para frente.

— Também, mas não é essa — ela suspirou.

Ele chupou mais alguns segundos e parou.

— Maravilhoso?

O cérebro dela não funcionava. Ela havia lido muito em inglês; era por isso que dominava tanto o idioma. Mas nunca lera nada sobre Archer Tierney a torturar sensualmente.

— Claro.

— O amante mais extraordinário do mundo?

Ele soprou outro jato de ar no sexo dela e passou o indicador por suas dobras, separando-as e parando à entrada.

Ela recordou a palavra. Milagrosamente, assim que ele enfiou o dedo.

— Maquiavélico — disse, apoiando os pés na cama para projetar os quadris contra ele, fazendo que aquele dedo delicioso entrasse mais fundo, antes que ele o retirasse.

Como era bom estar dentro dela, preenchê-la, enfiar fundo até o ponto onde ela era incrivelmente sensível; encontrar aquele lugar que encontrara antes, que a fizera perder o controle.

— Isso também — disse ele baixinho, e enfiou um segundo dedo nela, dando estocadas ritmadas com os dois, fazendo-a mexer os quadris no ritmo. — Você está perto de novo, princesa?

Ela nunca deixara de estar perto. Estava quase lá desde o começo, pronta para gozar. Louca por seus dedos, sua língua, o que ele lhe desse.

— Sim — respondeu, contorcendo-se.

Resposta errada. Ele retirou os dedos e a deixou vazia e desolada, ofegante e insatisfeita.

— Ainda não — murmurou ele com aquela voz perversa, e deu um beijo em cada coxa dela.

— Archer — resmungou ela.

— Princesa — ele beijou a barriga dela. — Minha princesa.

— Preciso de você — disse ela de novo, esperando que ele tivesse misericórdia e lhe desse aquilo que ambos queriam.

Ele beijou o umbigo dela, foi passando a língua pela barriga, fazendo-a ofegar de novo.

— Estou aqui.

— Dentro de mim — acrescentou ela.

— Daqui a pouco.

Ele beijou seu peito, passando as mãos por seu corpo, deixando um rastro de fogo.

Agarrou o ombro dele com uma das mãos, tentando manter o braço machucado imóvel, apesar do desejo imenso de mexê-lo, abraçar Archer e levá-lo ao local onde mais ansiava por ele.

— Agora — pediu.

— Ainda não.

Essas duas palavras de novo; uma promessa e uma provocação.

Ele chupou um mamilo, provocando uma explosão de prazer. Com a mão, apertava o sexo dela, possessivo, estimulando-a e negando o prazer ao mesmo tempo.

Ela arqueou o corpo, arranhando o ombro dele, e soltando um gemido. Era excruciante, da melhor maneira possível.

Archer soltou seu mamilo e lançou um olhar ardente para ela.

— Tão sensível... Você ama sentir minha boca, não é?

Ele aplicou pressão com a palma da mão antes de ela responder, dando-lhe certo alívio, mas não o tanto que ela desejava.

— Hmm — ela gemeu. — Eu amo tudo que você faz.

Eu amo você, poderia ter dito, mas era demais e ela não ousou arriscar fazer a revelação. Sua mente não estava funcionando corretamente.

Ele tirou a mão e, levemente, passou o dedo pela entrada dela, subiu até o outro seio e desenhou um círculo ao redor do bico, umedecendo-o. A seguir, com a língua foi lambendo o caminho que havia acabado de fazer.

— Tão doce — murmurou contra o seio dela. — Mais doce que o mel.

Enfiou o dedo em seu sexo de novo e o levou aos lábios dela.

— Prove como você é doce.

Ela chupou o dedo, como ele havia feito. A intimidade do ato, sua natureza proibida a deixou mais molhada ainda. Ele tirou o dedo e o enfiou de novo, fazendo carícias leves como penas, enlouquecedoras e deliciosas. Archer ainda não havia terminado com esse jogo, mas ela estava faminta. Só por ele, porque como ele havia prometido, nenhum outro jamais serviria.

Ele voltou aos seios dela, lambendo e chupando os bicos duros, também provocando o broto de seu sexo com delicadas espirais e leves carícias. Sua boceta pulsava; ela arqueou as costas, pressionando seu corpo contra o dele sem nenhuma vergonha, ansiosa pelo contato de pele. Ambos ardiam de calor; a pele deles brilhava de suor. O corpo firme e masculino dele deslizava contra as curvas suaves e femininas dela. Ela se sentia febril e tonta, seus seios pesados e cheios, seu sexo pulsando sob os toques suaves dele.

Era demais.

Mas não suficiente.

Ela não queria que acabasse. Não queria que ele parasse.

Ele fez um círculo na entrada dela com a ponta do dedo e o enfiou.

— Você está encharcada — disse contra o peito dela. — Sua boceta parece um rio.

Ela não podia controlar a resposta do seu corpo, ele a deixava molhada. Ele espalhou a umidade em suas dobras, em sua pérola, mostrando como ela era lasciva. O som de Archer brincando com o sexo dela se mesclava à respiração ofegante deles, aos gemidos de desejo que ela não conseguia conter. Então, ele beijou o pescoço dela, com a boca aberta, quente, exigente, e chupou tão forte que ela soube que deixaria outra marca em sua pele. Mas não se importou.

Só ele importava para ela.

O mundo inteiro de Stasia se reduzia àquele quarto, ao homem amado em cima dela, ao peso do corpo dele prendendo-a, aos lábios dele subindo e selando os dela por fim. Ele enroscou a língua na dela e ela sentiu o próprio gosto na boca de Archer.

Com o braço que não estava machucado, Stasia se agarrou a ele, beijando-o com a mesma voracidade. Ele se ajeitou firmemente entre as pernas dela. Finalmente, ela sentiu a cabeça do pau dele sondando sua entrada. Ele pegou o pau duro e o passou para cima e para baixo nas dobras dela, demorando-se sobre seu clitóris inchado, provocando-a uma última vez antes de se colocar na entrada da boceta de novo.

— Pronta para mim, princesa? — perguntou, com os lábios nos dela.

— Por Deus, sim! — disse ela, mexendo os quadris, buscando-o.

Ele entrou nela com uma longa estocada, enchendo-a inteira. Toda aquela provocação a havia preparado, de modo que ela já estava quase gozando. Eles suspiravam em uníssono; ele começou a se mexer, entrando e saindo de sua boceta já excessivamente sensível.

— Caramba — murmurou ele. — Você é tão gostosa! Tão molhada, quente, perfeita.

Era gostoso sentir o pau duro, grande e grosso dentro de si. Stasia teria dito isso a Archer, mas ele a beijou de novo, roubando seu fôlego com aquela boca lasciva e apagando todos os pensamentos dela.

O ato sexual deles era quase frenético; corpos colidindo, ofegos e suspiros, corações batendo forte, bocas se buscando. Ele entrelaçou os dedos nos dela e prendeu sua mão nos travesseiros, perto da cabeça, e aumentou o ritmo. E a outra mão levou para o lugar onde estavam unidos, dedilhando com o polegar sobre a pérola dela, do jeito que ela desejava. O corpo dela se contraiu.

— Goze — murmurou ele contra os lábios dela.

Finalmente, a permissão. O pau grande dele abria caminho dentro de Stasia, enfiado fundo, do jeito que ela queria. Ela apertou o corpo contra o dele e mil faíscas explodiram dentro dela. O prazer foi ainda mais intenso que o da noite anterior.

Tão intenso que ela jogou a cabeça para trás e deu um grito gutural. Tão, tão bom! A felicidade a inundou como nunca. Ela gozou muito, forte; via estrelas escuras nos olhos fechados, seus ouvidos zumbiam, seu corpo vibrava.

— Ahh — murmurou ele, cavalgando-a com mais força e fazendo-a deslizar pela cama. — Stasia...

O rosto dele se desmanchava de prazer; seus olhos brilhavam, o corpo tão poderoso e forte trabalhava. Ele cobriu o alto da cabeça dela com a mão para que não a batesse na cabeceira, pois ela ia subindo cada vez mais com a força de suas estocadas deliciosas. Ela ainda estava entregue ao calor de seu orgasmo quando ele enrijeceu e se retirou, pegou o pau e gozou em cima dela, cobrindo-a toda.

E ali, depois da paixão explosiva, Stasia queria ter coragem de dizer a ele que o amava, antes que fosse tarde demais.

CAPÍTULO 14

Ele deveria dizer a ela que a amava.

Era o único arrependimento que o incomodava. O tempo que eles tinham juntos estava acabando depressa. Em poucas horas, ele a perderia. Tinha que dizer aquelas três palavras aterrorizantes, fazer a confissão que nunca imaginara que teria que fazer. Pois antes de Stasia, não se importara tanto com nenhuma outra mulher. Mais que sua própria vida, mais que o ar que respirava. Nenhuma mulher havia se tornado a força motriz de seu dia a dia, fazendo-o viver por seus sorrisos raros, fazendo-o ansiar por ela de maneiras que transcendiam em muito a mera luxúria.

No entanto, pelas mesmas razões, toda vez que ele abria a boca para lhe dizer, sua língua não obedecia.

Estavam na biblioteca de novo, vestidos mais uma vez depois de um banho. Stasia estava aninhada ao lado dele em um *récamier* terrivelmente desconfortável; mas ele não pretendia se mexer; ficaria sentado ali até que o diabo fosse buscá-lo, só para mantê-la ao seu lado.

— Conte-me sobre sua terra natal, princesa — disse ele, tentando não pensar no inevitável: a espera pela resposta de Fera ao seu chamado.

A espera até o momento de ela deixá-lo.

— A Boritânia é um país lindo — disse ela baixinho, enquanto ele acariciava seus cabelos ainda soltos.

Ele ainda não tivera coragem de tentar mais uma vez fazer um coque nela, pois amava seu cabelo. Era sedoso, comprido, de uma cor vibrante e hipnotizante. Caído em cascata pelas costas e ombros, reforçava a ilusão de que ela estava com ele, que eles tinham muitas horas, dias, meses e anos juntos pela frente.

Que ela realmente era dele, não só esse dia, mas para sempre.

— O que ele tem de bonito? — perguntou Archer, com um nó na garganta de emoção.

— As praias são uma das minhas coisas favoritas — disse ela. — O Palácio de August fica no alto de um penhasco, com vista para elas. Há cavalos selvagens lá, e eu adorava observá-los de minha sacada, principalmente na primavera, quando os potros nasciam. O clima é muito mais seco que na Inglaterra. Não temos tanta chuva como aqui e, no verão, o céu é de um tom de azul muito claro, como você nunca viu.

Ele beijou a cabeça dela.

— Não se compara aos seus olhos — disse, sem se importar pelo comentário piegas.

O homem que Archer era antes de ela aparecer em sua vida teria rido do apaixonado aos pés dela em que se transformara. E ele também não se importava com isso.

— Por acaso andou admirando meus olhos, Sr. Tierney? — provocou ela, inclinando a cabeça para trás para olhar para ele com ar sensual e coquete.

Ela era uma feiticeira!

Ele teve que mandar seu pau descontrolado se abaixar, pois não podia correr o risco de transar com ela ali na biblioteca, visto que o irmão dela chegaria a qualquer momento.

Mas queria, mais que tudo.

— Seus olhos e todas as suas outras partes — disse ele, solene.

— Eu não quero ir embora — sussurrou ela, e a tristeza assombrava seus olhos.

— Então não vá. Fique comigo, pelo menos mais um dia.

Ele buscou os lábios dela e a beijou, devagar, profundamente, dizendo com os lábios tudo que não ousava dizer com palavras.

— Quem me dera poder. É muito perigoso para todos, preciso voltar.

Lágrimas brilhavam nas profundezas azuis dos olhos de Stasia.

— Para que o maldito do seu tio possa matá-la dessa vez? — disse ele, incapaz de disfarçar o tom áspero de sua voz.

Pensar que o tio dela poderia ter contratado alguém para assassiná-la deixou Archer com muita raiva e desejo de protegê-la. Ver as cicatrizes nas costas dela o haviam feito desejar bater naquele maldito até quase matá-lo e fazê-lo sofrer como ele fizera com Stasia e sua família. O ferimento no braço deixaria outra cicatriz nela, mais um sintoma da violência que ela nunca deveria ter enfrentado. Archer odiava o fato de o perigo a espreitar nas sombras. Odiava ser impotente para protegê-la.

— Ele não tentará nada dentro de casa — disse ela, mas seu tom não era nada reconfortante. — Ele já teria feito antes, se quisesse. Ele não vai querer que seja óbvio, pois perguntas seriam feitas. Enquanto eu ficar em meu quarto até que meu noivado seja anunciado, estarei segura, e minha dama de companhia também.

A resposta dela era previsível. Stasia era teimosa e altruísta, sempre colocava as necessidades dos outros antes das suas, principalmente as de seus compatriotas. Mas não era o que Archer queria ouvir, maldição. Ele havia se acostumado ao poder que exercia. Dinheiro e influência eram forças formidáveis, e ele tinha os dois há muitos anos. Ninguém o questionava; ninguém negava o que ele queria. Ele simplesmente pegava.

Não poder fazer nada em relação a Stasia era uma tortura.

— Quero ajudá-la — disse ele, sério. — Tenho conexões poderosas, talvez algumas delas possam investigar. E fazer que seu tio esteja ciente de que, se algo de ruim acontecer com vocês em Londres, será um assunto criminal, pelo qual a Boritânia e seu rei serão responsabilizados.

— Não. — Stasia sacudiu a cabeça, pesarosa. — Quanto menos Gustavson souber de tudo isso, melhor. Ele é um homem muito perigoso e particularmente vingativo quando acha que foi traído. Por favor, prometa-me que não fará nada.

Inferno, por que ela estava tão determinada a recusar a ajuda dele?

— Se alguma coisa acontecer com você, eu nunca vou me perdoar. Precisa se colocar em primeiro lugar, antes das necessidades de seu povo, de sua dama de companhia.

Archer precisava que ela entendesse quanto significava para ele, até onde iria para protegê-la.

A expressão de Stasia se suavizou.

— Não posso fazer isso. Minha mãe foi uma rainha maravilhosa, ela se importava muitíssimo com o povo. Pensava que governar com meu pai não era apenas seu dever, mas também uma grande honra. Ela me disse, certa vez, que um governante digno deve sempre colocar o bem do povo antes de si mesmo, e eu nunca esqueci isso. Esse tem sido meu princípio orientador nos últimos dez anos. Nunca hesitei, exceto nos últimos dias, com você.

— Não colocou seu povo em segundo lugar ao estar comigo, Stasia — rebateu ele, comovido pelo altruísmo dela. — O que vivemos juntos não prejudicou ninguém.

Ela mordeu o lábio inferior, carnudo. Era um sinal de agitação que ele já reconhecia.

— Mas poderia prejudicá-los. Os riscos que corri ao ficar com você, ao me entregar a você... se meu noivo descobrisse, ou meu tio, não sei quais seriam as repercussões. Foram ações que tomei por puro egoísmo, somente por mim.

— Maldição — resmungou ele; estava odiando aquela situação sem saída. — Quando me ofereceu aquele arranjo a primeira vez, você me disse que queria algo que fosse escolha sua, algo puramente para você. Esse é um direito básico seu, Stasia, e você merece, não apenas como princesa, também como mulher.

— As mulheres não têm muitas escolhas na vida, e as princesas menos ainda — disse ela, triste, e o tom de aceitação cortou o coração de Archer.

— E se você tivesse escolha? — Ele aninhou a face dela nas mãos, acariciando sua delicada estrutura com o polegar. — E se eu pudesse ajudá-la?

Ela pousou um beijo na palma da mão dele.

— Não pode me ajudar, Archer. Ninguém pode. Meu destino é sombrio e certo. Nunca tive escolha, desde o momento que nasci uma St. George.

Stasia havia lutado contra a tirania e o abuso vil do tio e prevalecera; entrara com ousadia no escritório de Archer e lhe pedira que tirasse sua virgindade, mas sua rendição era terrivelmente enlouquecedora. Ele queria que ela lutasse contra o tio, que lutasse contra o casamento arranjado.

Ele queria Stasia para si.

Por Deus, queria fazer dela sua esposa.

Tomar consciência disso foi tão assustador quanto impossível. Mesmo que ele pudesse usar suas conexões para salvá-la do tio, não tinha como impedir o casamento ao qual ela seria forçada. E uma princesa nunca se casaria com o filho bastardo de um marquês, independentemente de quão bem ele dominasse seu corpo e quanto prazer lhe desse.

Só lhe restava tentar mantê-la ao seu lado mais alguns dias, aplacar o medo que ela sentia em relação à sua dama de companhia. E, com esse pensamento, começou a traçar um plano novo. Era ousado e tinha seus riscos, mas certamente valeria a pena. Mas ele não podia contar a ela para que funcionasse.

Archer a beijou, então, querendo afastar a tristeza dos olhos dela. Stasia retribuiu com igual fervor.

Não seria o último beijo. Ele jurou isso a si mesmo e a Stasia.

Stasia estava perto do fogo no escritório de Archer, com a cabeça cheia de preocupações, esperanças e medos. Horas haviam se passado desde que Archer mandara chamar o irmão dela, muitas das quais ela passara, feliz, perdida nos braços dele. Mas estava ficando tarde, o dia ia escurecendo, e eles decidiram ir para a sala onde ele conduzia seus negócios.

Lucky bateu na porta, sinalizando que Theodoric havia chegado. Ela deu um pulo, sentindo-se como se tivesse que pular de uma grande altura sem nenhuma rede de segurança embaixo. Archer olhou para ela e perguntou:

— Preparada, princesa?

— Sempre.

Ela fechou os olhos por um momento, reunindo sua força e compostura.

— Entre — chamou Archer, alto, para que sua voz fosse ouvida.

Então, a porta se abriu, e os olhos de Stasia também. Ela havia passado dez longos e agonizantes anos sonhando com esse dia, mas, mesmo assim, não estava preparada para ver o irmão.

O homem que cruzou a soleira da porta do escritório de Archer era, sem dúvida, Theodoric. Estava mais velho, ombros mais largos, o corpo havia se desenvolvido ao longo dos anos. Era um homem já, não mais um garoto. O cabelo e suas roupas estavam úmidos, provavelmente devido às chuvas implacáveis que castigavam Londres o dia todo. Ele parecia mais severo, diferente do que ela se lembrava. Mas tinha os olhos castanhos da mãe deles e, no dedo indicador, o brilho de uma aliança de ouro que pertencera a ela o denunciava.

Theodoric parou quando a viu; seus olhares se chocaram. Ele se parecia tanto com os pais que as lembranças surgiram, agridoces e tristes, fazendo que lágrimas queimassem nos olhos dela. Ela pestanejou furiosamente para afastá-las.

Seu irmão estava pálido, imóvel, olhando para Stasia como se ela fosse um fantasma. De fato, talvez fosse isso que ela era para ele. Ela sabia, instintivamente, que teria que ser a primeira a fazer um movimento naquele inesperado jogo de xadrez.

— Theodoric — disse ela, aproximando-se.

Um colar de ouro no pescoço dela chamou a atenção dele, pois tinha o brasão que sua mãe recebera quando se casara com o rei.

Era uma joia que ela guardava em segredo, que não podia usar na Boritânia, pois o brasão havia sido banido e proibido pelo decreto do pai deles em seu leito de morte, de modo que quem fosse flagrado usando-o, seria punido com a morte na forca. Era o sinal dela para lhe mostrar que não tinha medo de demonstrar sua lealdade à mãe e à família.

A ele.

Ela torcia para que ele entendesse o significado e a importância de seu gesto.

Ele desviou o olhar sem dizer nada, por medo do que pudesse sair de sua boca. Olhou para Archer Tierney, que estava com o quadril apoiado na mesa de jacarandá em uma pose enganosamente indolente, observando o desenrolar do drama. Sua expressão era ilegível, como sempre.

— O que ela está fazendo aqui? — rosnou Theo.

Como se ele não suportasse se comunicar diretamente com ela. E como ela poderia culpá-lo? Ele havia passado anos no exílio, enquanto ela havia sido autorizada a permanecer em sua terra natal, no Palácio de August. Ele não podia saber o que ela havia sofrido sob o olhar atento de Gustavson.

— Pode falar comigo diretamente, irmão — disse Stasia em um inglês impecável.

Estava determinada a fazê-lo mudar de ideia e entender a necessidade do plano do rei Maximilian.

Mas seu irmão continuava fitando Tierney em vez de olhar para ela, quase como se fosse doloroso demais fixar os olhos nela.

Archer deu de ombros, o semblante imperturbável:

— Dei seu recado, mas a princesa é extremamente persistente.

Theodoric se virou para Stasia, por fim.

— Deveria ter ouvido Tierney quando lhe disse que seu irmão estava morto — disse friamente a Stasia. — Perdeu seu tempo procurando um homem que não existe.

A frieza na voz dele a abalou. Ele sentia raiva, e ela não o culpava.

— Mas estou vendo você, vivo e respirando diante de mim — rebateu ela, mantendo-se firme e decida a não se deixar abalar para mostrar a ele que seu retorno à Boritânia era imprescindível. — Como tem coragem de mentir olhando nos meus olhos, depois de tudo que tive que enfrentar para encontrá-lo?

— Nunca pedi a ninguém que me encontrasse — rosnou ele.

— Céus, quer dizer que é mesmo um príncipe boritano, Fera? — perguntou Tierney.

— Não — disse ele.

— Sim — respondeu Stasia ao mesmo tempo.

Porque ela não permitiria que ele negasse. Ele era seu irmão. Seu sangue. A última esperança de salvação da Boritânia.

— Estremeço só de pensar como devem ser seus outros irmãos — disse Tierney, com certo humor. — Quantos vocês são?

— Não tenho família — negou Theo, balançando a cabeça. — Não tenho irmãos.

— Isso é mentira — disse Stasia, erguendo o queixo.

Sua expressão era severa, exigente e familiar. Theo já a havia visto no rosto de sua mãe sempre que se recusava a ceder.

— O nome dele não é Fera. É Theodoric Augustus St. George, e o verdadeiro e legítimo rei da Boritânia.

Ele estremeceu, como se as palavras dela o houvessem atingido como um soco. Por um longo momento, que pareceu uma eternidade, ele não disse nada; apenas a fitou. Até que pestanejou.

— Reinald é o verdadeiro e legítimo rei da Boritânia — disse ele.

— Por isso vim procurá-lo — ela lhe disse.

— Reinald exige meu retorno? — Theodoric bufou. — A única maneira de eu voltar à Boritânia é morto. Talvez, irmã, seja para isso que veio.

A acusação dele doeu, pois era injusta. Ela daria a vida para salvá-lo. E com prazer.

— Agora me reconhece? Quando me acusa de planejar seu assassinato? — Ela o apunhalou com os olhos.

— Gin? — interrompeu Archer, colocando um copo na mão de Theo. — Vamos, meu velho. Sei que normalmente você não bebe, mas tenho a impressão de que está precisando.

Seu irmão fechou os dedos ao redor do copo frio. De repente, Stasia se sentiu cansada, precisando de forças. Mas não deixou de notar que Archer não servira gin para ela.

— Não oferece a mim também? — disse Stasia a ele, erguendo uma sobrancelha.

O olhar verde dele queimou o dela; por um segundo, ela pensou que ele talvez recusasse. Ou que lhe dissesse que uma dama não deve beber gin. Ele poderia ter feito qualquer uma dessas coisas. Mas fez uma leve reverência e disse:

— O que Vossa Alteza Real desejar.

A formalidade não agradou Stasia. Estava acostumada a ouvi-lo chamá-la de princesa como um termo carinhoso, não como um título. Ou então Stasia, ou simplesmente *amor*. Mas tinham companhia, e esse encontro serviu como um lembrete do fato de que, muito em breve, voltariam a ser estranhos.

Tierney entregou o gin a ela, que ergueu o copo segundo a tradição boritana em direção a seu irmão.

— *Saluté* — disse, usando o tradicional brinde boritano, e bebeu um grande gole.

Aquilo queimava e tinha um gosto horrível, mas ela conseguiu engolir. Não estava disposta a permitir que sua reação refletisse em seu rosto. Portanto, manteve seu semblante como uma máscara de treinada indiferença.

— Muito bem — disse ela, triunfante. — Agora, vamos conversar.

— Stasia — protestou Theo, pois não queria ouvir o que ela tinha a dizer.

Mas se seu irmão acreditava que ela havia chegado até ali, contra todas as probabilidades, e que permitiria que ele fugisse com tanta facilidade, estava enganado.

— Reinald está desaparecido e Gustavson assumiu o trono — disse sua irmã em boritano, sua língua nativa, para que Archer não entendesse as revelações que estava prestes a fazer.

Seu irmão abriu a boca; o choque era evidente em cada linha de seu rosto tão familiar, mas diferente.

— Desaparecido? — repetiu ele em sua língua materna.

Stasia se perguntava se acaso ele teria perdido um pouco da fluência em boritano. Dez anos no exterior, provavelmente com poucas ou nenhuma outra pessoa que falasse a língua, certamente o teriam deixado enferrujado. Mas ela esperava que ele se lembrasse o suficiente para compreender tudo que estava prestes a lhe dizer.

— Sim.

Ela lançou um olhar a Archer, sentindo-se culpada por falar em outra língua diferente na frente dele. Mas sabia que era necessário.

Stasia não deixaria Archer vulnerável a nenhum perigo, e saber a extensão total do que ela havia planejado com o rei Maximilian poderia ser mortal para ele. Seu tio não era homem de perdoar. Além disso, ela sabia que Archer não era o tipo de homem que ficava sentado de braços cruzados. Ele iria querer ajudar, assim como já desejava tentar usar sua influência para defendê-la do tio. Não, não faria mal ao homem que amava. Preferia se sacrificar mil vezes primeiro.

— Acredito que ele foi morto por Gustavson — prosseguiu ela —, mas não tenha provas. Nosso tio assumiu o trono desde sua ausência, proclamou-se rei. Por isso vim procurá-lo. Nosso reino precisa de você. Nosso povo precisa de você.

Theodoric sacudiu a cabeça, como se estivesse acordando de um longo sono.

— Isso nada tem a ver comigo. Não há nada que eu possa fazer para ajudar a Boritânia ou seu povo.

Ah, como ele estava errado! Se ao menos ele a deixasse explicar...

— Há sim, irmão — insistiu ela, suplicante. — Se você me ouvir.

— Sinto muito pelo que aconteceu com Reinald — disse ele em um boritano perfeito, como se nunca houvesse deixado de falar o idioma. — Apesar de nossas diferenças e de tudo que aconteceu há dez anos, não desejo mal a ele. Não desejo mal a nenhum de vocês.

— Você tem todo o direito de ficar furioso conosco — disse ela. — De nos odiar, até. Tudo lhe foi tirado. Você foi despojado de sua terra natal, seu reino, seu direito de nascença. Até mesmo de sua família.

Lágrimas marejaram os olhos dela no final, porque ela lamentava a perda da mãe, lamentava tudo que perdera.

— Não chore, Stasia — disse ele rispidamente, ainda falando em sua língua nativa.

— Talvez vocês dois prefiram ficar a sós — sugeriu Archer com sarcasmo.

Stasia se virou para ele; odiava ter que guardar segredos, mentir para ele por omissão.

— Desculpe — disse, voltando ao inglês. — É que é mais natural conversar com meu irmão em nossa língua.

Outra mentira.

Ele arqueou a sobrancelha, mostrando claramente que não acreditava em sua desculpa. Mas não disse nada, apenas tirou um lenço do bolso e o estendeu a ela.

— Talvez Vossa Alteza queira enxugar os olhos.

Ela aceitou; notou que o fino quadrado de linho retinha o calor do corpo dele. Precisou de todo seu autocontrole para não o levar ao nariz e inalar profundamente seu cheiro. Mas assim como revelar seus planos a Archer era impossível, também era impossível permitir que o irmão visse que havia um vínculo íntimo entre ela e Tierney.

Stasia enxugou os olhos.

— Obrigada, Sr. Tierney.

Como era estranho falar com ele assim, tão formalmente, como se fossem meros conhecidos, em vez de amantes. Mas ela se deu conta, apavorada, que era como logo seria obrigada a se dirigir a ele pelo pouco tempo que lhe restava em Londres.

Não é suficiente, sussurrou seu coração. *Não é, nem de longe, suficiente.*

Ele fez uma reverência cortês.

— Como sempre, às suas ordens, princesa.

O tom dele era tão frio e formal que o perfeito cavalheiro em que se transformara não tinha a menor semelhança com o amante apaixonado e meticuloso daquela manhã.

É melhor assim, recordou Stasia a si mesma. Não havia futuro para eles.

— Não precisa nos deixar a sós — disse Theodoric, interrompendo os pensamentos tumultuados dela. — Já ouvi o suficiente por esta noite. Devo voltar ao meu posto.

Seu pronunciamento provocou choque e consternação em Stasia. Ela ainda não contara ao irmão o plano do rei Maximilian, e ele já queria ir embora.

— Irmão, por favor — implorou, virando-se para ele. — Não vá ainda.

Mas Theodoric não se deixou levar pelo pedido dela.

— Preciso ir, Stasia — disse ele, sério.

Seus olhares se encontraram; naquele momento, Stasia soube que o irmão de quem se lembrava, aquele que ela conhecera e amara dez anos atrás, estava de fato morto, como ele havia dito. Em seu lugar estava um estranho.

E, em suas mãos, estava a última esperança da Boritânia.

CAPÍTULO 15

— *Que maneira* interessante de fazer que um par de saias fique ao seu lado — comentou Lucky.

Ele e Archer estavam sozinhos em seu escritório; Stasia havia se recolhido, perturbada, após a partida abrupta do irmão. Dissera que desejava ficar um pouco sozinha, coisa que ele lhe concedera. E, embora por dentro sentisse um desejo imenso de segui-la e fazer o máximo para banir a tristeza e a decepção dos olhos dela, Archer sabia que não tinha escolha. Precisava aproveitar a fugaz oportunidade para falar com Lucky a sós.

Ele fixou um olhar estreito em seu velho amigo.

— Pelos deuses, não vou drogá-la para que fique em minha cama. Acha que sou tão incapaz de conseguir uma mulher para transar?

— Incapaz não — disse Lucky, dando de ombros. — Mas faz tempo que não procura uma.

Lucky tinha razão. Archer andava muito ocupado ultimamente, primeiro com suas missões para a Coroa e depois com a gestão de seus negócios. Resolver problemas para uma clientela seleta e rica rendia ainda mais dinheiro que ser espião, mas também representava mais trabalho. Particularmente quando apareciam clientes como uma princesa boritana lhe oferecendo joias reais e uma forma ainda mais inestimável de recompensa: o uso de seu corpo delicioso.

— Ando muito ocupado — rebateu Archer, ainda olhando feio para Lucky, pois não queria admitir para seu amigo como se sentia desamparado, apaixonado e preso pelo delicado feitiço daquela mesma princesa gloriosa.

— Ocupado demais para uma boceta? — Lucky riu. — Isso não existe, Avery.

Ouvir seu antigo nome o surpreendeu; ninguém o conhecia como Avery, exceto Lucky, sua irmã Portia e o marquês de Granville. Aparentemente, ele tinha muito em comum com Fera. Ambos haviam forjado uma nova identidade depois de renascer das cinzas. Desde a noite em que escapara com Lucky das garras da vil cafetina e seus clientes que os teriam maltratado, ele era Archer. Fora uma escolha proposital: significava arqueiro, um caçador equipado com um arco e uma aljava de flechas afiadas e mortais, com mira deliberada e inflexível.

Ele passou a mão pelo queixo, sentindo os pelos da barba que começava a aparecer. Caramba, quando fora a última vez que se barbeara? Stasia o estava distraindo de tudo e de todos.

— Você não me chama de Avery há anos — comentou, imaginando o que isso significava.

Se havia algo que ele sabia acerca de Lucky era que aquele homem não fazia um único movimento que não fosse inteiramente calculado. Essa era a ironia do nome que havia escolhido. Nunca na vida tivera sorte, portanto, fizera sua própria sorte — o significado de Lucky.

— Achei que seria uma maneira adequada de lembrá-lo de quem você é — disse Lucky. — Não sei quem é essa dama, mas me parece que talvez seja do tipo que traz perigo. E nenhum de nós precisa de mais perigos à espreita.

— Eu sei quem sou, não preciso que me recorde.

Archer nunca esqueceria, pois havia percorrido um longo caminho desde o rapaz menor e mais fraco que seu meio-irmão; que fora vendido pela mãe. Que fora abandonado e traído.

— O que está planejando para esta noite, então? — perguntou Lucky, com um olhar inquisitivo.

— Preciso que ela durma — disse Archer simplesmente, segurando o pequeno frasco que Lucky lhe dera com relutância. — Para o bem dela. Há um assunto delicado que precisa ser resolvido, e ela vai me dar muito trabalho se souber aonde vou. Eu lhe darei seu tônico, ela dormirá e, quando acordar, estará trancada em meu quarto. Mande um homem ficar de guarda em cada janela e porta. Ela é incrivelmente hábil em escapar.

Lucky sorriu.

— Sabe que eu nunca faço perguntas.

— Pois não vá começar agora, velho amigo — disse Archer.

— Você a trata como se ela fosse a joia real mais inestimável do mundo.

Porque ela é, raios. Porque eu a amo.

Porque eu lutaria contra o próprio diabo para fazê-la minha esposa, mesmo sabendo que isso é impossível.

Mas Archer não disse nada disso em voz alta, porque não era tolo. Lucky não aprovaria a profunda paixão que sentia por Stasia, nem a velocidade com que acontecera. E se ele desconfiasse de que ela era uma princesa que, aparentemente, tinha a cabeça a prêmio… Inferno, Archer não podia nem imaginar a bronca que seu velho amigo lhe daria.

— Sei que está compartilhando a cama com ela, mas isso parece ser um problema — disse Lucky, cruzando os braços no peito largo em um gesto de reprovação que Archer não via desde que dissera ao amigo que começariam a trabalhar para a Coroa.

Naquela ocasião, o dinheiro o fizera mudar de opinião depois. Mas Archer não sabia se alguma coisa poderia fazer Lucky mudar de ideia dessa vez.

— Ela é uma dama por quem tenho imenso respeito — disse Archer firmemente.

— Parece mais que está pensando com o pau — resmungou Lucky.

— Estou pensando com a cabeça — disse Archer, irritado com a insistência de seu amigo de que seus sentimentos por Stasia eram apenas luxúria.

Archer a desejava mais do que a qualquer mulher que já conhecera, e sabia, sem sombra de dúvida, que também mais do que qualquer uma que tivesse o azar de conhecer depois dela. Mas também a amava. O que sentia por ela transcendia o desejo. Era mais forte, mais feroz, mais potente do que cem mil tempestades se alastrando sobre o vasto mar ao mesmo tempo. E Lucky tinha muita sorte por Archer considerá-lo um irmão. Senão, já teria levado um soco no nariz.

Lucky apenas ergueu a sobrancelha, nada impressionado.

— Com a cabeça errada, em minha opinião.

Archer enfiou o frasco dentro do colete antes que o jogasse na cabeça do amigo irritante.

— O que sinto por ela é muito mais que luxúria. É mais profundo, mais verdadeiro. No entanto, ela se encontra à mercê de uns malditos cruéis. Com um deles está prestes a se casar, e outro é seu tio. O tio está tentando assassiná-la, mas ela é altruísta demais para ver que, se voltar para a casa dele, estará caminhando rumo à própria morte.

Lucky soltou um palavrão.

— Está apaixonado, não é?

Pela primeira vez na vida, Archer sentiu um calor desconhecido subir por sua garganta, passar por baixo do plastrão e chegar às pontas de suas orelhas.

— Vá se foder, Lucky.

— Com prazer — Lucky levantou a mão e agitou os dedos, com um olhar sugestivo no rosto. — As cinco irmãs e dona Palma me servem muito bem.

— Céus — murmurou Archer. — É melhor manter isso entre você e sua mão.

Seu amigo permaneceu imperturbável.

— Foi você quem mandou eu me foder.

— E com razão — rebateu Archer. — Está metendo o bedelho onde não lhe diz respeito. Só preciso de sua promessa de que não deixará a dama sair do meu quarto esta noite, não importa o quão gentilmente ela peça ou rudemente exija. E que coloque guardas em cada janela e porta. Farei o que devo fazer e voltarei o mais rápido que puder.

— Ficaria mais tranquilo se soubesse o que vai fazer — resmungou Lucky, fechando a cara.

Archer sentiu uma pontada de culpa por esconder a verdade de seu amigo mais antigo e confiável, o homem que era como um irmão para ele, o rapaz que o ajudara a fugir daquele inferno para onde haviam sido mandados e que salvara sua vida em mais de uma ocasião. Mas não havia o que fazer. Precisava proteger Stasia primeiro. E, para fazer isso, precisava dela trancada em segurança em seu quarto e que ninguém mais soubesse o que ele estava prestes a fazer.

Porque se ninguém soubesse, ninguém poderia tentar convencê-lo a não fazer.

Ele deu um tapinha no ombro do amigo.

— Não vou lhe contar, irmão; é melhor você não saber. Agora, por favor, prometa que o tônico não vai lhe fazer nenhum mal. Só vai fazê-la dormir, sem efeitos colaterais, não é?

Archer não sabia que diabos havia no líquido que Lucky lhe dera; mas não importava, desde que não fizesse mal a Stasia e causasse o efeito desejado.

— Ela ficará cansada, só isso — tranquilizou Lucky. — Com a boca seca, talvez; como se estivesse grogue. Passará com o tempo, e ela ficará bem. Mas não ficará lá muito feliz com você quando se der conta do que fez com ela.

— É para o bem dela, Lucky — disse Archer para tranquilizar a si mesmo e ao amigo.

Na verdade, Archer sabia que Stasia ficaria furiosa quando percebesse que ele saíra e ela estava presa em seu quarto. Só podia torcer para que seu plano funcionasse e ela o perdoasse.

— Se você está dizendo — disse Lucky em um tom que sugeria que não acreditava nem um pouco em Archer.

Não importava muito, o curso estava definido. Ele tinha que fazer alguma coisa por Stasia. Todas as outras pessoas de sua vida, inclusive seu maldito irmão, a abandonaram à própria sorte.

Archer deu batidinhas no colete, acima de onde o frasco estava escondido.

— Obrigado, velho amigo. Colocarei isto no vinho dela o mais rápido possível.

Ele se virou para sair do escritório em busca de Stasia, mas pensou melhor e parou, olhando para trás, para seu amigo de confiança, com a testa franzida, mais preocupado que nunca.

— Ah, e Lucky... — acrescentou.

— Sim, senhor — respondeu Lucky com sua insolência de sempre, sua preocupação deixada de lado.

— Se eu não voltar até de manhã, é porque estou morto.

Com esse pronunciamento sombrio, ele se despediu.

Stasia estava perto do fogo crepitante na biblioteca, tentando em vão se aquecer. A umidade e o frio do dia haviam se instalado em seus ossos. A recusa de seu irmão de ouvir seu pedido também a deixara estarrecida.

Ela fracassara.

Dez longos e terríveis anos, a luta frenética para encontrá-lo na vastidão de Londres, e agora que sabia onde seu irmão estava, parecia tão longe dela quanto antes. Ele não queria voltar à Boritânia, havia deixado isso bem claro. Acaso poderia fazê-lo mudar de ideia?

Stasia precisava tentar.

Tinha que fazer seu irmão ver que ele era a única esperança para seu povo, para seu reino. Que se ele não aproveitasse essa oportunidade para derrubar Gustavson, a terra que eles amavam e todos os seus habitantes inocentes seriam destruídos para sempre.

A porta da biblioteca se abriu; Stasia se virou e viu Archer entrando daquela maneira ousada e masculina dele.

Ela ansiava encontrá-lo no meio do caminho e se jogar em seus braços, mas também sabia que precisava manter o juízo, colocar a Boritânia à frente de seus desejos lascivos.

— Stasia — cumprimentou ele, sombrio e sério, aproximando-se. — Imaginei que a encontraria aqui.

— Sempre tive uma queda por bibliotecas — admitiu ela, pensando no quarto cavernoso de dois andares do Palácio de August que era o orgulho de sua mãe. — Tínhamos uma linda biblioteca no palácio, minha mãe trabalhou diligentemente para construí-la. Mas meu tio, sistematicamente, busca destruí--la, assim como fez com todo o resto na Boritânia.

Archer parou diante dela, alto, forte e tentador.

Muito tentador.

— Sinto muito pelo que você perdeu — disse baixinho, e a ternura sentida de sua voz aqueceu o coração dela.

— Outros perderam muito mais do que eu. Só espero que... — ela quase revelou demais, mas se conteve, sacudindo a cabeça. — Foi bom ver meu irmão hoje, e que ele tenha assumido quem é. Mas Theo está muito mudado.

— Assim como você, imagino.

Archer estendeu a mão e passou o dedo indicador de leve pelo queixo dela, e só isso já a derreteu por dentro.

O corpo traidor de Stasia deu um passo à frente, buscando o calor dele.

— Acho que sim. Eu era uma garota tola quando ele foi exilado.

E naquele momento ela era uma mulher tola, apaixonada por um homem que nunca poderia ser dela. Incapaz de ficar longe, apesar de saber que era o que deveria fazer.

— Não creio que você já tenha sido tola, amor — disse ele, envolvendo-a com os braços e puxando-a para um abraço reconfortante do qual ela tanto precisava.

Stasia descansou a face no peito dele, inalando profundamente seu cheiro e abraçando-o também com o braço ileso.

— Ainda sou — disse ela.

Porque me apaixonei por você, pensou.

Mas as palavras ficaram onde deveriam ficar: escritas em seu coração, guardadas, em segredo.

Archer beijou o alto da cabeça dela.

— O reencontro com seu irmão foi o que você esperava?

— Não — admitiu ela. — Longe disso.

— Foi o que imaginei, embora não entendesse o que vocês estavam dizendo.

A voz dele ecoou no seu peito sob o ouvido dela, profunda, firme e forte, enquanto ele acariciava suas costas de um jeito reconfortante.

— Desculpe por falar em boritano com ele — disse ela, sentindo a culpa de novo.

— Não precisa se desculpar, amor. Vocês são família. Merecem privacidade depois de tantos anos separados.

A compreensão e calma dele só serviu para aumentar o sofrimento dela.

Ele era tão gentil, tão compassivo, tão carinhoso. Ninguém nunca havia demonstrado tanta devoção a ela, e a aterrorizava saber que esses momentos fugazes com ele eram a única ternura e carinho que teria até ter que partir para seu casamento frio e sem amor.

— Você é bom demais para mim — murmurou. — Vou sentir sua falta.

E, com essa admissão, veio o ardor amargo das lágrimas escaldantes.

— Princesa...

Ela estava a ponto de chorar de novo. Olhou para ele.

— Não chore — disse ele baixinho. — Não suporto vê-la chorar.

Ela pestanejou, com a visão turva pelas lágrimas acumuladas em seus cílios. E, então, ele baixou a cabeça, tomando seus lábios em um beijo doce e gentil, consolando-a sem palavras.

Pelos deuses, ela não merecia aquele homem.

Logo ele interrompeu o beijo e a fitou com tanto carinho que ela se sentiu capaz de começar a chorar de novo. Mas engoliu em seco, tentando controlar a emoção que formava um nó em sua garganta.

— Agora que enfim consegui falar com meu irmão, devo voltar para a casa de meu tio. Cada hora que passo fora aumenta o risco para Tansy, e eu nunca me perdoaria se alguma coisa acontecesse a ela por minha causa.

Archer apertou a mandíbula.

— Não pode ficar um pouco mais, só para o jantar? Não gosto de pensar em você passando fome, e não estou pronto para me despedir ainda.

Sim, ela pensou em desespero. *Mantenha-me aqui com você. Nunca me deixe ir.*

Mas era um pensamento absurdo. Um desejo que nunca poderia se concretizar.

Acaso ousaria ficar?

— Não sei se devo — disse ela, hesitante e tentada, muito tentada.

— Mais uma hora — disse ele. — Que mal pode haver?

Para o coração dela? Simplesmente a devastação total quando, inevitavelmente, eles tivessem que se separar depois de mais uma hora. Sua mente e sua consciência lhe diziam que sua resposta deveria ser um sonoro *não*. No entanto, o resto dela, aquele órgão vulnerável que batia em seu peito, tinha outras ideias.

— Talvez eu possa ficar para o jantar — concedeu ela.

Um leve meio-sorriso surgiu no canto da boca sensual de Archer.

— Estava começando a temer que teria que implorar.

— E você teria implorado? — perguntou ela, tola.

O sorriso dele se abriu mais, fazendo os cantos de seus olhos se enrugarem. Mas era um sorriso triste, carregado de remorsos.

— De joelhos, princesa.

Ah, o pobre coração dela! Não poderia suportar tamanha tortura, tamanha agonia. Como poderia deixar Archer? Como se obrigaria a fazer o que deveria nas próximas horas e dias?

Archer lhe ofereceu o braço, como se estivessem na corte, em vez de sozinhos na biblioteca dele, sem ninguém por testemunha, exceto o fogo crepitando na lareira e as centenas de livros que pertenceram à outra pessoa. Ela aceitou, permitindo que ele a acompanhasse para fora do quarto.

Mas, para sua surpresa, ele não a levou à sala de jantar, como ela esperava. Eles seguiram para a escada.

— Aonde está me levando? — perguntou Stasia, pensando que ele pretendia seduzi-la de novo.

— A meu quarto — disse ele, e acrescentou: — Pensei em desfrutarmos de uma refeição mais íntima lá, sem a formalidade da sala de jantar. Se será a última refeição que compartilharemos, eu preferiria não estar sentado a uma mesa, rodeado por criados.

A última refeição.

Que definitivo! Que terrível!

Ela fungou, tentando segurar as lágrimas teimosas que ainda ameaçavam cair, lutando para manter uma compostura que era cada vez mais evasiva.

— Excelente ideia.

— Também há algo que quero lhe dar antes de você ir embora — acrescentou ele em voz baixa. — Algumas coisas, na verdade.

Presentes? Para ela? Mas ela não tinha nada para ele.

— Você não precisa me dar nada — protestou ela, pois ele já lhe havia dado muito. — Eu já estou suficientemente em dívida com você.

Ele cuidara dela de uma forma que ninguém cuidava há anos. Abrira os olhos dela para novos prazeres inimagináveis. E mostrara a ela como era o amor. Dera a ela um breve e maravilhoso período de felicidade. Mas, além disso, ele lhe oferecera sua carruagem, a alimentara, cuidara dela, a banhara, e a mantivera segura.

— Você não me deve nada, Stasia — disse ele, baixinho, quando chegaram à porta do quarto, fazendo um gesto para que ela o precedesse.

Quando estavam dentro, ela viu que uma bandeja de iguarias já havia sido disposta sobre uma manta estendida no chão, como em um piquenique. Havia pratos, taças de vinho e guardanapos, e um candelabro brilhando de cima para iluminar o jantar íntimo.

Ela se aproximou do cenário, atraída tanto pelo charme quanto pelo ronco repentino do seu estômago.

— Se deu a tanto trabalho por minha causa…

— Não é todo dia que um homem tem a sorte de jantar com uma princesa.

Archer pousou a mão na lombar dela, encaixando-se ali naturalmente, como se ela houvesse sido moldada com ele em mente.

— Além disso, foram os criados que se deram ao trabalho.

— Talvez, mas você organizou tudo isto.

Ele deu de ombros.

— Não foi nada. Como está seu braço?

— Bem. O cataplasma de Lucky está fazendo efeito.

Eles se fitaram por um momento acalorado, e Stasia se perguntou se ele estava — como ela estava — pensando em tudo que haviam compartilhado naquele quarto.

Mas ele assentiu, e seu semblante não revelava nada.

— Fico feliz em ouvir isso.

Ele atravessou o quarto a passos largos para pegar algo. Logo voltou a ela com as mãos ocupadas.

— Um chemise novo — disse ele — e as joias que você me pagou para encontrar seu irmão.

— Não posso aceitar — objetou ela. — Você encontrou meu irmão para mim, exatamente como prometera. As joias são suas.

— Quando me pagou com elas em nosso primeiro encontro, você me disse que pertenciam à sua mãe, a rainha — disse ele baixinho. — Devem continuar com você. Não preciso delas.

— Archer... — protestou Stasia.

— Elas são suas, Stasia. Pegue-as.

Ele estendeu a mão com um saco com as joias em cima do chemise dobrado com cuidado.

— Nunca me ocorreu não lhe recompensar por seus serviços.

— Eu sei disso. Mas eu faria qualquer coisa por você, princesa. *Qualquer coisa.* E não aceitarei um único centavo por isso.

Ele pegou a mão de Stasia e colocou nela o chemise e o saquinho com as joias.

Archer estava sendo teimoso. Isso não deveria surpreendê-la, nem o gesto. Mas Stasia não esperava que ele devolvesse o que ela havia pagado. As joias valiam uma quantia alta, e ela sabia que os serviços dele não eram baratos. Stasia as havia escondido em um bolso que havia costurado em um de seus vestidos para esse propósito, já que Gustavson se assegurara de que ela não tinha fundos próprios nem acesso aos cofres reais.

— Não sei o que dizer — admitiu ela.

— Diga que ficará com as joias — ele fechou a mão dela em volta da bolsa, e ela sentiu o peso familiar das pedras. — Fique com elas por mim. Elas lhe pertencem. Você já perdeu o suficiente, não serei eu mais um a pegar algo seu sem dar nada em troca.

— Muito bem — cedeu ela —, ficarei com as joias.

Ele assentiu, aparentemente satisfeito.

— Agora, sente-se e coma, amor. Deve estar com fome.

O estômago de Stasia deu um ronco característico e constrangedor, prova de que ela estava mesmo com fome. Fizeram apenas uma leve refeição desde o café da manhã, enquanto aguardavam a chegada iminente de Theodoric. E, tendo comido tão pouco antes de chegar à casa de Archer, juntamente com toda a aventura sexual deles, ela estava faminta, apesar do estômago embrulhado.

Ele a ajudou a sentar-se e então se colocou ao lado dela na manta estendida; sem dizer nada, fez um prato para Stasia, encheu-o de uma grande variedade de oferendas deliciosamente aromáticas. Ela pegou o prato, roçando os dedos nos dele, e uma centelha renovada de calor estalou, quente e rápida, entre eles.

Mas eles não podiam se entregar a isso agora. Só o que lhes restava era aquela refeição. E depois...

Não, ela não pensaria no que viria depois. Fingiria que poderia ficar ali naquele quarto com Archer para sempre.

Decidida a se distrair, ela mordeu o pedaço de uma torta folhada que parecia ser de frutas. Tinha gosto de paraíso, frutas cítricas combinadas com a doçura da maçã.

— Qual é o nome disto? — perguntou ela depois de mastigar e engolir.

Ele a fitou de uma maneira intensa, mas havia algo diferente em seu olhar que Stasia não conseguiu identificar.

— Torta de maçã caramelizada.

— É maravilhosa — disse ela, antes de perceber que ele ainda não havia feito um prato para si. — Não vai comer também?

— Claro.

Ele deu um sorriso forçado e pegou uma taça de vinho.

— Vinho?

Ela aceitou a taça, achando que precisava mesmo se fortalecer.

— Obrigada.

A refeição prosseguiu, mas foi angustiante para Stasia, pois odiava o fato de que cada segundo que passava a deixava mais perto do momento que teria que deixar Archer. E embora a comida fosse inegavelmente deliciosa, se estivesse comendo lama daria na mesma. Ela esvaziou a taça de vinho, buscando uma maneira de calar a dor pelo que se avizinhava.

Quando deixou a taça vazia sobre a manta, o cristal tombou de lado.

— Por favor, me perdoe — desculpou-se, pronunciando as palavras com um torpor incomum.

Sua língua parecia estar duas vezes maior.

— Eu não sou deselegante assim *tão*.

Em seu aborrecimento, ela confundiu a ordem correta das palavras.

Aquilo não fazia sentido. Ela sacudiu a cabeça, pois as paredes ao redor pareciam inclinadas. Teve que pestanejar para tentar manter os olhos, repentinamente pesados, abertos.

— Tão deselegante assim — corrigiu, sentindo-se estranha.

Havia algo errado. Sua visão estava turva. O rosto de Archer estava borrado e sua cabeça parecia estar cheia de ar. Parecia leve demais para seu corpo. Não fazia sentido.

— Há algo errado?

A voz de Archer atravessou a estranha névoa que enchia sua mente.

Sim, havia algo errado, mas Stasia não conseguia entender bem o quê. Acaso havia bebido demais?

Talvez estivesse… qual era a palavra mesmo? Não conseguia recordar.

— Acho que bebi vinho demais — disse, esforçando-se para ficar em pé, pensando que talvez pudesse clarear a cabeça se não estivesse sentada. — *Sóbria*.

— Ébria — corrigiu Archer, já ao lado dela, segurando-a pelo cotovelo para ajudar a estabilizá-la. — É melhor se deitar na cama. Parece cansada.

— Não estou cansada — argumentou ela, ainda fazendo de tudo para manter os olhos abertos. — Preciso… vou. Não vou *colocar perigo em você* ou Tansy. É batalha… minha, *lutar eu mesma vou*.

Mais uma vez, as palavras saíram na ordem errada. Pareceram estranhas até aos ouvidos dela, e um milagre que as houvesse conseguido pronunciar. O que estava acontecendo com sua mente? Ela não entendia.

Mas, Archer estava diante dela, tão alto e tão bonito.

E tão alto. E bonito.

Ela já havia pensado isso? Bem, ele era isso mesmo. Stasia queria ter mais maneiras de descrevê-lo. Tinha certeza de que havia, mas fugiam a seu conhecimento no momento.

— Sinto muito, amor — disse ele.

Stasia cambaleou; o mundo parecia girar ao seu redor.

— Não, eu que devo... Eu sou...

Stasia suspirou. As palavras eram evasivas. Ela murmurou algo em boritano, tropeçando nos próprios pés.

Mas Archer estava lá. Archer sempre estava lá, amparando-a.

Segurando-a.

Segurando-a em seus braços fortes e grandes. Seus braços *granfortes*.

Não, isso não estava certo.

Ela franziu a testa e olhou para ele. Por que havia dois Archers? O que estava acontecendo? Não podia haver dois, só existia um.

— Archer? — perguntou.

Sua língua parecia gorda, estava pesada, e suas pálpebras foram caindo, até que ela não podia mais enxergar.

Ah, *de melhor fechados, bem olhos*. Não, bem melhor. O mundo estava girando mais rápido ao redor dela.

Lábios em seu ouvido, uma voz que ela amava.

— Perdoe-me, minha querida.

E, então, nada além de escuridão.

CAPÍTULO 16

Archer iria para o inferno por muitos pecados, disso ele não tinha dúvidas. Mas, de todos os pecados que cometera em seus trinta anos, o pior fora drogar a mulher que amava.

Suas intenções eram boas: queria ajudá-la. Mas a culpa roía suas entranhas desde que ele a pegara em seus braços quando a poção de Lucky finalmente conseguira fazer efeito por completo...

Isso doía lá no seu âmago.

Ele a deixou dormindo pacificamente em sua cama depois de verificar que o ferimento não tinha nenhum sinal de infecção e de ajeitar os lençóis com cuidado ao redor dela. Parou à porta e voltou para ter certeza de que ela estava respirando tranquila, seu peito subindo e descendo em movimento rítmico. Porque ele confiaria a Lucky sua própria vida, sim; mas não sabia se podia confiar nele em relação a ela. Stasia era mais importante que qualquer outra mulher para Archer.

E mais importante do que qualquer outra jamais seria.

Não tinha nada a ver com o título dela; não lhe importava se ela era uma princesa. Inferno, ele queria que ela fosse qualquer outra pessoa, *menos uma princesa*. Porque se ela fosse a Srta. Stasia St. George de algum cortiço imundo, em vez de Sua Alteza Real princesa Anastasia Augustina St. George da Boritânia, ele teria se casado com ela no dia anterior.

Sua carruagem seguia ruidosamente pela noite rumo à casa onde os guardas do tio dela estavam à espreita. Ele descansou a cabeça nas almofadas de couro marroquino e soltou um longo suspiro. Levava uma pistola escondida e três facas. O resultado da noite seria muito bom ou muito ruim.

Esperava, é claro, que fosse a primeira opção.

Mas também estava preparado para a segunda.

De qualquer forma, Lucky saberia o que fazer com Stasia. Protegê-la era de suma importância. Archer se sacrificaria alegremente se fosse para ela poder estar segura. E para estar segura, ela precisava ficar longe da casa que o tio dela controlava. Archer sabia que não poderia mantê-la afastada, dada sua lealdade à sua dama de companhia. Sua princesa era altruísta até demais. Portanto, ele libertaria a dama de companhia.

À força.

Ele havia mandado seus homens para investigar o perímetro de novo. Havia um total de seis guardas. Não era impossível. Provavelmente, havia mais dentro da casa. Lidaria com eles, se necessário.

Se tudo corresse conforme o planejado, nenhum guarda o veria.

Nenhum tiro seria disparado. Nenhuma lâmina se sujaria de sangue.

Mas se não corresse tudo bem...

Ele pensaria nisso mais tarde, quando e se acontecesse.

Notou a carruagem parando e se inclinou para frente para abrir as persianas. A rua escura revelava poucos segredos preciosos, mas Archer sabia onde estava. Sabia o caminho para a casa. Para a janela. Para os guardas.

Precisava apenas ser racional, ficar tranquilo. Não permitir que emoção ou medo o guiassem. A vida de Stasia estava em perigo, e ele pretendia fazer tudo que estivesse ao seu alcance para mantê-la segura. Mesmo que isso significasse sacrificar sua vida.

Archer saiu da carruagem e deu instruções ao cocheiro para voltar à sua casa e informar Lucky se ele não retornasse dentro de duas horas. Com isso feito, esgueirou-se noite adentro. Dera instruções específicas a seu cocheiro para deixá-lo a pouca distância da casa para que não tivesse que andar muito e assim, diminuir o risco de ser visto pelos guardas.

Tinha esperanças de conseguir se infiltrar na casa sem ter que matar ninguém. No entanto, estava preparado para o pior e para fazer o que fosse preciso para atingir o objetivo de libertar a dama de companhia de Stasia. Archer não havia avançado muito quando uma carruagem virou a esquina e diminuiu a velocidade ao se aproximar dele. Um tremor de desconforto subiu por sua espinha. O veículo sem identificação lhe era familiar; Archer se lembrava dele da noite que dissera a Stasia que ela usaria sua carruagem enquanto ele a ajudasse.

Pertencia ao noivo dela.

Archer levou a mão à pistola dentro do casaco, pronta para disparar, e segurou firme a coronha de madeira lisa, temendo precisar dela

A porta da carruagem se abriu, revelando um rosto severo e anguloso sob o brilho da luz da lamparina e um corpo enorme vestido todo de preto.

— Entre — disse o homem, com um sotaque distintivo temperando sua única palavra.

— Não preciso de carona esta noite, amigo — respondeu Archer. — Mas lhe agradeço.

Esperava conseguir evitar mais confrontos, pois tinha uma missão a cumprir naquela noite; Archer avançou, contornando o veículo para seguir seu caminho.

O espectro de aparência sombria dentro da carruagem assobiou. Outro homem saltou da traseira do veículo e parou na calçada diante de Archer, apontando uma pistola para a cabeça dele.

— Pare — ordenou friamente o segundo homem, com o mesmo sotaque.

Céus! Ele não precisava de nada disso. Que diabos estava acontecendo? Instintivamente, Archer apertou o cabo da arma escondida em seu sobretudo.

— Parece que está havendo um engano — disse com paciência, ciente de que não podia correr o risco de atirar, para não levantar a suspeita dos guardas. — Não quero problemas.

Era um bairro tranquilo e o disparo de uma pistola não passaria despercebido.

— Tire a mão de dentro do casaco — ordenou o homem da carruagem, ignorando o protesto de Archer. — Devagar.

A pistola era sua única chance de se defender. E ele a usaria, se precisasse, mesmo correndo o risco de alertar os guardas. Em se tratando de sua vida, ele não tinha escolha. Não poderia ajudar Stasia se estivesse morto.

— Quem diabos é você? — perguntou, em vez de obedecer.

— Eu sou o rei de Varros, Maximilian — disse friamente o homem de dentro da carruagem, com um sotaque mais acentuado. — Diga-me, Sr. Tierney, o que anda fazendo com minha futura rainha?

Seu sangue gelou. Raios, o noivo de Stasia era um maldito rei.

Alguém poderia ter derrubado Archer com uma pena, tamanho foi seu choque. Em todas as conversas que haviam tido, Stasia nunca chamara o noivo pelo nome. Ele sabia pouco sobre Varros, além de que era um pequeno reino insular perto da Boritânia. A necessidade do casamento de repente fez sentido; como rainha, ela teria uma posição privilegiada para ajudar seu tio ganancioso a alcançar suas ambições.

Pensar em Stasia se casando com aquele homem enorme fez a garganta de Archer se apertar. Todos os seus instintos de proteção se enfureceram, revoltados por ela ter que ser de qualquer outra pessoa que não ele.

— Do que se trata? — perguntou Archer, rouco.

— Entre na carruagem e conversaremos — disse o rei Maximilian.

— Tire o casaco — rosnou o guarda magro que continuava apontando a arma para Archer.

Mas ele não se mexeu; sua mente estava em torvelinho, avaliando as possibilidades, os meios de fuga. Acaso ousaria sacar sua pistola e atirar em um rei? A resposta foi um rápido e retumbante não. Mesmo que aquele homem diante dele fosse mais lento para atirar, assassinar um monarca só levaria à sua prisão e execução.

Ele não tinha escolha, de fato.

— Quer morrer hoje, Tierney? — perguntou o rei.

— Prefiro que não.

Engolindo em seco, ele soltou a pistola e retirou a mão do sobretudo, levantando os dois braços, com as palmas para fora, para mostrar que não tinha arma nenhuma.

— Excelente escolha. — O rei se virou para o guarda armado: — Felix, desarme-o.

Archer apertou o maxilar quando aquele homem pequeno deu um passo à frente e retirou com cuidado a pistola e duas das três facas. Ao menos ficou com a terceira.

Mas o conforto que Archer sentiu por ainda manter uma arma para usar, caso precisasse, desapareceu quando o guarda se abaixou e rapidamente retirou a faca da bainha escondida na bota dele.

Maldição...

Ele não tinha nada além dos punhos, e teriam que ser suficientes.

O guarda se levantou, satisfeito por ter retirado todas as armas de Archer, e fez um sinal indicando a carruagem que esperava.

— Entre.

Quanto mais tempo se demorassem na rua, maior a chance de que atraíssem atenção. Raios, ele não tinha escolha.

Uma sensação sinistra de pavor se instalou em seu estômago, pesada como uma pedra.

Archer entrou na carruagem, e a porta bateu atrás dele.

Stasia acordou com a boca seca e a cabeça dolorida, turva e confusa. A cama em que estava já lhe era familiar: de Archer. Não havia luz no quarto, exceto o brilho bruxuleante do fogo da lareira. A colcha a cobria meticulosamente.

Ela havia adormecido? Por quê, se precisava voltar para a casa de seu tio? Que horas eram?

Mil perguntas giravam em sua mente, mas ela não tinha uma resposta pronta para nenhuma. Soltou um bocejo e estendeu a mão para tocar Archer, mas só encontrou a maciez fria de um travesseiro vazio.

Pestanejou, sonolenta, e olhou ao redor.

— Archer?

Estavam fazendo uma última refeição juntos, Stasia pôde lembrar. Depois da triste recusa de seu irmão ao ouvir o plano de Maximilian para derrubar Gustavson, ela não tinha mais motivos para permanecer na casa de Archer. Especialmente porque, ficar poderia pôr Tansy em uma posição de grave perigo, uma vez que Stasia se dera conta de que seu tio provavelmente havia posto outras pessoas para vigiá-la e estava tentando matá-la.

Talvez não tivesse mais utilidade para ele. Havia assumido riscos demais para encontrar Theodoric e fora egoísta ao querer Archer para si também.

Mas onde estava Archer? Por que ela estava sozinha na cama dele, completamente vestida, exceto pelas botas?

Stasia se sentou lentamente; sua cabeça ainda girava, ela se sentia lenta e estranha. Como se seu corpo se recusasse a cooperar com sua mente. Algo estava errado.

Ela se esforçou para lembrar mais. Recordou que se sentira estranha. A voz de Archer ecoou em sua mente. *Sinto muito, amor,* ele havia dito. Mas a que se referia?

Uma suspeita sinistra surgiu dentro dela, fazendo sua nuca formigar. O vinho que ele a incentivara a beber... quando terminara sua taça, ela se sentira muito estranha. Mas certamente Archer não teria — não poderia ter — colocado algo em seu vinho.

Será?

Ela se lembrou de ele pegá-la nos braços, da voz dele perto de seu ouvido murmurando: *Perdoe-me, minha querida.*

E, então, nada mais.

Não! Não, *não*!

Ele não a drogaria... Stasia se recusava a acreditar que o homem que amava a trairia de forma tão cruel. Afastou as cobertas e saiu caminhando nas sombras, atravessou o Aubusson e chegou à porta.

Ao tentar abri-la, encontrou-a trancada. Estava *trancada* dentro do quarto de Archer.

Sozinha.

O que significava que...

— Archer? — gritou de novo, mais assustada, levantando a voz, alto, quase estridente, sentindo o desespero tomá-la. — Archer, onde você está?

— Não está aqui, milady — disse outra voz familiar no corredor.

— Lucky — disse ela, brigando com a maçaneta de novo. — A porta parece estar trancada. Poderia me ajudar, por favor?

— Desculpe — disse o mordomo —, mas milady deve ficar onde está. Ordens de Tierney.

Ordens dele?

O coração de Stasia se apertou.

Ela tentou abrir a porta com mais insistência, mas estava firmemente trancada, e com o outro braço ferido, tinha apenas metade da força que normalmente teria. A indignação e o pânico cresciam dentro dela, formando um nó em sua garganta.

— Por que ele desejaria que eu ficasse trancada dentro deste quarto? — perguntou.

— Não sei dizer, milady.

— Você não sabe ou não quer me dizer? — perguntou ela, dando outro chacoalhão inútil na porta.

Não adiantava, ela estava presa. Presa no quarto de Archer por decreto dele. Como ele podia tê-la traído dessa maneira? Que tola ela havia sido para cair em seu estratagema!

— Não perguntei. — Foi a resposta concisa de Lucky. — Não lhe contaria se soubesse. Não cabe a mim.

O desespero aumentou.

Ela soltou a maçaneta e bateu a mão na porta, frustrada.

— Para onde foi o Sr. Tierney? Desejo falar com ele.

Houve um longo silêncio, durante o qual Stasia temeu que o difícil mordomo houvesse deixado o corredor.

— Ele não disse, madame — disse Lucky, por fim.

Soltando um suspiro de frustração, ela encostou a testa na porta. Sua cabeça doía mais do que quando acordara turva do sono.

— Não pode me manter prisioneira aqui, Lucky.

— Nada disso é da minha conta. Milady bebeu e comeu em abundância; chame se precisar de mais alguma coisa.

A voz dele ia sumindo ao ritmo de seus passos enquanto ele se afastava pelo corredor.

— Lucky! — gritou Stasia. — Por favor, não vá! Preciso sair daqui!

Ela precisava voltar para Tansy. Precisava avisar sua dama de companhia do perigo. Uma enxurrada de antigos palavrões boritanos escapou de seus lábios, certamente nada adequados para uma dama, muito menos para uma princesa.

— Lucky? — Tentou de novo.

Mas dessa vez, não houve resposta. Ela estava sozinha.

— Arrogantes, presunçosos... — resmungou, afastando-se da porta.

O quarto estava tão escuro que ela mal conseguia enxergar. Talvez pudesse transformar algo em uma arma para ajudá-la a sair. Ela abriu caminho pela escuridão até o console da lareira. Pegou um pedaço de papel e o levou até as chamas; quando pegou fogo, usou-o para acender o candelabro, pavio por pavio.

Seu empenho produziu pouca quantidade de luz; só o suficiente para que ela verificasse todo o quarto de Archer. Nada que pudesse ser usado como arma lhe chamou a atenção. Abriu a cortina da janela, mas não havia nenhuma árvore convenientemente localizada ali, nem nos jardins — bem diferente do seu quarto na casa de seu tio.

O que faria?

Archer se viu sentado no assento em frente ao rei Maximilian enquanto a carruagem balançava pela rua. O homem era imenso, ocupava facilmente metade da carruagem com seu tamanho descomunal. E não era apenas alto, mas largo de ombros também. Decididamente, não era o tipo de sujeito que alguém gostaria de encontrar sozinho em um beco escuro.

Nem em uma carruagem fechada, sem uma arma para se defender, como estava acontecendo com Archer.

— O que quer de mim? — perguntou Archer com cautela.

Com seus sentidos finalmente despertos, seus erros do passado como espião voltaram à sua memória, embora tarde demais.

Ele andara muito focado na tarefa que tinha pela frente, preocupado com os guardas de Gustavson, mas deveria ter observado os arredores com mais atenção. Se houvesse feito isso, teria notado a carruagem do rei antes que fosse tarde demais e se encontrasse diante do cano de uma pistola, sendo privado de suas armas por um fedelho varrosano inexperiente.

— Quero saber onde está minha noiva — disse seu oponente. — A dama de companhia dela me disse que ela está com você.

Inferno! Ele deveria saber que alguém chegaria até a dama de companhia. Se não os guardas de Gustavson, então o noivo de Stasia, aquele rei sisudo à sua frente.

— Ela está segura — disse Archer simplesmente, tentando reprimir uma pontada de culpa ao pensar nos meios pelos quais havia conseguido garantir a segurança dela.

Mais tarde, ele pagaria por tê-la trancado em seu quarto e a drogado com uma das poções de Lucky. Disso, ele tinha mais que certeza.

Isso supondo que ele não encontrasse um destino terrível nas mãos daquele gigante.

— E o irmão dela? — perguntou o rei em seguida, surpreendendo Archer com a pergunta.

Mas Archer supôs que fazia sentido; aquele homem emprestava sua carruagem a Stasia para vagar pela noite e se encontrar com ele.

— Sabe do irmão dela? — retrucou Archer, sem saber o que deveria revelar, ou se deveria dizer alguma coisa.

Ele sabia que a posição de Stasia era terrivelmente delicada. O bem-estar dela era de suma importância, tinha precedência sobre o dele.

— Claro que sim — disse o homem friamente. — Soube pelo próprio Gustavson que o príncipe perdido estava em Londres.

— Se refere a ele como príncipe perdido — observou Archer, tomando muito cuidado na escolha de cada palavra, pois não sabia quanto o rei Maximilian sabia e se era realmente de confiança. — Pelo que entendi, ele foi exilado.

O rei deu de ombros.

— Os meios não importam. Você o encontrou?

Archer compreendeu, então.

— Ela me procurou para encontrar o irmão por *sua* causa, então.

O homem deu um leve sorriso.

— Disseram-me que você era o melhor. Claramente, fui mal aconselhado.

A ofensa não passou despercebida para Archer, mas ele se importava muito menos com qualquer insulto feito a si e a suas habilidades que com o que aconteceria com Stasia.

— Sim, eu o encontrei — disse calmamente. — No entanto, ele deixou mais do que claro que não tinha desejo de ser encontrado.

— Diga-me: onde está a princesa Anastasia? — disse o rei, e seus olhos tão escuros que eram quase pretos cintilaram sob a luminária da carruagem.

— Ela está segura — repetiu Archer.

Em minha cama, onde é o lugar dela, pensou, apesar de saber que não poderia mantê-la ali. Archer daria tudo que tinha para poder, mas, infelizmente, pela primeira vez na vida se deparava com uma situação em que o dinheiro não governava todo o resto.

— Segundo quem? Você, Tierney?

De novo, o rei esboçou um sorriso irônico.

— Por que estava me seguindo? — ele respondeu com uma pergunta. — O que você quer?

— Quero Theodoric St. George. Você recebeu uma bela quantia para entregá-lo a mim.

Por meio de Stasia, como bem percebeu Archer.

— As joias pertenciam à mãe da princesa, não a você — disse Archer. — Além disso, foram devolvidas. Não aceitarei pagamento pelos meus serviços.

O rei ergueu uma sobrancelha, mantendo seu sorriso de escárnio firme no lugar.

— E qual seria a razão disso? Poderia ter algo a ver com a razão pela qual a princesa não retornou a seu quarto ontem à noite?

— Se está insinuando que algo espúrio aconteceu entre mim e a princesa, está enganado — mentiu Archer, pois não era da conta do rei o que havia acontecido entre eles. Ela ainda não era esposa dele. — Ela está ferida. Essa é a razão pela qual ela não retornou. Sua dama de companhia não lhe contou isso?

— Farei a você a mesma pergunta que fiz a ela — disse o rei friamente. — Acaso me acha um tolo?

Archer deu de ombros.

— Não faço ideia.

O rei cravou em Archer um olhar furioso.

✖ 155 ✖

— Eu não era a favor de matá-lo, como Felix queria, mas ainda posso mudar de ideia.

— Eu o desafio a tentar — disse Archer, recusando-se a correr de uma luta.

Ele nunca havia corrido e nunca correria. Archer lutava desde o dia em que nascera.

— Felix é meu assassino mais bem-treinado — respondeu o rei. — Ninguém pode cortar a garganta de um homem tão rápida e discretamente.

— Se sua intenção é me matar, então acabe logo com isso — desafiou Archer bruscamente. — Enquanto conversamos, o tio da princesa está conspirando para assassiná-la. Ele tentou uma vez, mas felizmente eu estava por perto e atirei no maldito antes que ele pudesse fazer mais que ferir o braço dela. Se quiser uma esposa *viva,* talvez queira levar isso em conta.

A palavra *esposa* em relação a Stasia e aquele homem deixou um gosto amargo na língua de Archer, como um veneno. Ele odiava aquilo. Odiava pensar nela ligada a outro homem, na vida de outro homem, na cama de outro homem.

Apertou o maxilar para afastar a sensação ruim. Não importava o que Archer queria, e sim a proteção da mulher que ele amava.

— Como você sabe que Gustavson estava por trás do ataque? — perguntou o rei Maximilian com os olhos semicerrados.

— Não tenho certeza — admitiu Archer —, mas quando meus homens recolheram o corpo, encontraram moedas boritanas com ele. Não era ninguém que eu ou meus homens conhecêssemos; nem era um salteador comum. Ele não tentou roubar nada. Sua intenção era ferir a princesa, e cravou sua adaga a poucos centímetros do coração dela. Há apenas um boritano com motivo e meios para assassinar a princesa em Londres: o tio dela.

A expressão do rei mudou, ele apertou os punhos.

— Eu não discordo.

— A princesa escapava da casa do tio pela janela do quarto dela — acrescentou Archer —, subindo e descendo por uma árvore. Um médico cuidou do seu ferimento, mas eu temia que ela causasse mais danos ao braço se tentasse se esforçar muito logo após o ataque. Mandei um recado à sua dama de companhia dizendo que a princesa ficaria em minha casa, na esperança de que seu ferimento curasse bem para que ela pudesse voltar em segurança. No entanto, dado o fato de que o tio deseja que ela morra, há fortes razões para que ela permaneça onde está, longe do alcance do tio.

— Se tudo isso é verdade, o que estava fazendo esta noite? — perguntou o rei, ríspido.

— Estava me seguindo, deve saber — disse Archer sem rodeios, ainda furioso por não ter percebido antes.

Por não estar ciente disso. Por Deus, ele havia sido um dos espiões mais confiáveis da Coroa, mas estava tão imerso ao pensar em Stasia que não suspeitara que poderia estar sendo observado.

— Naturalmente mandei segui-lo — admitiu o rei Maximilian. — A dama de companhia da princesa Anastasia é leal demais, não sabia se podia confiar nela. Precisava ver por mim mesmo o que você estava fazendo. Por que estava indo à casa dela esta noite, e tão bem armado?

— A princesa estava profundamente preocupada com o bem-estar de sua dama de companhia. Minha intenção era libertar lady Tansy e levá-la à minha casa, onde ela estaria muito mais protegida do que em sua localização atual.

— Você pretendia sequestrar uma princesa e sua dama de companhia.

A conclusão do rei sobre o plano ousado de Archer pareceu tão louca quanto ele sabia que era. Mas ele já havia assumido muitos riscos na vida sem hesitação.

— A princesa não — disse. — Mas sua dama de companhia, talvez, se ela resistisse.

— Você é um idiota, Sr. Tierney.

— É o que tudo indica, tendo em vista que fui capturado por você — reconheceu Archer, incapaz de esconder o tom de provocação em sua voz.

Eles se encararam, em silêncio, medindo a coragem um do outro. A antipatia do rei por Archer era clara. Archer não fez nenhum esforço para esconder a sua pelo rei. Ele não dava a mínima para o título ou o trono daquele homem. Varros era apenas uma ilhota, um pontinho no meio do mar.

— Não gosto de você, Tierney — rosnou o rei. — Você é um inglês insolente, e eu deveria mandar Felix lhe arrancar as tripas.

— Felix não está nesta carruagem — rebateu Archer. — Eu poderia matar você com minhas próprias mãos antes mesmo que ele percebesse que há algo errado.

Um músculo no maxilar largo do rei se retesou.

— Creio que você me subestima, fedelho inglês. Eu o quebraria como a um galho e usaria seus ossos para palitar meus dentes.

Archer riu da afronta, nem um pouco intimidado.

— Se lhe agrada imaginar que pode me vencer, que seja.

Caiu o silêncio ali dentro; duelavam com os olhos enquanto a carruagem sacudia ao atravessar um sulco na estrada.

— Tenho uma proposta a oferecer, se quiser ouvi-la — aventurou Archer, acreditando que seria melhor ganhar o apoio do rei.

Pelo bem de Stasia.

O rei estreitou os olhos.

Outro silêncio tenso se fez, até que ele assentiu.

— Prossiga, inglês. Diga.

Archer respirou fundo.

— Quer Theodoric St. George, não é? Creio que posso lhe entregá-lo.

CAPÍTULO 17

Se *Archer Tierney* acreditava que a princesa Anastasia Augustina St. George ficaria sentada em silêncio e aguardaria seu retorno depois de tê-la ludibriado com vinho, era porque não a conhecia.

Stasia pensava isso para reforçar seu espírito enfraquecido enquanto se empenhava em conseguir sua liberdade. E a cada momento que passava, sua agitação aumentava tanto quanto sua determinação.

Fizera uma longa corda amarrando as roupas de cama, e estava prendendo uma ponta no pé do robusto guarda-roupa que conseguira empurrar até o meio do quarto usando nada mais que o peso de seu corpo e uma determinação feroz. Ela já havia verificado que a corda a levaria perto o suficiente do chão para que, com um pequeno salto, pousasse em segurança embaixo. Tudo que ela precisava fazer era descer com a força de seu braço ileso e rezar para que a corda ficasse firme no pé do guarda-roupa enquanto descia.

Dando um puxão forte com um dos braços, ela abriu a janela, rezando para que pudesse se sustentar sem usar o braço ferido. Já estava com metade do corpo para fora da janela, no ar escuro, frio e úmido da noite, quando percebeu que sua ideia havia sido muito, muito ruim.

Porque não havia como ela descer com segurança pela corda usando um só braço. Além disso, o guarda-roupa estava começando a ceder sobre o pé onde estava amarrada a corda, e Stasia não tinha forças para subir de volta para dentro em segurança.

O terror a agarrou pela garganta. Ela ia cair.

Instintivamente, ela enroscou os dois braços na corda improvisada e se agarrou à janela, enquanto a dor atravessava seu braço ferido.

No instante seguinte, a porta do quarto se abriu; a corrente de ar devido à janela aberta a jogou contra a parede. E lá estava Archer, gritando o nome dela e correndo até ela.

— Stasia, que diabos está fazendo? — perguntou enquanto ela lutava para não cair rumo ao seu fim iminente.

— Tentando... não... cair — rosnou ela entre dentes.

Estava morrendo de dor e arfando pelo esforço necessário para se segurar na corda improvisada.

Ele a alcançou em um segundo e um par de braços reconfortantes a envolveram. E, apesar de indignada, Stasia soube instantaneamente que estava segura, que Archer nunca permitiria que algo ruim lhe acontecesse. Com seus braços musculosos ele a envolveu pela cintura e a puxou de volta para dentro do quarto.

Ela se agarrou firmemente a Archer; o medo não permitia que se soltasse. Ela tremia sob o frio da noite que entrava pela janela aberta e os envolvia. Mas não caíra. O calor e a força muscular de Archer a cercavam, mantendo-a mais segura que nunca, mas o medo de cair para a morte ainda cravava suas garras nela.

— Está machucada? — perguntou em voz baixa no ouvido dela.

A ferida em seu braço doía como o diabo; Stasia tinha certeza de que havia estragado o processo de cura tentando se agarrar à corda de roupa de cama para não cair no chão.

— Estou bem — disse ela, ainda lutando contra o medo que a dominara quando acreditara que despencaria lá embaixo.

Foi ainda mais assustador do que quando fora atacada. O agressor aparecera muito rápido, e então Archer a salvara. Mas o tempo que havia passado pendurada na corda lhe parecera uma vida inteira em comparação.

Archer se afastou um pouco para olhar para Stasia e franziu a testa.

— Céus, princesa, está sangrando!

Ela seguiu o olhar dele e se deu conta de que, sim, estava sangrando. Uma mancha vermelha marcava a atadura de linho que o próprio Archer havia colocado nela antes. A ferida havia se reaberto, como ela suspeitava.

A visão do sangue a deixou tonta, e se ele não a estivesse segurando, não tinha dúvidas de que teria desfalecido no tapete Aubusson.

— Deve ter acontecido quando tive que me segurar firme na corda para não cair.

Suas palavras escaparam de seus lábios dormentes. Ela batia os dentes, devido à outra rajada de ar frio que irrompia pela janela ainda aberta.

— Está tremendo — observou ele, sério.

— Está f-frio — disse ela, claudicando; toda sua ira havia desaparecido depois da luta contra a morte.

— Venha.

Gentilmente, Archer a conduziu até uma cadeira posicionada perto da lareira, na qual restava um pouco do fogo agradável que crepitava antes, na hora do piquenique.

— Eu n-nunca vou me ac-costumar com o c-clima da Inglaterra — disse ela, ainda batendo os dentes.

Mas logo supôs que isso não importaria muito em breve; logo, ela estaria na ensolarada ilha de Varros casada com outro homem.

— Sente-se — ordenou Archer com ternura.

Ela se sentou; ainda estava furiosa com Archer pelo que ele fizera, mas atordoada demais para demonstrar sua indignação.

Ele atravessou o quarto, puxou a corda de roupas de cama amarradas e a jogou no chão para fechar a janela e bloquear o ar noturno. Passou pelo guarda-roupa que ela havia empurrado meticulosamente para a posição atual e sacudiu a cabeça.

— Você mesma empurrou o guarda-roupa?

Ela ergueu o queixo, mostrando um pouco de sua rebeldia.

— Acaso acha que seu rufião teria me ajudado? Claro que eu m-mesma o empur-rei.

Ela ficou furiosa por ainda bater os dentes. Uma vez que o perigo havia passado e um pouco do calor voltara a seu corpo, já era capaz de reunir toda sua fúria. Mas o fogo estava baixo demais para ser confortável.

— Não é de se espantar que tenha aberto sua ferida.

Ele se ajoelhou ao lado dela, pegando seu braço machucado com firmeza, mas gentilmente.

— Deixe-me ver o que você fez aqui, amor.

Amor.

Esse termo carinhoso a irritou naquele momento, depois do que ele fizera.

— Não preciso da sua ajuda — disse friamente. — Posso cuidar de mim mesma perfeitamente bem.

— Obviamente não; senão, não estaria pendurada na maldita janela quase caindo para a morte — rebateu ele, desenrolando a atadura apesar dos protestos dela. — Você poderia ter quebrado o pescoço se houvesse caído de uma altura dessas, sabia? Não tenho nenhuma árvore para amortecer sua queda ou ajudá-la a descer.

— A corda teria sido suficiente, se não fosse por meu braço — resmungou ela, ainda furiosa por ter fracassado na fuga.

E, pior, por ter sido salva por ele. Ela se sentia grata e furiosa ao mesmo tempo.

— Eu deveria ter amarrado você na cama, maldição — disse ele enquanto desenrolava o último pedaço da bandagem.

Ela teve que desviar o olhar do feio ferimento e sua carne enrugada e dilacerada de novo por conta de suas aventuras. O sangue escorrendo do corte a deixou tonta.

— Você me drogou — acusou ela.

— Desculpe, princesa — disse ele, com verdadeira contrição em sua voz profunda. — Fique onde está. Quero limpar a ferida e ver se consigo estancar o sangramento — acrescentou, levantando-se.

— Eu já disse que você não precisa cuidar de mim — disse Stasia, cometendo o erro de olhar de soslaio para o ferimento e se sentindo mal.

— Não olhe — ordenou ele baixinho, voltando-se para ela com um pano úmido na mão, como se adivinhasse.

Como se a conhecesse muito bem.

Como era possível amar e odiar alguém ao mesmo tempo?

— Talvez doa um pouco — acrescentou.

Ela manteve os olhos voltados para o fogo, observando as brasas tremeluzentes e desejando que ele não fosse tão gentil e preocupado.

— Não tem uma explicação para o fato de ter me drogado e me trancado dentro do seu quarto? — perguntou ela, estremecendo e sibilando quando ele encostou na carne sensível ao redor de sua ferida.

— Está doendo, amor? — Seu tom era solícito, destruindo as defesas que ela havia reerguido em torno de seu coração tolo.

— Doeria menos se você me respondesse.

— Foi para o seu próprio bem — respondeu ele, dando leves batidinhas no braço dela para limpar o resto do sangue. — Você pretendia se colocar em grave perigo pelo bem de sua dama de companhia.

— Tansy é como mais uma irmã para mim — defendeu-se Stasia. — Não posso abandoná-la.

— Não precisa se preocupar com ela agora. Ela está bem cuidada.

A descrença tomou conta dela. Stasia se virou para ele, esquecendo o ferimento e vislumbrando o sangue.

Ela desviou o olhar rapidamente.

— O que quer dizer com isso? O que você fez? Onde ela está?

Archer começou a enrolar a bandagem em volta do braço dela mais uma vez, cobrindo o sangue e a secreção.

— Eu pretendia entrar furtivamente na casa de seu tio para trazê-la para cá em segurança — disse ele tranquilamente, como se não estivessem tratando de assuntos graves, e sim de algo inócuo, como o que ele gostaria de comer no café da manhã.

— Não acredito que você assumiria um risco assim, de maneira tão imprudente — disse ela, virando a cabeça para ele, uma vez que o ferimento não estava mais visível. — Por que você faria uma coisa dessas?

— Para proteger você — disse ele simplesmente, concluindo o curativo.

Ela se esforçou para entender. Acaso ele havia enlouquecido? Ele ainda estava de joelhos ao lado dela, fitando-a com aquele olhar verde vibrante que sempre a fazia derreter. Calor e desejo a inundaram contra sua vontade. Ela ainda estava zangada com ele, maldito homem! Ele não tinha o direito de ser tão bonito depois do que havia feito. Não era certo que tivesse uma boca que convidava a beijos e pensamentos luxuriosos.

— Como pôde pensar que me protegeria sequestrando minha dama de companhia e me drogando? — perguntou ela, obrigando-se a reprimir aqueles anseios traiçoeiros.

— Princesa, você estava decidida a voltar àquele covil de víboras criado por seu tio vil para proteger sua dama de companhia. E, embora eu admire sua fidelidade, não podia permitir que você corresse tamanho risco desnecessário. Você é preciosa demais para mim, eu não podia permitir.

Preciosa demais para ele.

Aquelas palavras suavizaram todas as arestas afiadas dentro dela.

Mas não, ela tinha que se agarrar à sua raiva. Ele a enganara. Havia concebido uma trama sem informá-la ou perguntar sua opinião. A arrogância daquele homem era espantosa e exasperante. E, além disso, ele ainda tinha que lhe contar o que havia feito com Tansy e onde ela estava.

— Creio que precisa de uma bebida fortificante — disse Archer, levantando-se. — Está pálida. *Brandy*?

Ele a estava distraindo, claro; adiando sua resposta.

Ela não gostou disso nem confiava nos motivos dele.

— Perdoe-me se não sinto vontade de aceitar comida ou bebida do homem que acabou de me drogar e mentiu para mim — retrucou Stasia, saindo da cadeira, porque estar sentada enquanto ele estava em pé lhe dava a impressão de que conferia a ele poder sobre ela.

E ela não queria abrir mão de seu poder.

Ele havia se dirigido a um gabinete do outro lado do quarto. Ela o seguiu, tendo o cuidado de manter uma distância discreta e parando longe do alcance do braço dele. Observou-o abrir o gabinete e retirar uma garrafa e um copo.

— Eu juro a você que não está adulterado — disse ele, despejando o líquido vermelho-dourado no copo e voltando-se para oferecê-lo a ela.

— E agora eu deveria confiar em você, depois de ter me traído? — Ela sacudiu a cabeça. — Depois de ter mentido para mim? De jeito nenhum.

— É justo. Vou lhe mostrar, então.

Ele sustentou o olhar dela, levou o copo aos lábios e tomou um grande gole.

Maldição, ela não conseguia deixar de admirar as linhas fortes e masculinas da garganta dele, o pomo de adão subindo e descendo enquanto ele engolia. Não conseguia deixar de querer pousar seus lábios ali, absorver seu calor e inalar profundamente seu cheiro.

Ele lhe ofereceu o copo de novo, passando a língua pelo lábio inferior.

— Pronto, princesa. Imaculado, como prometi.

Ela desviou os olhos da boca de Archer.

— Estou bem sem isso.

— Você é uma dama muito teimosa.

Ele se aproximou, diminuindo a distância que os separava.

— Pegue a bebida. Vai ajudá-la a se acalmar. Você passou por um grande susto, quase caiu da janela.

Seu maxilar endureceu ao dizer isso, único indício de que ele estava longe de estar calmo. Ela *quase* caíra, mas ele a salvara. Se não houvesse chegado a tempo... Ela estremeceu de novo.

— Você ainda está com frio! — Ele franziu a testa, pegou a mão dela e colocou o copo nela. — Beba, vai aquecê-la também.

Ela apertou o copo para evitar que caísse quando ele o soltasse. O álcool cor de âmbar balançava preguiçosamente.

— Sua dama de companhia está segura — disse ele. — Está sob a proteção de seu noivo, o rei Maximilian de Varros. Ele está enviando seus homens para a casa para ficarem de guarda em seu quarto, como condição para o noivado.

Essa revelação foi um choque para Stasia.

Então, Archer sabia...

E Tansy, pobre e doce Tansy. Estava sob a proteção do rei Maximilian, então? O que isso implicaria?

Stasia levou o copo aos lábios e tomou um grande gole, fazendo uma careta. Aquela bebida era mais suave que o gin que ela havia bebido com Theodoric, mas era horrível mesmo assim. Ela preferia vinho. Mas o olhar de Archer estava sobre Stasia, duro e examinador, e ela não sabia o que fazer com essa impressionante reviravolta de eventos; portanto, tomou outro grande gole. E outro.

— Calma, amor — advertiu ele, tirando o copo da mão dela. — É para ser saboreado, não para se afogar.

O tom de voz dele era diferente, e ela suspeitava que sabia o motivo.

— Por que minha dama de companhia ficará sob a proteção do rei Maximilian? — perguntou, em vez de abordar o fato de que ele havia descoberto que ela estava prometida em casamento ao rei de Varros.

As palavras de Tansy voltaram à sua mente.

Ele me beijou.

Stasia não confiava no rei Maximilian perto de sua amiga. Não confiava nele de jeito nenhum. A única razão pela qual havia cedido ao plano dele era porque não havia outra escolha. Ajudá-lo a encontrar Theodoric e conspirar para derrubar Gustavson era a última e melhor esperança para a Boritânia e seu povo e o que restava de sua família.

— Porque não há opção melhor para ela, no momento — disse Archer, com o olhar duro, penetrante e intenso. — Quando você pretendia me contar?

Ela sabia sobre o que ele estava falando, mas não queria discutir o assunto naquele momento. Talvez nunca. Porque falar disso seria reconhecer a dolorosa verdade do futuro sombrio que a aguardava, o futuro que ela tentava evitar perdendo-se no presente.

Mas não parecia estar dando muito certo.

— Eu não pretendia lhe contar — ela admitiu.

Ele tomou um grande gole de *brandy* também, e sem escolha, só restou a Stasia observá-lo no silêncio pesado. Quando a bebida acabou, ele limpou a boca grosseiramente com as costas da mão.

— Você não pretendia me contar que vai se casar com um *maldito rei?* — repetiu, e a ênfase nas duas últimas palavras foi pungente como um tapa.

A culpa formava um nó nas entranhas de Stasia que ela não conseguia desfazer.

— Que importância tem isso? — perguntou, desafiadora.

— Eu tinha o direito de saber, Stasia — disse ele.

As palavras sem raiva dele a atingiram mais profundamente que uma total demonstração de fúria.

— Você não perguntou — respondeu ela.

— Erro meu — disse ele amargamente, voltando ao armário e servindo mais *brandy* em seu copo vazio.

Ela observou suas costas largas no silêncio pesado, perguntando-se como ele havia virado o jogo tão habilmente contra ela. Archer mentira para Stasia e a aprisionara no quarto contra sua vontade, e agora, ousava agir como se fosse a parte ofendida entre os dois porque ela não lhe dissera que ia se casar com o rei Maximilian.

— Não pensei que meu futuro casamento fosse preocupação sua — disse ela, subitamente cansada depois de tudo que acontecera.

Duas vezes ela chegara assustadoramente perto da morte. Quase fora esfaqueada e quase caíra de uma grande altura. Além disso, Archer a havia drogado e mentido para ela. Seu tio a queria morta, ela ia se casar com um homem que a aterrorizava, e aquele que ela amava havia se transformado em um estranho. O que mais poderia acontecer?

— Seu casamento se tornou minha preocupação quando você se entregou a mim — disse Archer com aspereza. — Eu tomei a virgindade da futura esposa de um rei louco e sanguinário, Stasia. Eu não sabia disso, mas não faz diferença, já está feito. Esta noite, ele ameaçou me matar, e deveria ter me matado por eu ter sido tolo e me deixado capturar. Só fui poupado porque posso ser útil para ele.

Ela ficou em choque ao ouvir isso.

— Perdão — murmurou ela. — Parece que sou um veneno para todos que me conhecem.

Talvez ela estivesse amaldiçoada. Sua família fora destruída e, aparentemente, todos a quem tocava, de quem se aproximava, estavam em risco. Tansy, Archer... Quem mais?

— Você não é um veneno, princesa.

Archer estava diante dela de novo, alto e sombrio à luz bruxuleante da vela.

— Você é uma panaceia.

— Panaceia — repetiu ela, tentando entender, pois essa palavra não lhe era familiar. — O que significa?

— Uma cura — disse ele ternamente. — A cura para todos os males. Porque foi isso que você fez comigo. Você me mudou, colou os pedaços quebrados dentro de mim. Eu daria minha vida pela sua mil vezes, e com alegria.

Por Deus, ele estava fazendo de novo.

Estava sendo angustiantemente gentil, olhando para ela como se a reverenciasse. Dizendo-lhe tudo que ela queria e precisava ouvir. Mas fora errado o que fizera aquela noite, mesmo que suas intenções fossem boas.

— Mas eu não quero que você dê sua vida pela minha — disse ela. — Nem quero ser trancafiada como se eu fosse incapaz de escolher meus próprios riscos.

— Você teria ficado, se eu houvesse pedido?

— Não.

Ele apertou o maxilar.

— E teria retornado àquela casa, para morrer. Lamento tê-la enganado, mas não lamento que esteja aqui comigo. Não lamento que você não esteja deitada em sua cama solitária naquela casa como um cordeiro inocente aguardando o abate.

— Não posso ficar com você por muito tempo — disse ela. — Seja o que for que você tenha feito esta noite, apenas atrasou o inevitável. Eu ainda preciso voltar assim que puder. Devo me casar com o rei Maximilian ou minhas irmãs estarão em grave perigo.

Archer esvaziou o copo.

— Você não vai a lugar nenhum enquanto eu não disser, princesa.

— Você pretende me manter aqui como sua prisioneira?

— Sim, amor, lamento — ele sorriu, mas seus olhos permaneceram duros.

— Até que possamos entregar seu irmão ao rei Maximilian, você é minha.

CAPÍTULO 18

— *Não está* sangrando, pelo que vejo. Imaginei que a gata o atacaria por trancá-la no quarto.

A observação provocadora de Lucky o irritou.

Archer lançou ao amigo um olhar fulminante. O amanhecer se aproximava, e ele não havia dormido. Stasia estava trancada no quarto dele com um guarda a postos embaixo da janela para que seu adorável pescoço não corresse mais riscos estúpidos. E Archer estava em seu escritório, sentado diante de uma lareira quase apagada, bebendo como se não houvesse amanhã.

Queria que tudo fosse para o inferno.

— O que está fazendo aqui? — perguntou a Lucky, sério. — Não deveria estar dormindo em algum lugar ou planejando o assassinato cruel de todos os seus inimigos?

— Já planejei — disse Lucky, alegre, chutando o pé da cadeira vazia ao lado de Archer. — Importa-se se eu descansar estes velhos ossos?

— Sente-se — disse Archer, acenando com o copo e espirrando *brandy* nas costas de sua mão.

Mas ele não deu a mínima para a mão, nem para o tapete Aubusson a seus pés.

— Céus, se seus ossos são velhos, o que são os meus? — acrescentou.

— Velhos — disse Lucky enquanto se sentava na cadeira. — Temos a mesma idade, não é?

Archer deu um suspiro pesado, sentindo-se velho. E abatido. E desamparado. E tolo. E tantas outras coisas que sua mente embebida em álcool não conseguia identificar.

— De fato — disse, tomando outro gole generoso, satisfeito por não ter pingado em sua camisa. — Eu me sinto velho esta noite, amigo.

— Esta manhã, você quer dizer.

— Manhã? — Mais um gole. — Seja lá que malditas horas são.

— Você é um lorde falando — disse Lucky. — Mais um pouco de *brandy* e logo vai pôr os bofes para fora.

— Bem-feito para mim — murmurou Archer, olhando melancólico para o fogo que morria. — Estou muito infeliz, Luck.

— Por causa da rapariga?

Archer levou o copo aos lábios, apesar do alerta de seu amigo de que já havia bebido demais.

— Ela não é uma rapariga.

— Todas são.

— Não esta.

Ele queria explicar a Lucky que Stasia era incrível, uma princesa que colocava todo mundo antes de si mesma, que subia em árvores e sofria ferimentos com aprumo, que arrastava móveis enormes e tentava escapar improvisando uma corda para descer pela janela.

Mas só o que saiu dele foi um soluço.

— Ela é diferente — disse com a voz arrastada, antes de soluçar de novo.

Mas era melhor assim; ele não conseguia expressar como ela era diferente e maravilhosa. Lucky riria dele até não aguentar mais.

— Diferente — repetiu seu amigo, sarcástico.

Isso irritou Archer ao extremo.

Soluço.

— Tenho um remédio para isso — disse Lucky, educado.

Claro. Lucky tinha um remédio para tudo, e seus remédios sempre funcionavam. Aquele homem era um enigma ambulante e carrancudo.

Soluço.

— Há de passar — disse Archer.

Bebeu mais um pouco de *brandy*, em uma tentativa de controlar a reação enlouquecedora que acontecia em algum lugar de sua garganta. E de reprimir o efeito igualmente enlouquecedor que estava acontecendo em algum lugar de seu coração tolo.

— Se você insiste — disse Lucky, consideravelmente menos confiante.

Soluço.

— Pode ir buscá-lo para mim? — perguntou Archer, desanimado.

Com outro grunhido, Lucky se levantou. O som de seus passos se afastando deixou a sala menos aconchegante para Archer. Stasia estava brava com ele; logo a perderia. E para um maldito rei ainda por cima. Outro soluço ímpio escapou enquanto ele olhava para as chamas minguantes, esperando Lucky voltar com sua poção milagrosa.

Quando seu velho amigo retornou, seu copo de *brandy* já estava vazio e a maldita aflição ainda atormentava seu corpo com uma persistência irritante.

Lucky lhe ofereceu uma xícara com algo que não tinha exatamente um cheiro ruim, mas também não parecia lá muito bom.

— Beba — ordenou seu amigo rispidamente, e se sentou de novo.

Archer tomou um gole daquela bebida de cheiro estranho e amarga. Com grande esforço, ele engoliu e começou a tossir.

— Que diabos é isto, Luck? — perguntou, cuspindo.

— Tome mais — disse Lucky. — Precisa de mais que um gole para funcionar.

Prendendo a respiração, Archer fez o que seu amigo aconselhou e tomou outro gole.

— É mijo de cavalo — anunciou Lucky, sorrindo para ele.

Archer imediatamente cuspiu aquela coisa para todo lado. Em sua camisa, no colo, no fogo, que sibilou como se estivesse protestando.

— Brincadeira — disse Lucky. — Mas é segredo.

— Não sei se ouso confiar em você — disse Archer, olhando furioso para o amigo e soluçando de novo.

Lucky ergueu uma sobrancelha escura e desgrenhada.

— Só porque eu lhe dei para beber algo que você não sabe o que é? Isso me lembra alguma coisa...

Maldição! Até seu amigo o estava criticando?

Archer prendeu a respiração e tomou mais um pouco daquele líquido desagradável, torcendo para que finalmente funcionasse.

— Foi para o bem dela.

— Claro. Tente dizer isso a uma moçoila e veja no que dá.

Archer lançou um olhar penetrante a Lucky.

— O que você sabe sobre moçoilas, afinal?

Lucky respondeu com ironia:

— Mais do que eu gostaria. Eu sei que quando uma coisa é preciosa para o sujeito, em vez de ficar sentado perto da lareira ao amanhecer despejando *brandy* goela abaixo, ele faz de tudo para não perdê-la.

— Hmm — disse Archer, notando o leve tom de arrependimento na voz de Lucky.

Nunca havia visto Lucky atrás de um par de saias. Mas o trabalho de espionagem deles os mantivera tão ocupados que ele não havia passado muito tempo com Lucky. Pelo que sabia, seu amigo tinha uma mulher em cada taberna.

Mas Archer não podia negar que Stasia era preciosa para ele. Mais do que ele jamais poderia imaginar que uma mulher pudesse ser. Pensar nela se casando com aquele rei brutal, enorme e de olhos frios que ele conhecera horas antes lhe dera vontade de socar alguma coisa. De preferência, o nariz daquele homem. Mas o filho bastardo de um marquês não podia atacar um rei sem consequências, por mais que o quisesse. Inferno, ele não podia nem salvar a mulher que amava da obrigação de se casar com o rei. Nem poderia ganhar o perdão dela por fazer tudo que podia para salvar sua vida.

Um fracasso total, era o que ele era. Pelo menos o soluço finalmente havia sumido.

Ele estendeu o copo vazio para Lucky, simulando um brinde.

— Seu mijo de cavalo fez mágica. Estou curado.

— Curado dos soluços, talvez, mas não do que realmente o aflige.

Seu amigo era muito perceptivo.

— O que propõe que eu faça, Luck? — perguntou, mesmo sabendo que Lucky não conhecia toda a extensão da história.

Em sua casa, ninguém exceto Archer sabia que Stasia era uma princesa. A omissão era para a proteção e a pedido dela, não porque Archer não confiasse em seu amigo. Ele confiaria sua própria vida a Lucky a qualquer momento, sem hesitação.

— Erga seu traseiro daí e vá falar com sua rapariga — sugeriu seu amigo rispidamente. — Peça perdão e diga que a ama.

Ele poderia negar que amava Stasia por orgulho, mas qual era o sentido? Era verdade, e Lucky não era bobo.

— Nunca amei uma mulher antes — admitiu, deixando seu copo vazio no tapete Aubusson.

Lucky não estava errado. Archer tinha que parar de se esconder em seu escritório e de se afogar em bebida. Não estava resolvendo problema algum fazendo isso.

— Mas você ama essa, não é?

— Céus, amo.

Ele riu, mas sem alegria. Riu de si mesmo, de sua própria tolice. Entre tantas mulheres no mundo, ele havia encontrado aquela que nunca poderia ser sua.

— É terrivelmente assustador, Luck.

— Eu sei, meu velho amigo. — Lucky deu um tapinha nas costas dele. — Mas não deixe seu orgulho atrapalhar, ou vai perdê-la para sempre. É uma lição que aprendi da maneira mais difícil.

Acaso ousaria dizer a Stasia que a amava? Conseguiria?

E importaria? Ela estava noiva de um maldito rei.

— Se não disser com todas as letras, vai se arrepender para sempre — disse Lucky. — Vá falar com sua rapariga.

Talvez seu amigo estivesse certo.

— Acho que vou — admitiu, levantando-se com os pés instáveis, mais uma prova de que havia drenado muito de seu estoque de *brandy* naquela noite.

E manhã.

— Obrigado pelo mijo de cavalo e pelo conselho, meu velho amigo — disse olhando para trás enquanto saía com dificuldade do escritório.

Uma mão gentil em sua face.

Foi isso que tirou Stasia das entranhas de um sono fraturado por sonhos desagradáveis que eram todos iguais. Em todos, ela era arrancada de Archer, tentando em vão voltar para ele. Foi apropriado, então, que ela abrisse os olhos e o encontrasse deitado ao seu lado na cama, completamente vestido, observando-a com tamanha ternura incauta que se sentiu ofegar.

— Archer.

Sua primeira reação foi estender a mão para tocá-lo e se assegurar de que ele estava ali. Mas se conteve.

O último sonho havia sido particularmente terrível. Eles estavam juntos em um navio, em um vasto mar, quando uma tempestade caiu de repente sobre eles. O navio começou a afundar e ela se viu à deriva na água, chamando por ele, incapaz de encontrá-lo.

— Perdão, princesa — disse ele.

A luz forte da manhã entrava pelas bordas das cortinas e dançava sobre o chão, mas ele estava quase todo envolto em sombras. Sua voz era triste, e tinha o inconfundível e tênue cheiro de álcool em seu hálito.

Stasia recordou o motivo pelo qual ainda estava ali. O motivo pelo qual ele estava lhe pedindo perdão. Todos os motivos pelos quais ela deveria se agarrar à sua fúria. Archer havia dito que ela era sua prisioneira e voltava naquele estado àquela hora da manhã.

— Você está bêbado — respondeu ela, sem calor, mas sem raiva também.

Porque, apesar da arrogância das ações de Archer, Stasia sabia que ele estava apenas fazendo o que acreditava ser melhor para ela. Mesmo sendo bastante equivocado da parte dele.

— Um pouco — reconheceu ele com um sorriso triste nos lábios.

Lábios que ela queria muito beijar, apesar de tudo.

— Por que você está aqui? — ela se forçou a perguntar, lembrando que ele a havia trancado de novo no quarto depois de terem discutido no meio da noite.

— É meu quarto, não é?

Ele acariciou o queixo dela com as costas dos dedos; um toque leve, como se temesse tocá-la com muita firmeza. Como se fosse quebrá-la ou afastá-la.

Na verdade, não havia outro lugar onde ela preferisse estar do que ali, ao lado dele.

— Você dormiu a noite toda vestido? — perguntou Stasia, vendo-o com as calças e a camisa do dia anterior.

Estava sem gravata e sem colete. Mas as botas permaneciam em seus pés, descansando sobre a colcha limpa com toda a naturalidade.

— Não dormi — disse ele baixinho.

— Por que não?

Ele desceu os dedos pelo pescoço dela. Stasia ainda estava de vestido também. Ficara furiosa demais com Archer para permitir que ele a ajudasse a se despir, e quando percebeu que não conseguia tirar as roupas sozinha com uma mão só, simplesmente se deitou na cama, cercada pelo cheiro dele, e sonhara com ele.

— Porque eu odeio o fato de você estar brava comigo.

Sua voz retumbante e luxuriosa, como sempre, provocou algo proibido dentro dela, fazendo-a derreter.

— Odeio o fato de que vou perdê-la.

A confissão não deveria afetá-la da maneira que a afetava. Ele estava bêbado. Ele a havia trancado dentro de um quarto contra a vontade dela, e mais de uma vez. Colocara sonífero no vinho dela! Ela deveria estar mais preparada para resistir a ele.

Mas era o homem que ela amava. O homem forte, destemido, filho ilegítimo de um marquês com uma protuberância no nariz por defender sua meia-irmã e lindos olhos verdes de gato que viam nela tudo que ninguém havia visto antes. Ele a despertara para a vida com seu toque, lhe mostrara a paixão e o prazer, cuidara de sua ferida, banhara-a, alimentara-a quando ela sentira fome. Pegara-a quando ela estava a ponto de cair.

Salvara a vida dela.

Sim, ele também fizera isso.

Como ela poderia continuar furiosa com ele? Aquele arrogante estava tentando protegê-la, apesar dos meios errados.

— Estou brava porque você não me consultou. — Ela engoliu em seco ao sentir a mão dele em seu pescoço, seus dedos deslizando sobre sua pele e se aninhando na nuca, massageando seus músculos tensos. — Estou brava porque você me trancou aqui e se colocou em perigo sem me avisar do que pretendia. Você poderia ter se ferido gravemente ou pior.

E pensar que ele se encontrara com o rei Maximilian. Que o rei ameaçara a vida de Archer, e tudo por causa dela... Ela não conseguia sequer imaginar o que poderia ter acontecido, nem que tipo de acordo os dois fizeram.

— Eu estava errado, princesa — cedeu ele, surpreendendo-a, ainda massageando o pescoço tenso e o couro cabeludo dela. — Deveria ter falado com você primeiro. Deveria ter lhe contado minhas intenções.

Seu braço se levantou e sua mão pousou naquele rosto amado por vontade própria. Stasia acariciou o queixo arrogante dele, sentiu seu bigode fazer deliciosas cócegas na palma de sua mão. Como poderia resistir a ele? Desde o momento que o conhecera, ao entrar em seu escritório e encontrá-lo perto da lareira, fumando um charuto distraidamente, ela não podia resistir. Por que deveria ser diferente então, visto que já o conhecia, que ele a tomara em seus braços? Que havia estado dentro dela?

— O que você teria feito se eu houvesse discordado? — perguntou ela.

Mas sabia que não importava. Ela logo seria esposa de outro homem e o tempo que passara na cama de Archer não passaria de uma lembrança distante.

Um sorriso lento e confiante se formou nos lábios de Archer.

— Eu teria feito de qualquer maneira — ele beijou a palma da mão dela com reverência. — Alguém tem que protegê-la, princesa. Deus sabe que você não sabe se proteger.

Ele não estava de todo errado. Chegava a ser irritante que ele estivesse certo, que soubesse disso, que a conhecesse tão bem em tão pouco tempo.

— Você me roubou o poder de escolha — disse ela — e me manteve aqui como uma prisioneira.

Ele pegou o pulso de Stasia, retirou a mão dela de seu queixo e a levou ao coração. Stasia achou curioso isso, mas ele fez outra coisa mais estranha: entrelaçou os dedos nos dela, mantendo a mão dela sobre os batimentos constantes e vibrantes do coração dele.

As pálpebras de Archer estavam se fechando de sono.

— Porque você é tão teimosa e forte que eu sabia que me seguiria ou rejeitaria o plano.

Não fazia sentido discutir. Se ele houvesse lhe contado, ela o teria impedido; nunca teria permitido que ele fosse àquela casa sem ela.

— Esse acordo que você fez com o rei Maximilian — disse ela, estudando suas feições, guardando-as na memória, desejando poder colar a imagem dele no interior de suas pálpebras, para que, no futuro, ainda pudesse vê-lo ao fechá-las. — Conte-me. Diga-me por quê.

— Foi ideia minha, não do seu noivo.

Ele estava de olhos fechados, massageando a nuca de Stasia com os dedos, mas, mais lentamente, a pressão diminuindo. Era imaginação dela ou Archer havia falado a palavra *noivo* com grande amargura, como se lhe custasse uma parte essencial de si mesmo que ele nunca poderia recuperar?

Seriam ciúmes?

— Você sabe por que devo me casar com ele.

— Isso não significa que eu não odeie o fato, princesa. Nem que pensar em você nos braços de outro homem, na cama dele, não me faça querer matar aquele rei com minhas próprias mãos.

Era cruel dizer isso. Violento, sanguinário e selvagem. Mesmo assim, ela não podia negar que ouvir isso dele fez seu coração pulsar no fundo de seu peito. Uma dor física residia ali que não tinha nada a ver com luxúria. Tinha a ver com o amor que sentia por ele.

— É melhor você dormir — murmurou Stasia, sentindo-se culpada por ele ter ficado acordado a noite toda.

Sabia que ela era a fonte da inquietação de Archer. Provavelmente a causa de sua embriaguez também.

— Você quer saber sobre o acordo — disse ele, de olhos fechados, com a voz sonolenta, mais baixa e quase melíflua. — Seu noivo sabe que você foi ferida; eu lhe contei sobre o atentado à sua vida, sobre o assassino contratado por seu tio. — Ele se calou um instante, bocejando. — Em troca de você permanecer aqui comigo e de que os guardas dele protejam sua dama de companhia, eu devo entregar seu irmão a ele. Era isso, ou tentar minhas chances com o capanga dele.

Uma grande culpa dominou Stasia.

— Lamento muito que você tenha se encontrado em perigo por minha causa. Mas não sei se Tansy estará mais segura com os guardas do rei cuidando dela.

— Seu noivo me garantiu que ela estará protegida.

O peito de Archer subia e descia em ritmo mais regular; era evidente que ele estava perdendo a batalha contra o sono.

— Você acreditou na palavra dele? — perguntou Stasia, assustada, pensando de novo no que Tansy havia dito.

Sua dama de companhia dissera que o beijo não havia implicado violência, mas e se o rei exigisse mais em troca de proteger Tansy?

— Não tenho muita escolha. — Os olhos de Archer continuavam fechados; cada palavra era mais difícil. — Além disso, tenho as duas coisas que ele mais quer: você e seu irmão. Seu rei quer se encontrar com o príncipe perdido.

Ela sentiu um nó no estômago, pois seu irmão deixara claro que não queria saber de voltar à Boritânia.

— E se Theodoric não concordar?

Archer abriu um pouco os olhos.

— Não se preocupe, amor. Tudo vai ficar bem.

— Que eu não me preocupe? — ela soltou uma risada amarga. — Como você ousa me dizer para não me preocupar e cair adormecido em cima de mim?

Ele já estava de olhos fechados.

— Descanse, princesa. Há de precisar.

Naquele momento, Stasia seria capaz de dar um tabefe em Archer, tão grande era sua fúria devido às conspirações e meias respostas dele. Mas ela apenas se desvencilhou dele, apesar do conforto que era sentir o corpo de Archer ao lado do seu, as mãos dele sobre ela, o coração dele batendo firmemente sob sua mão.

Mas um braço se enroscou em volta da cintura dela, impedindo-a de se mexer.

— Não me deixe. Por favor.

Que inesperado. Assim como a demonstração de vulnerabilidade. Ela mordeu o lábio, olhando para as belas feições relaxadas dele, pronto para dormir.

Deveria fugir dele, dormir em uma cadeira ou ficar andando de um lado para o outro até que ele acordasse e a libertasse de sua prisão.

Mas Stasia amoleceu e foi indo cada vez mais perto dele, ambos completamente vestidos, encostados. O quadril dela no dele, o braço dele em volta dela, em um abraço possessivo. Não era paixão o que se acendia entre eles naquele momento de cansaço e necessidade mútua. Era algo muito mais profundo. Era o desejo de consolo, de conforto, e, para Stasia, sim, era *amor*. Um grande amor que brotava em seu peito, e doía, e queimava como se ela estivesse prendendo a respiração, precisando se expandir e ser liberado.

Ele suspirou, deu-lhe um beijo na testa, na têmpora, e sua respiração quente foi uma bênção sobre a pele dela.

— Obrigado, princesa.

Lágrimas ardiam em seus olhos, e ela os fechou com força, recusando-se a deixá-las cair. Como poderia se separar dele se não conseguia sequer suportar sair do seu lado?

CAPÍTULO 19

Archer acordou com a cabeça dolorida dando choques e a boca seca como as cinzas da lareira. Pestanejando, com os olhos turvos contra a luz implacável que entrava pelas janelas, ele percebeu que estava deitado na cama. As cortinas haviam sido abertas para iluminar o quarto com uma luz que ele só podia presumir ser a do meio-dia. Ao contrário da maioria dos dias anteriores, o céu não estava encoberto por presságios sombrios e cinzentos. O sol havia despertado, queimando, recriminador.

— Canalha — murmurou para o sol por ousar se levantar com tanta irreverência e ignorar o fato de que ele havia exagerado no *brandy*.

Esticou o braço em busca do calor e das curvas familiares da mulher ao lado da qual havia adormecido. Mas sua mão não encontrou nada além de uma colcha perfeitamente alisada, a cama feita ao redor dele como se ela nunca houvesse estado ali.

Stasia fora embora.

Ele se sentou e esfregou os olhos para espantar o sono; sua cabeça latejava. Onde ela estava?

Na noite anterior — céus, *naquela manhã* —, quando ele havia ido para o quarto, deixara a porta destrancada. Incentivado pelo conselho de Lucky, entrara determinado a fazer as pazes e dizer a Stasia que a amava. Mas adormecera, de botas e tudo.

E ela se aproveitara de sua estupidez e fugira.

Bem-feito para ele por emborcar uma garrafa de *brandy*. Normalmente, ele não bebia muito; havia presenciado a ruína que se abatera sobre a mãe: álcool, ópio, qualquer coisa que ela pudesse encontrar. A noite passada havia sido um fracasso em quase todos os sentidos.

Archer se levantou, ainda com as roupas do dia anterior. Pelo menos sua irresponsabilidade estava se mostrando conveniente: podia ir correndo tentar decifrar aonde Stasia havia ido sem perder tempo se vestindo.

Jogou as pernas para fora da cama, e suas botas provocaram um baque. Sua cabeça ainda latejava, e ele desejou ter um copo de água fresca para despejar em sua garganta seca. Mas não havia tempo para isso; ele tinha uma princesa errante para encontrar.

Com um gemido, ele se forçou a se levantar; sentia-se como um potro recém-nascido tentando se manter sobre as pernas. Diante de um urinol, aliviou-se dos restos do álcool. Uma lavada rápida nas mãos e rosto foi tudo que se permitiu antes de se encaminhar para a porta.

A mesma porta que se abriu de repente e revelou a mulher que ele estava procurando. Atrás dela, bem mais alto, carregando uma bandeja com café, torradas e ovos, estava Lucky.

— Então está acordado — declarou Stasia, passando os olhos rapidamente por ele, avaliando-o, sem sorrir.

Ele não tinha boa aparência. Afinal, vestia a mesma calça e camisa com as quais adormecera.

Ele passou os dedos pelos cabelos, convencido de que também estavam terrivelmente despenteados.

— Teoricamente...

Sem dúvida, não se sentia acordado. Na verdade, tinha certeza de que, se pudesse cair na cama outra vez, dormiria mais um dia inteiro, para se curar daquela terrível aflição. Sentia-se um lixo. Mas ela estava ali, e isso já era alguma coisa. Stasia não havia fugido.

— Bom dia — cumprimentou Lucky, deixando a bandeja em uma mesa. — Há uma cura para o que lhe aflige na bandeja.

— Mais mijo de cavalo não, espero — resmungou, estranhamente irritado por ver seu amigo e Stasia trabalhando juntos. — Você poderia ter mandado um lacaio com a bandeja, sabia?

— E perder a oportunidade de ver você passando mal, parecendo um cachorrinho perdido? — Ele teve a audácia de piscar, em uma demonstração de bom humor extremamente rara. — Não se preocupe, eu assegurei à dama aqui que você não é um lixo.

Maldito Lucky.

— Estou em dívida com você — disse Archer, erguendo uma sobrancelha, e mesmo esse leve movimento fez sua dor de cabeça aumentar.

— Você está em dívida comigo há anos — disse Lucky com um meio sorriso. — Talvez um dia desses eu cobre.

Com uma reverência levemente debochada, Lucky saiu, deixando Archer e Stasia sozinhos. Só então ele percebeu que ela estava usando outro vestido, um azul claro, que deixava seus olhos ainda mais intensos.

— Você está linda — Archer deixou escapar estupidamente, sentindo amor, alegria e primitiva possessividade brotar dentro dele. — Onde arranjou esse vestido?

— Você está horrível — disse ela com naturalidade, voltando-se para a bandeja para servir café em uma xícara. — O vestido foi entregue esta manhã, aparentemente por uma tal de Madame Beauchamp. Imaginei que era para meu uso. Presumindo que eu seja sua única prisioneira mulher, claro.

Ele estremeceu ao ouvir a palavra *prisioneira* e a maneira como ela a pronunciara, mas sua cabeça já estava doendo o suficiente. Archer procurou em sua mente o nome Beauchamp, mas seu velho armazém do conhecimento estava irritantemente vazio.

Até que recordou. Ah, sim, a requisitada modista que lhe fornecera o chemise. Ele havia pedido um vestido também, na esperança de que ela tivesse alguma peça mais ou menos do tamanho de Stasia. A mulher dissera que mandaria algo adequado depois de fazer alguns ajustes. Archer havia se esquecido completamente disso em meio a tanta agitação, reis, perigo, *brandy* etc.

— Quem a ajudou a se vestir? — perguntou, esfregando o queixo e sentindo pelos, o que indicava que provavelmente parecia um selvagem e precisava desesperadamente fazer a barba.

— Uma de suas criadas — respondeu Stasia, terminando impecavelmente de encher a xícara com uma mão e devolvendo a cafeteira à bandeja. — Uma jovem chamada Abigail. Foi muito prestativa. Tome seu café. Parece que você está precisando de algo revigorante.

Ela foi em direção a ele com o vestido esvoaçando, o pires com a xícara estendido como um ramo de oliveira. Acaso Archer ousaria esperar que fosse? Que a presença dela em seu quarto naquela manhã, por sua própria vontade, significasse alguma coisa? Ele nunca se sentira mais fracassado e abjeto que na noite passada, e a sensação permanecia, terrivelmente desagradável.

Archer aceitou a oferta. Seus dedos se roçaram, e ele sentiu o calor da pele e da vergonha atingi-lo como um raio.

— Obrigado.

O rico aroma de café chegou até Archer, convidativo. Ele tomou um gole, observando-a por cima da xícara. Ela o observou também, com o semblante fechado.

— Quem é Madame Beauchamp? — perguntou ela.

Ele engoliu em seco. O café estava muito quente e queimou sua garganta ao descer. Sem dúvida, merecido. Ele soltou a xícara no pires, fazendo um barulho desagradável.

— Uma modista — respondeu, rouco. — Por que pergunta?

Um leve rubor se espalhou pelos pômulos altos de Stasia. Ocorreu a Archer que talvez ela estivesse com ciúmes de Madame Beauchamp.

— Eu apenas me perguntava se acaso ela não seria uma…consorte sua. Eu não gostaria de usar o vestido, se fosse esse o caso.

— Mesmo assim, você o vestiu esta manhã — ressaltou ele.

Ela franziu a testa.

— Meu vestido estava começando a cheirar mal. Eu teria usado as cortinas da sala de estar, se me houvessem sido oferecidas.

Ele deu um gole bem pequeno do café, grato por se ocupar com algo que o impedisse de tomá-la nos braços como tanto desejava.

— Perdão por minha falta de hospitalidade, Vossa Alteza. Não é todo dia que eu aprisiono uma princesa boritana, tenho minha vida ameaçada pelo rei com quem ela deve se casar e impeço que ela caia de uma janela nos braços da morte.

Ela franziu os lábios.

— Eu não tentaria sair pela janela se não fosse por você. E se esqueceu de mencionar o fato de ter se afogado em *brandy* até o amanhecer.

O comentário irônico de Stasia mexeu com ele. Archer amava tanto o gelo quanto o fogo dela.

— Você me desaprova — comentou levemente.

— Eu desaprovo algumas ações suas.

Stasia suspirou, chamando a atenção de Archer para o vão que se formou na base da garganta dela, o brilho do colar de ouro aninhado ali, um lugar que ele desejava desesperadamente beijar.

— Eu desaprovo o fato de você me manter prisioneira aqui sem minha permissão.

Ele não conseguiu reprimir um sorriso.

— Princesa, ser prisioneira, por definição, implica a não permissão.

Ela franziu o cenho.

— Está se fazendo de obtuso deliberadamente.

Archer se perguntava se deveria lhe dizer que a amava naquele momento, simplesmente deixar escapar, como um tolo, engolir seu orgulho junto com o café quente. Imaginou que queimaria igual.

— Estou tentando fazer você sorrir — rebateu. — Não gosto de ser a causa de seu descontentamento.

Ela soltou um suspiro pesado.

— São as circunstâncias terríveis que causam meu descontentamento. Não vai se sentar para comer? Seu café da manhã está esfriando.

O cheiro estava delicioso; torrada com manteiga, ovos *poché* e presunto, que não fizeram seu estômago ameaçar vomitar em protesto. Em sua vida infame, certamente já bebera muito mais que na noite anterior.

Naquela manhã.

Ele franziu o cenho:

— Já comeu?

— Tomei café da manhã com Lucky.

Sua carranca se aprofundou. Não sabia se gostava da ideia de seu velho amigo e Stasia fazerem uma refeição juntos.

Mas tomou outro gole de café antes de falar.

— Nunca vi Lucky comer em outro lugar que não fosse lá embaixo. Em várias ocasiões, implorei para ele comer comigo na sala de jantar, mas foi inútil.

Seu amigo sabia que um mordomo não deveria se sentar à mesa com seu patrão, mas Lucky era muito mais que um mordomo, e a única razão de ele ocupar essa posição era por sua própria insistência. Além disso, Archer não fazia parte da aristocracia, apesar de sua casa se situar entre as residências de lordes e ladies da alta sociedade.

Stasia deu de ombros.

— Assim como em outras circunstâncias, talvez devesse ter pedido educadamente.

A provocação dela foi como um soco, para que não esquecesse que não estava totalmente perdoado, apesar de ela ter permanecido ali.

— *Touché*, princesa — disse ele. — Gostaria de poder dizer que aprendi a lição.

Ela apertou os lábios em um muxoxo de desaprovação.

— Mas não aprendeu, não é?

— Se fosse preciso, faria tudo de novo para mantê-la a salvo daquele seu tio maldito e seus assassinos sanguinários — disse Archer sem hesitar, pois era verdade.

Um homem podia estar errado e, mesmo assim, não guardar arrependimentos. Archer só lamentava ter negado a Stasia o direito de dizer *não*, mas teria continuado com seu plano de qualquer maneira.

Stasia olhou para ele, avaliando-o com seus olhos azul-gelo, e então lhe ofereceu as linhas elegantes de suas costas, voltando-se para a bandeja de café da manhã.

— Sente-se.

O tom autoritário e cortante de sua voz era algo que Archer não ouvia com frequência e que seus instintos másculos repudiavam.

— Não sou um cão — resmungou, fitando o coque elaborado dela, cercado por tranças.

Feito pela criada Abigail — calculou —, e não por Lucky — orou —, o mordomo carrancudo e às vezes melhor amigo. Ela o olhou para trás com uma sobrancelha arqueada que lhe recordou, caso Archer houvesse ousado esquecer, que ela era a princesa Anastasia Augustina St. George e ele um mero filho bastardo de um marquês.

— Sente-se — repetiu ela, seca.

E embora se sentisse profundamente incomodado por receber ordens, com relutância Archer fez o que ela queria, acomodando-se em uma cadeira estofada perto da lareira.

Stasia continuou de costas para Archer por alguns momentos que lhe pareceram uma eternidade, fazendo movimentos sobre a grande bandeja. Um ou outro tilintar ecoou no silêncio do quarto antes de ela se virar com uma bandeja bem menor, que devia estar escondida dentro da maior, equilibrando-a com uma mão.

— Maldição, você não deveria carregar nada — protestou ele, agarrando os braços da cadeira e fazendo menção de se levantar.

— Fique — ordenou ela com firmeza, aproximando-se e estendendo-lhe a bandeja de prata.

Ele a pegou depressa, mas não sem protestar:

— Imagino que agora vai me mandar latir.

Isso provocou um leve sorriso nela.

— E você latiria?

— Au, au — respondeu ele instantaneamente, sem saber por quê.

Algo inerente a ele o levava a desejar agradar aquela mulher, sem se importar com o custo para seu coração, orgulho ou alma mortal.

— Bastante apropriado — disse ela, contraindo os lábios. — Você está parecendo um vira-lata.

— Preciso me vestir — concordou ele —, mas preciso comer mais. Calças limpas podem esperar.

O prato que o esperava prometia ser muito fortalecedor.

— Tem tudo de que você gosta — disse ela. — Tomei a liberdade de perguntar a Lucky qual é seu café da manhã favorito.

Aquilo era obra dela, então. Ele teria percebido, se ela não houvesse ficado terrivelmente brava com ele na noite passada.

E naquela manhã, pensou, fazendo uma careta.

— Espero que não se importe — acrescentou ela.

Archer pegou seus talheres, fitando-a. Céus, ela era adorável! Queria tocar cada centímetro de sua pele dourada, encontrar as partes pálidas e rosa e lambê-las, beijá-las, até fazê-la se contorcer, desesperada por mais.

Aparentemente, seu pau não estava de ressaca.

— Claro que não me importo — disse ele, com a voz grossa de emoção e desejo reprimido. — Mas não deveria ter feito tudo isso, princesa, você está ferida, e eu fui um idiota. Necessariamente, em alguns casos, mas um idiota mesmo assim.

Stasia o fitava ali, em pé, e o cheiro dela, floral e fresco, provocava os sentidos de Archer junto com o aroma do café da manhã que ela preparara para ele.

— Não vai se sentar? — perguntou ele, indicando a cadeira ao seu lado.

Pela primeira vez, ele se deu conta de que aquele aposento havia sido decorado pensando em um casal, que poderia se acomodar ali, perto da lareira, conversando até altas horas da noite.

Estranho ele nunca ter notado isso. Em muitos aspectos, ele se sentia um estranho naquela casa. Os móveis, assim como os livros na biblioteca, eram todos de segunda mão.

Stasia se sentou, recatada, alisando as saias com suas mãos delicadas. Ele bebeu aquela visão, pensando em como era doméstica, em como daria seus dentes caninos para se sentar ali com ela todas as manhãs pelo resto da vida. Era um pensamento estúpido e inútil, pois isso nunca poderia acontecer.

— Chegou uma mensagem do rei Maximilian há meia hora — disse ela.

A menção ao noivo dela rapidamente acabou com a tola fantasia de Archer de um futuro em que os dois poderiam ficar juntos. Provavelmente ainda estava meio bêbado.

— Você leu a missiva, imagino, uma vez que é de seu noivo — disse ele, cortando o presunto tão violentamente que seus talheres provocaram um som estridente no prato.

Aquela palavra odiada foi como uma adaga no coração de Archer, cortando-o em pedaços.

— Ele relata que seus guardas estão instalados na casa de meu tio para proteger minha dama de companhia — disse Stasia.

O alívio substituiu a amargura de Archer.

— Graças a Deus — disse ele. — Agora, resta a questão de impedir que alguém descubra onde você está e persuadir seu irmão a se encontrar com o rei Maximilian.

— O que acontecerá se não conseguirmos convencer Theodoric? — perguntou ela, com preocupação evidente em sua voz suave.

Provavelmente o rei Maximilian mandaria seu cruel assassino varrosano atrás de Archer. As palavras ameaçadoras do rei ecoaram na mente dele: *Ninguém pode cortar a garganta de um homem tão rápida e discretamente.*

— Nós nos preocuparemos com isso mais tarde — disse ele baixinho.

Não havia necessidade de causar mais sofrimento a ela. Além disso, ele estava preparado para obrigar o irmão dela a falar com o rei Maximilian, por todos os meios necessários.

— Quero me preocupar com isso agora — protestou Stasia. — Diga-me.

Ele suspirou e levou um pedaço de ovo à boca para ter uma desculpa para não formular uma resposta imediatamente. Archer não queria preocupar Stasia desnecessariamente, mas também tinha profunda ciência de que devia a verdade a ela. Já havia escondido coisas suficientes dela no dia anterior.

Ele terminou de mastigar e empurrou tudo com café, que felizmente já havia esfriado.

— Em resumo, seu noivo pretende me entregar a seus asseclas sanguinários.

— Não — sussurrou ela, pálida. — Ele não pode fazer isso.

Ele se perguntou se ela sabia quão cruel e inflexível era o homem com quem se casaria. Mas suspeitava que sim, que ela sabia, e que isso era uma das razões de sua reticência.

— Não se preocupe, amor — disse com seu sorriso mais despreocupado. — Não seria a primeira vez que um louco me quereria morto, e duvido muito que seja a última.

— Como pode brincar com isso? — disse ela, seu lindo rosto ainda sem cor.

— Simples: como na maioria das coisas da vida, é rir ou chorar. Não faz sentido chorar, de modo que eu sempre escolho rir. — Ele voltou a atenção para o prato, cortando outro pedaço de carne de porco. — Você esquece que minha própria mãe me vendeu a gente devassa e que passei anos nas ruas antes de me tornar um espião? Sempre houve pessoas querendo me ver morto. Mesmo assim, aqui estou eu.

— Você fala de sua própria vida de uma forma tão leviana, como se não tivesse importância — rebateu ela.

— Não tem, comparada à sua.

Ele a fitou, permitindo que toda aquela leviandade fingida desaparecesse de seu semblante.

— Você é o que mais importa para mim, princesa. Como já disse, eu daria minha vida pela sua mil vezes, e com prazer.

Os olhos de Stasia brilhavam pelas lágrimas não derramadas.

— Nunca foi minha intenção colocar você em perigo.

— Eu sei, e acredite: eu não me arrependo de um único segundo em que você esteve em minha vida. — Ele abriu um sorriso que de descuidado e falso não tinha nada. — Faria tudo de novo pela chance de ter você em meus braços outra vez.

Ela levou a mão aos lábios, abafando um leve choro que fez o estômago de Archer se apertar, não em rebelião pelo café da manhã, mas por vê-la sofrer. Ele odiava vê-la sofrer, fosse emocional ou fisicamente.

— Vou mandar uma mensagem a seu irmão de novo hoje — ele se forçou a dizer.

Stasia demorou um momento antes de afastar a mão, recuperando a compostura. Ainda havia um brilho em seus olhos azul-gelo, mas ela aprumou os ombros, com determinação renovada.

Lá estava ela, sua princesa guerreira.

— Não — disse ela. — Desta vez, eu irei até ele. Eu coloquei você em perigo, e preciso remediar isso. Theodoric é *meu* irmão. Você apenas me diga onde encontrá-lo.

A resposta dele foi instantânea e instintiva.

— Você não pode. A possibilidade de ser vista é um risco que não podemos correr, uma vez que, em tese, você está doente em seu quarto.

— Quero fazer isso eu mesma — ela sustentou o olhar dele, sem hesitar. — Sozinha.

Ele queria discutir, mas sabia que lhe devia essa chance.

Assentiu.

— Terá minha carruagem e três guardas meus. Não correrei riscos com você, princesa.

— Obrigada.

Ela se levantou da cadeira abruptamente, como se não suportasse ficar ali nem mais um momento.

— Deixarei você terminar seu café da manhã em paz.

Archer duvidava que um dia tivesse paz de novo, mas não se deu ao trabalho de corrigi-la. Terminou seu café da manhã sozinho, em um silêncio sombrio.

CAPÍTULO 20

Sentada em frente ao irmão na carruagem de Archer, que chacoalhava pela rua, Stasia já havia desistido de tentar convencê-lo. Ele permanecia firme em sua recusa, apesar da determinação dela de persuadi-lo a se juntar à causa boritana — causa que deveria ser de ambos.

Ela tinha outro motivo pelo qual lutar: a vida do homem que amava. Archer podia estar disposto a entregar sua vida por ela, mas ela não estava disposta a permitir que isso acontecesse.

Ela havia esgotado seus argumentos lógicos e explicações com Theodoric; só lhe restava um recurso. Era hora de implorar.

— Por favor — implorou. — Eu imploro.

— Não há nada que eu possa fazer, Stasia — disse Theo à irmã, categoricamente, aparentando continuar inabalável.

Ciente da possibilidade de o cocheiro ouvir partes da conversa, ela passou a falar em boritano.

— Você pode voltar para casa — disse ela. — Pode voltar para a Boritânia, que é seu lar.

— Eu não tenho um lar — respondeu a Stasia em boritano — e não pertenço a lugar nenhum.

Que teimoso! Bem, eles eram irmãos, não? Logicamente, apesar do tempo e da distância, ele não era tão diferente dela. Ambos eram St. Georges, afinal.

— Bobagem. — Ela sacudiu a cabeça, teimosa e persistente como sempre. — Seu lugar é a Boritânia. Você é um príncipe de sangue.

— Fui banido — recordou ele. — Meu retorno seria punido com a morte. Se pensa que Gustavson não me encarceraria e me mandaria à forca em um piscar de olhos, está se iludindo.

Isso era verdade, mas ela ainda era uma princesa por direito. Ela não havia sido exilada nem repudiada, e seu sangue real lhe permitia fazer decretos que outros não podiam.

— Você sabe que seu exílio pode ser revogado por alguém de sangue real — rebateu sua irmã, de determinação inabalável. — Eu poderia revogá-lo agora, aqui, neste momento.

Certamente ele conhecia a velha lei, que Gustavson não tinha o poder de revogar, pois era um dos princípios fundamentais da linhagem real. Ele havia conseguido manipular a monarquia de todas as outras maneiras, mas as velhas leis permaneciam sagradas. Essa era a única maneira pela qual Stasia poderia ajudar seu irmão.

Mas Theodoric sacudiu a cabeça.

— Revogar meu exílio seria perigoso para você — disse. — Nosso tio a mandaria prender e torturar, como fez comigo.

Ela já teria que perder Archer, independentemente da decisão que Theodoric tomasse, e sacrificar sua vida pelo bem da Boritânia era seu dever e sua honra. E Stasia precisava que ele concordasse com os planos do rei Maximilian mais do que nunca, porque a vida de Archer estava em jogo.

— Não estou preocupada com o que nosso tio faria comigo. Salvar nosso reino é muito mais importante que salvar a mim mesma.

— Mas *deveria* se preocupar — disse ele com voz áspera.

De repente, o comportamento dele mudou. Ele ficou pálido, parecia doente. Seus punhos estavam cerrados às laterais de seu corpo. Ele ficou rígido, como se fosse feito de mármore. E seu olhar assombrado deixou Stasia aterrorizada.

— Theodoric — disse baixinho, com um nó no estômago de preocupação.

Ela pousou a mão no braço dele com a intenção de acalmá-lo, de expulsar os demônios que ainda o assombravam desde os tempos de prisão e tortura.

Ele estremeceu e a pegou pelo pulso.

— Não.

Ela retirou a mão, pois ele parecia um animal encurralado e aterrorizado.

— Irmão, o que houve?

Ele demorou a responder, como se as palavras afiadas machucassem sua língua.

— O que eles fizeram comigo na masmorra... eu não desejaria a um inimigo mortal, muito menos a você, Stasia. Não permitirei que revogue meu exílio à custa de seu sofrimento.

Pelos deuses, o que haviam feito com ele? Ela não podia nem imaginar.

— Sei que eles o machucaram muito. — A voz dela tremeu. — Reinald disse que você estava perto da morte quando o levaram ao porão do navio, naquele dia.

As lágrimas marejavam os olhos dela e rolavam pelo seu rosto, fora de controle.

Os olhos de seu irmão se fecharam por um instante, quase como se não pudesse suportar ver a dor dela, então os abriu outra vez, uma nova determinação em seu semblante.

Ele tensionou o maxilar:

— Eu sobrevivi.

— Sobreviveu mesmo? — perguntou ela, desejando assumir o fardo da dor dele, ter feito algo para ajudá-lo há dez anos. — Mal o reconheço como meu irmão. Na verdade, eu não saberia, não fosse pelo anel e pelos olhos, iguais aos da nossa mãe.

— Está me vendo aqui, diante de você — foi tudo que ele disse. — Estou vivo.

— Mas uma parte de você morreu naquela masmorra — sussurrou ela. — Eu vejo, e odeio Gustavson por isso. Acaso não o despreza também por tudo que ele fez conosco, com nossa família? Com nossa mãe, nosso irmão?

— Eu o detesto com a fúria do fogo ardente de mil infernos — disse ele, sua voz sombria e contundente.

Aquele era o irmão de quem ela se lembrava. O homem que se recusara a repudiar sua mãe, quase até a morte.

— Então volte para casa — insistiu, percebendo o Theo que recordava por baixo do exterior severo daquele estranho. — Você pode lutar com ele e vencer.

— Não vou colocar você ou nossas irmãs nesse tipo de perigo. Eu preferiria voltar à masmorra.

Ele queria protegê-las. Claro, ela sabia. Mas não precisava da proteção dele. Na verdade, estava fora do alcance da proteção dele.

— Estou noiva de um monarca muito mais poderoso que ele; Gustavson não ousaria me aprisionar. Precisa muito do meu casamento com o rei Maximilian.

Stasia odiava sequer ouvir aquelas palavras, o futuro que representavam.

— Nosso tio jamais honraria sua renúncia — Theodoric rebateu. — Gustavson não permitirá que ninguém tome o poder dele. Ele estava planejando derrubar o pai antes mesmo de você e eu nascermos e, quando o pai morreu, isso o poupou do problema. Ele não vai parar por nada para manter o poder que tomou para si. Ele vai querer a minha cabeça se eu voltar, e então a sua.

— E se eu lhe prometesse a cabeça dele?

Essas eram palavras que ela não ousara dizer em voz alta antes. Palavras que antes a faziam ficar estarrecida de medo. Mas eram palavras necessárias. Porque o plano do rei Maximilian de derrubar Gustavson levaria a nada menos que à morte de seu tio. E, se alguém merecia morrer por seus pecados, era Gustavson.

— Você não pode me prometer isso, Stasia — Theodoric negou calmamente. — Lamento que tenha arriscado tanto em minha busca durante sua estadia em Londres, apenas para dar com os burros n'água. Mas eu não voltarei para Boritânia. Quando saí de lá, eu estava quase morto, e prometi a mim mesmo que nunca mais voltaria.

— Já coloquei os planos em ação.

O olhar de Theo, tão parecido com o da mãe, era perscrutador.

— Armou uma conspiração contra ele, Stasia?

— Não sou a única que deseja a morte de Gustavson — disse ela calmamente, como se estivessem discutindo algo de importância insignificante, e não uma conspiração para matar um usurpador do trono boritano. — Somos muitos, unidos por um objetivo comum. Nosso reino sofreu sob o governo tirânico dele. Seus soldados saqueiam aldeias e levam a ele o butim. Os agricultores não suportam mais os impostos cobrados. Nosso povo é pobre, faminto e maltratado, e Gustavson transformou a capital em um paraíso da prostituição e outros vícios. Matou quase todos que eram próximos a ele. Os que estão vivos foram torturados em sua masmorra. É quase certo que ele matou Reinald. Se eu não me casar com quem ele escolheu e não seguir suas exigências, serei morta também, e depois, o mesmo acontecerá com nossas irmãs mais novas.

— Essa sua trama — começou com voz embargada, primeiro sinal de que talvez ele cedesse. — Como é?

— Não é só minha — disse Stasia baixinho. — O rei Maximilian me ofereceu ajuda. Aceitei por nossas irmãs e nosso povo, mas precisamos de você, Theodoric. Quando Gustavson for morto, o herdeiro legítimo deverá ascender ao trono; senão, o reino mergulhará no caos. Não vou sacrificar a mim mesma e ao meu futuro em uma união que não quero para que a Boritânia acabe imersa em uma guerra civil. Eu queria ter lhe explicado tudo antes, mas não ousei revelar toda a trama diante do Sr. Tierney. Ninguém pode saber o que estamos planejando. Nada disso pode chegar a Gustavson.

Ele a fitou; parecia estar à beira da capitulação. A esperança cresceu dentro de Stasia. Theo concordaria com a trama deles? Salvaria a Boritânia?

— Preciso de tempo, Stasia — disse ele, destruindo aquelas breves esperanças.

— Não temos muito tempo — alertou a irmã. — Meu noivado com Maximilian será anunciado dentro de quinze dias, e você precisará ir para a Boritânia logo depois. Pelo bem de nossas irmãs, do nosso reino e do nosso povo, oro para que você tome a decisão certa.

— Avisarei quando decidir — disse ele severamente. — Mas saiba: se eu decidir voltar, eu mesmo o matarei.

Um arrepio percorreu a espinha de Stasia. No fundo do coração, ela sabia qual seria a decisão de seu irmão, pois eles haviam nascido para lutar por seu reino. E Theodoric nascera para governar. Não haveria rei melhor, mais misericordioso e corajoso que ele.

— Pela Boritânia — disse ela, levando dois dedos aos lábios em saudação tradicional e logo os elevando.

— Pela Boritânia — repetiu ele, retribuindo o gesto solenemente.

Ela bateu no teto da carruagem e chamou o cocheiro em inglês.

O homem gritou sua resposta, e a carruagem fez um retorno, chacoalhando até voltar ao lugar de onde partiram.

Archer andava de um lado para o outro nos estábulos, preparado para pegar um cavalo e partir atrás de Stasia, apesar de dizer a si mesmo que não o faria, quando sua carruagem finalmente retornou. Sentiu um imenso alívio quando seu cocheiro acenou, assegurando que estava tudo bem.

Permitir que Stasia se encontrasse com o irmão sozinha havia sido muito difícil para Archer, mas havia feito isso por ela. O medo que o devorara durante as horas que ela havia passado fora havia sido uma justa punição por mantê-la trancada no quarto na noite anterior.

Um de seus homens saltou e abriu a porta, baixando a escadinha para que Stasia pudesse descer. Ela estava com um chapéu com véu, que ele havia arranjado justamente para essa ocasião, e uma peliça violeta que ele comprara também, de um tom bastante próximo da cor real da Boritânia. E, embora ela estivesse coberta da cabeça aos pés, Archer nunca havia tido uma visão mais bonita.

Ele avançou, dispersando seus homens, e ofereceu a mão a Stasia para ajudá-la a descer.

— Você está bem? — perguntou, apesar da garantia do cocheiro.

— Estou bem — disse ela.

Graças a Deus. Um vento forte soprou, e ela estremeceu.

— Você está com frio! — Ele colocou a mão dela na dobra do seu braço. — Vamos entrar.

— Sim — anuiu ela, tão baixinho que ele quase não pôde ouvi-la.

Archer entrou com ela em casa e só parou quando chegaram à segurança de seu escritório. Ali dentro, ele a ajudou a tirar a peliça, com cuidado para não mexer o braço machucado, e pegou o chapéu e o véu também, colocando tudo sobre uma cadeira. Ela o observava em silêncio, ainda usavando o vestido azul que tanto destacava seus olhos.

Ele queria tomá-la nos braços e nunca mais soltá-la. Mas agarrou o encosto da cadeira sobre a qual havia pendurado a peliça dela, com tanta força que os nós de seus dedos ficaram brancos.

— Como foi com seu irmão? — ousou perguntar, quebrando o silêncio.

Ela ficou onde estava, um pouco além do alcance dele — uma metáfora adequada para o futuro deles.

— Foi melhor do que eu esperava. Archer, preciso lhe contar uma coisa.

Ele sentiu um frio na barriga. Todo seu corpo ficou tenso.

— O que houve?

— Nada. — Ela sacudiu a cabeça e mordeu seu lábio inferior tão carnudo. — É algo que eu deveria ter lhe contado desde o começo. Mas é que, antes, eu não sabia se podia confiar em você.

Uma leve satisfação tomou conta dele.

— Mas agora sabe que pode confiar em mim?

Ela acenou levemente com a cabeça, tensa.

— Sim.

— Fale, então — insistiu ele, um pouco tenso pelo que ela poderia revelar. — Diga-me tudo que a está corroendo, princesa.

— Há outra razão pela qual devo me casar com o rei Maximilian — revelou.

O nome daquele maldito de novo não! Archer queria pegar a cadeira que estava segurando e jogá-la pela maldita janela. Uma repentina vontade de ver algo que não fosse seu coração se despedaçar queimava seu peito.

Ele não queria pensar em Stasia se casando com aquele gigante que o ameaçara dentro de uma carruagem na noite passada. Não queria pensar nela em qualquer outro lugar ou com qualquer outra pessoa. Ah, que ironia brutal! O homem caía nas garras do amor sem escolha, sem poder opinar sobre o assunto. Ninguém tinha controle sobre quem amava ou por quê.

— Diga — disse ele, preparado para ouvir o que ela tinha a dizer.

— Promete que o que vou lhe contar não sairá destas quatro paredes?

Ele anuiu bruscamente.

— Claro, princesa.

— O rei Maximilian está conspirando para derrubar meu tio — disse ela. — Ele ergueu o exército e conseguiu poder para isso, mas, devido à proximidade entre a Boritânia e Varros, ele teme que o caos reine se não houver um monarca adequado para tomar o lugar de Gustavson. Ele me procurou porque meu irmão é o herdeiro legítimo do trono, e é certo que o povo não aceitará ninguém que não tenha o sangue real. Temos trabalhado juntos para encontrar Theodoric para que ele possa ajudar na revolta e se tornar rei quando Gustavson for morto.

— Meu pai amado — murmurou Archer, chocado, atordoado.

Eles estavam planejando uma guerra!

Ele deveria ter suspeitado. Inferno, ele havia sido um dos espiões mais confiáveis da Coroa. Mas havia sido cegado pela luxúria e depois pelo amor e não vira o que estava diante de seus olhos. Era tudo ainda mais perigoso do que ele suspeitava. E imprudente.

— Se seu tio descobrir seu plano, Stasia...

Suas palavras sumiram, ele não conseguia completar o pensamento, dar voz à violência e ao mal que o tio seria capaz de cometer contra ela.

— Ele fará tudo que estiver ao seu alcance para me levar de volta à Boritânia e me jogar nas masmorras — ela concluiu por ele, sustentando seu olhar. — Eu receberia a mesma sentença que minha mãe.

A morte.

Ela seria executada.

Ele se afastou da cadeira e foi até ela, tomando-a nos braços e abraçando-a com força, enterrando o rosto em seus cabelos e respirando profundamente, muito profundamente, aspirando seu perfume.

— Não pode fazer isso — disse ele bruscamente. — Acredita mesmo que esse plano louco dará certo? E quando falhar, você será morta por seu papel nele.

— Eu tenho que fazer. É nossa única chance de salvar a Boritânia e todos os homens, mulheres e crianças inocentes do reino. Gustavson transformará tudo em pó com sua ganância, acabará com tudo, inclusive com minhas irmãs Emmaline e Annalise.

Archer a considerara altruísta antes, mas estava errado; ela era mais que isso. Ele a considerara a mulher mais corajosa que já conhecera, mas tal descrição não era suficiente. Stasia estava disposta a sacrificar não apenas seu futuro, mas também sua própria vida pelo bem de seu povo e para salvar suas irmãs.

— Não há outra maneira? — perguntou Archer, já sabendo que era uma pergunta inútil.

— Eu queria que houvesse — disse ela com sinceridade e os olhos azuis marejados, as lágrimas rolando por suas faces. — Estou prometida ao rei Maximilian, e precisamos da ajuda dos exércitos dele para vencer as forças de Gustavson. E para ter os revolucionários da Boritânia do nosso lado e ver o rei legítimo no trono, a paz e prosperidade restauradas, precisamos de Theodoric. Acredito que meu irmão nos ajudará, mas ele ainda não me deu uma resposta definitiva.

Archer sabia que a havia perdido para sempre, mas uma parte pequena e estúpida dele acreditava que talvez houvesse alguma maneira de ela se livrar do rei Maximilian; alguma maneira de impedir que o tio machucasse as irmãs dela. Ele conhecia homens poderosos, afinal. Tinha uma fortuna por direito próprio. Se esforçara e lutara para abrir caminho pelo mundo para que nunca mais ficasse desamparado.

E, apesar disso, tantos anos depois, ele se sentia tão desamparado quanto o jovenzinho que havia sido vendido para a cafetina. Era um tipo diferente de desamparo, sem dúvida, mas se sentia impotente do mesmo jeito. Porque não podia ter a mulher que amava e não havia nada que pudesse fazer para mudar isso — nem dinheiro, nem poder impediriam que seu coração fosse arrancado do peito quando ela fosse embora.

Havia muitas coisas que ele queria dizer, muitas palavras se aglomerando em sua língua, exigindo ser ouvidas. Mas tudo que ele disse foi:

— Eu entendo.

— Ah, Archer.

Ela colou seus lábios nos dele.

Não foi um beijo suave nem sensual. Não havia ternura nele, nem promessas. Foi um beijo final, forte o bastante para machucar lábios e dentes. Um beijo que disse a Archer, sem palavras, o que ela sentia. Que ela o amava como ele a amava. Não havia dúvidas.

E respondeu com força ainda maior, segurando-a pela nuca para mantê-la imóvel sob o ataque de sua boca voraz. Beijou-a e provou o sal de suas lágrimas mescladas com as dele.

Suas faces estavam molhadas de uma emoção que ele não imaginava que ainda tinha. Não se lembrava de ter chorado desde que era aquele garoto trancado em um quarto escuro com Lucky, faminto, onde a cafetina gananciosa ia de hora em hora fazer ameaças e coerções.

Mas não importava.

Nada importava, exceto o fato de que Stasia ainda estava ali, em seus braços, gemendo e suspirando enquanto o beijava.

Sua consciência gritou que Stasia não era dele, que estava prometida a outro, que ele não devia tomá-la de novo e correr o risco de plantar sua semente dentro de uma mulher que seria rainha de um reino distante. Uma mulher que ele provavelmente nunca mais veria depois que ela o deixasse.

Mas seu corpo rugia de fome reprimida, de necessidade de possuí-la de novo enquanto ainda podia.

Ele afastou a boca, ofegante e desesperado, travando uma guerra entre a culpa e o desejo.

— Diga que você não me quer.

Ela entreabriu os lábios inchados pelo beijo e não disse nada.

— Diga-me para não tocá-la.

Ele enterrou o rosto no pescoço dela, beijando, mordiscando e chupando, até que ela gemeu, ofegante e rendida, e cravou as unhas no ombro dele.

— Archer. — Seu nome saiu como um sussurro.

Um suspiro.

Um apelo por mais.

Ele queria que ela o rejeitasse, mas não conseguia parar. Pegou-a pela cintura, fundindo suas mãos nas curvas dela, e foi empurrando-a para trás, em direção à mesa de jacarandá. Beijou sua orelha, lambeu a parte de trás...

— Diga-me para ir para o inferno, princesa.

Um arrepio a percorreu. Ela agarrou um punhado de cabelos de Archer e puxou sua cabeça para trás, sustentando seu olhar.

— Nunca.

CAPÍTULO 21

Em um instante, ele a colocou em cima da mesa, levantou seu vestido e anáguas até a cintura e a deixou com as nádegas expostas na superfície de madeira polida. A posição lembrava o dia que ela lhe havia feito aquela proposta pela primeira vez, quando ele estava determinado a provar que ela estava errada por se considerar ousada a ponto de ter um amante. Parecia algo que ocorrera há séculos agora, enquanto suas mãos calejadas raspavam sobre a pele sensível da parte superior das coxas dela, abrindo-as para que ele pudesse passar entre elas.

O comprimento duro de seu pau se apertava dentro de sua calça enquanto ele se pressionava contra a carne dolorida dela. Ela já estava molhada por ele, molhada por sua proximidade, seu toque, desejando-o, sabendo que cada toque, cada beijo, poderia ser o último.

Ele olhou fixamente para ela, queimando-a até a alma com seus olhos verdes.

— Você sempre será minha, princesa.

Não fazia sentido desmentir algo que era verdade. O tempo e as circunstâncias poderiam separá-los, mas Archer Tierney havia escrito suas palavras no coração dela, e lá permaneceriam até o dia que ela não existisse mais.

— Sempre — disse Stasia.

Precisava dele mais que nunca. Queria aquela carne dura. Ela se esfregou no pau dele, buscando contato, alívio, prazer. Com as pernas em volta da cintura de Archer, os tornozelos cruzados nas costas dele, ela se esfregou mais, sentindo-o cada vez mais duro. O gemido que escapou dele só alimentou o furioso desejo dela e, apesar do seu braço dolorido, ela o levantou para alcançar o ombro dele. O prazer de agarrá-lo com força, ancorá-lo em si mesma, valia a dor. Stasia precisava da ilusão de que estavam unidos para sempre, de que ela não poderia escapar dele nem ele dela.

— Você vai se machucar, amor — protestou ele imediatamente, franzindo a testa de preocupação.

— Não me importo — ela se esfregou nele de novo. — Só quero você.

— Deus — murmurou ele, e tomou os lábios dela.

Stasia deu passagem para a língua dele, chupou-a, mais faminta que nunca. Saber que estava perto de perdê-lo aumentava seu frenesi. Ela ansiava por senti-lo, por tomar toda aquela dureza masculina aninhada entre suas pernas, tocá-la.

Sem interromper o beijo, ela apoiou a mão na mesa e deslizou para trás, colocando uma pequena distância entre seu corpo e o dele. Então, levou a mão aos botões da calça dele e começou a abri-los, arrancando, puxando, tremendo de anseio, atrapalhando-se. Ela nunca havia despido um homem, e seu desespero de tê-lo dentro de si não estava facilitando o processo.

Ele mordeu o lábio inferior, soltou um rosnado e começou a ajudá-la com os botões. O último se abriu e seu pau pulou para fora, projetando-se alto, grosso e orgulhoso na palma da mão dela. Quente e lustroso, de pele macia, mas inegavelmente masculina. Ela fechou a mão em torno daquele pau grosso.

Archer sibilou e a beijou com mais força.

Mas ainda não era o suficiente. Ela queria vê-lo. Ver quanto ele a queria, saber que o efeito que tinha sobre ele era tão grande quanto o que ele tinha sobre ela. Que eram iguais em desejo, uma combinação perfeita.

Ela interrompeu o beijo e olhou para o rosto bonito dele.

— Quero vê-lo.

Archer se endireitou, em toda sua altura, dando a ela uma visão perfeita de seu pau corado e lindo, projetando-se da mão tão pequena dela. Ela sabia que era grande; já o havia visto, claro. Mas, nos momentos acalorados em que fizeram amor, o desejo selvagem a impedira de examinar de fato aquela parte dele. Mas ela pretendia corrigir isso.

Ela o acariciou timidamente, sem saber o que fazer, como o agradar. Archer soltou um gemido gutural; Stasia ergueu os olhos e o viu observando a mão dela.

Ele projetou o quadril para frente e seu pau pareceu engrossar na mão dela.

— Veja o que faz comigo, princesa.

— Gosto de tocá-lo — confessou ela, acariciando-o de novo, pois havia notado o prazer dele com o movimento.

— Toque-me como quiser. Meu pau é todo seu.

Essas palavras pecaminosas provocaram uma torrente de umidade entre as coxas dela. Parte dela queria levá-lo até seu sexo, senti-lo ali dentro. E parte queria explorá-lo sem pressa, fazê-lo sentir prazer do jeito que ele a fizera sentir da última vez que fizeram amor, levando-a à beira do orgasmo e recuando, e começando tudo de novo.

— Seu pau é lindo — disse, acariciando com o polegar a ponta, onde uma pérola de sêmen havia vazado da pequena fenda.

Ela cedeu à tentação e esfregou a ponta, espalhando o líquido pela cabeça do pau e fazendo-o gemer de novo.

— Céus, princesa, veja como me deixa duro.

— É mesmo — disse ela, acariciando-o mais uma vez, apreciando o contrassenso de ter um homem tão poderoso completamente à mercê do prazer que ela podia lhe dar. — Amo sentir seu pau tão grande em minha mão.

Ele entrelaçou seus dedos nos dela, guiando seus movimentos, aumentando a pressão.

— Em sua doce boceta fica ainda melhor.

Ela não tinha dúvidas disso, mas ainda não havia terminado de explorá-lo.

— Ainda não — disse, sacudindo a cabeça lentamente e passando a língua por seu lábio inferior, sentindo o gosto dele.

Suas mãos entrelaçadas se movimentaram mais rápido, provocando a saída de mais líquido daquela delicada reentrância. Ela queria lambê-lo, sentir o gosto, mas sua posição na mesa tornava isso impossível. Então, ela deslizou para frente de novo, fazendo-o tocar sua carne íntima outra vez. O pau de Archer roçou seu clitóris, e ela suspirou bruscamente pelo frisson que isso lhe provocou.

— Está tão molhada, tão quente... — murmurou ele, ainda olhando para as mãos de ambos.

Com as mãos unidas davam prazer a ambos, manuseando o pau dele e atiçando a carne ansiosa dela ao mesmo tempo. Stasia se perguntou o que ele pensaria vendo-a assim, lasciva e pronta, com a evidência de seu desejo pingando na mesa, banhando a cabeça de seu pau até deixá-lo brilhante pela combinação do desejo de ambos. E ficou ainda mais molhada só de pensar nisso. E mais molhada enquanto eles esfregavam a cabeça do pau de Archer no broto inchado de Stasia, depois desciam, entre as dobras, esfregando para cima e para baixo até deixá-la ofegante e se contorcendo.

Até que ela o tinha dentro de si ou morreria de desejo.

— Tão pronta para mim... — disse ele, orgulhoso, olhando para o rosto lânguido de paixão com seus olhos verdes escurecidos como um bosque ao pôr do sol. — Quer meu pau dentro de você?

Um ruído animal escapou dela; foi toda a coerência que ela conseguiu expressar com ele entre suas pernas, seu pau deslizando por sua boceta molhada, atiçando seu clitóris com círculos lentos e descendo mais para baixo, para a entrada. Sua boceta pulsava, vazia, precisando ser estendida, preenchida.

Mas, quando Stasia pensou que Archer lhe daria o que ela queria, ele parou de mexer. A pressão em sua abertura era quase insuportável, tão implacável era a provocação.

— Diga — disse ele com dificuldade, como se lhe custasse muito formar as palavras.

Ela se contorceu, arrastou a pele nua de sua bunda pela mesa de jacarandá. O pau dele se aninhou um pouquinho mais fundo, já quase dela. Stasia não sabia por que, mas não queria capitular, conceder essa pequena vitória a ele.

Talvez fosse o desejo de prolongar o ato. Talvez apenas ansiasse por um pouco de controle sobre uma vida que estava se tornando cada vez menos sua.

Fosse qual fosse o motivo, ela não disse nada.

Com a mão livre, ele puxou o corpete dela para baixo com força, até que um dos seios escapou por cima do espartilho. Ele chupou com força o bico rosado, chupou e lambeu e a deixou ainda mais molhada.

Ela se rendeu.

— Preciso do seu pau dentro de mim — suspirou. — Agora, por favor.

Ele entrou nela com uma estocada rápida, enfiando até a base. De repente, era tudo demais. A pressão, o pau dentro dela, tão grosso e duro que, por um momento, ela pensou que ele poderia parti-la ao meio. Mas era bom demais. O alinhamento dos corpos, ela sentada na mesa, a madeira dura embaixo, o cheiro dele a envolvendo, a boca agarrada a seu mamilo, chupando mais forte.

E, então, ele começou a mexer. Estocadas rápidas e profundas. Para dentro e para fora, o pau entrava e a possuía e depois recuava. A cada estocada eles batiam pelve com pelve, e a fricção no clitóris fazia Stasia ofegar.

Quase lá.

Ela estava tão perto...

Mas havia mais. Ele puxou o corpete dela para baixo até liberar o outro seio e, então, avidamente chupou o mamilo — com mais força que o primeiro — usando os dentes. Ambos estavam enlouquecidos, frenéticos. Ele dando estocadas, o som das pelves batendo, os gemidos e suspiros de prazer arrancados deles eram os únicos ruídos que se ouviam ali. Ela agarrou um punhado de cabelos de Archer, ainda agarrada ao ombro dele com a outra mão, com o corpo inteiro tenso e quase voando para longe. A ferida em seu braço doía, mas a dor não entorpecia seu prazer.

Ela estava voando. Planando.

Ele passou a língua pelo mamilo dela, mordeu o seio. Era uma ação cruamente possessiva, como se ele quisesse marcá-la como sua para sempre, e isso fez que líquido escorresse do sexo dela sobre o pau dele.

— Isso, amor — grunhiu ele, fodendo com movimentos frenéticos, fazendo saltar as veias do seu pescoço com o esforço. — Quero que você goze no meu pau. Pegue o que é seu.

Dela.

Archer era dela.

Não só naquele momento, mas sempre.

Para sempre.

Outra estocada, o atrito contra o clitóris dela, e ela explodiu. Sua boceta convulsionou e o apertou; foi um gozo tão potente, tão forte, que achou que morreria.

Ela gritou o nome de Archer, enterrou o rosto no ombro dele enquanto ele continuava a fodê-la, mexendo os quadris ainda mais rápido.

— Isso mesmo, princesa. Deus, como é gostosa, tão apertada, tão molhada...

As palavras dele a fizeram gozar de novo, outra explosão igualmente intensa, como a primeira. Ela gemia, abafando o som no casaco dele, e chegou ao segundo clímax com abandono, ofegante. Seus músculos ainda estavam tremendo por dentro quando ele enrijeceu e se retirou dela.

— Sua mão — disse ele com voz tensa. — Dê-me sua mão.

Ele estava se acariciando, como ela notou, quase chegando ao clímax. Ela lhe deu a mão e ele envolveu seu pau com ela, subindo e descendo uma vez, duas vezes, e então, ele pôs a outra mão dela sobre a cabeça do pau. De repente, um jorro líquido e quente encheu a mão dela e Archer jogou a cabeça para trás e fechou os olhos, dizendo o nome dela. E, então, ele se deixou cair contra ela, ainda em pé, os dois completamente vestidos.

Ficaram assim, corações batendo em uníssono. E ela não conseguiu guardar as palavras só para si nem mais um segundo.

— Eu amo você — disse.

Ele acabara de foder Stasia em cima da mesa como um animal voraz. A mão dela estava coberta de sua semente e ela havia dito as três palavras que ele nunca pensara ouvir de seus lindos lábios.

Por um momento, Archer não conseguiu fazer nada mais que tentar recuperar o fôlego; seu coração trovejava em seus ouvidos; ele tentava se convencer de que devia ter imaginado, que ela não havia dito que o amava; que era uma ilusão, uma fantasia devido à intensidade de seu orgasmo.

Ele estava com o rosto enterrado nos cachos macios da cabeça dela e ofegando em seu ouvido.

— Stasia... diga de novo — foi o conseguiu dizer.

— Eu amo você — sussurrou Stasia, como se falar alto demais pudesse quebrar o encanto ou fazer o destino intervir e separá-los instantaneamente.

Ela o amava. Archer fechou os olhos, inalando fortemente o doce perfume dela misturado ao almíscar do ato de amor deles.

Ela me ama, pensou, inchando o peito de orgulho. *Ela me ama.*

Por todos os santos, aquela princesa gloriosa, teimosa, corajosa, altruísta e tão forte que arrastara um guarda-roupa até o outro lado do quarto sozinha, com um braço ferido... o amava.

Impossível. Maravilhoso.

— Eu também amo você — sussurrou no ouvido dela, abrindo os olhos de novo e se afastando o suficiente para fitá-la. — Eu amo você, princesa.

Ele a beijou, então. Como poderia não beijar? Pousou seus lábios nos dela gentilmente dessa vez, sem voracidade, mostrando com palavras e ações seus sentimentos. Sentiu-se aliviado por finalmente ter dito a ela que a amava também. Que se não podiam ter o resto da vida, pelo menos tinham aquele momento.

Só então ele se lembrou do estado em que a havia deixado. Ele a havia possuído sem se importar com nada, só pensava em estar dentro dela, possuí-la, tê-la mais uma vez. Mesmo Stasia estando tão insaciável, ele deveria ter tido mais cuidado com ela.

Levantou a cabeça, interrompendo o beijo.

— Perdão por possuí-la tão rudemente, amor. Eu não deveria ter...

Ela retirou a mão do ombro de Archer e pousou o dedo nos lábios dele para impedir mais pedidos de desculpas, este movimento a fez estremecer de dor no braço.

— Shhh. Foi perfeito. Você foi perfeito.

Ele beijou o dedo de Stasia e tirou do bolso do casaco um lenço, usando-o para limpar a outra mão dela.

— Estou longe da perfeição — disse ele, solene, notando o resultado de seu desejo frenético.

Os seios dela escapavam por cima da borda do corpete; os mamilos rosados estavam duros, já fazendo seu pau ganhar vida. Ele ignorou a tensão sempre presente em suas bolas quando estava perto dela e guardou o pau nas calças, fechando-as bem, e, então, foi tentar puxar o corpete de volta ao lugar.

Não adiantou; seus seios voluptuosos se recusavam a ser subjugados, uma vez livres.

— Até suas tetas são teimosas — murmurou ele, lutando com o espartilho dela e tentando ignorar aqueles seios hipnotizantes balançando e saltando, e os mamilos rosados e duros implorando por sua boca de novo.

— Tetas? Essa é outra de suas curiosas palavras em inglês que eu nunca ouvi antes?

Inferno!

— Assim como as outras palavras que aprendeu comigo, essa você não deve repetir — disse ele.

— Refere-se a *foder*? — perguntou ela.

Seu pau idiota latejou. Como era possível que uma palavra infame na voz dela pudesse ter tal efeito nele depois de acabar de ter um dos orgasmos mais poderosos de sua vida?

— Eu já lhe disse, amor, sou uma péssima influência. — Ele franziu a testa.

Archer desistiu do esforço de restaurar a vestimenta dela e a pegou pela cintura para descê-la da mesa.

— Vire-se. Acho que terei que desamarrar tudo para ajudá-la a se vestir adequadamente.

Aparentemente, Archer havia sido tomado de uma força divina no auge da paixão. Ou então, baixar um corpete era muito mais fácil do que puxá-lo de volta. Podia dizer, sinceramente, que era a primeira vez que transava com uma mulher estando ambos completamente vestidos, de modo que não sabia nada a esse respeito.

— Você terá que me despir? — perguntou ela, dando-lhe as costas para ele a ajudar.

— Parece que sim.

Ele abriu rapidamente as fitas e afrouxou o espartilho.

— Vire-se, amor.

Ela fez o que ele ordenou, virando-se lentamente de frente para ele ostentando aqueles lindos seios como oferendas. Eram uma distração bem-vinda do que os esperava, mas Archer sabia que era apenas temporária. A cada segundo que passava estavam mais perto do fim inevitável e do dia que ela se casaria com outro.

Com esse pensamento firmemente na cabeça, ele puxou o espartilho e as roupas íntimas dela, pondo tudo de volta no lugar e lhe devolvendo o recato, com cuidado para não mexer o braço machucado mais que o necessário. O tempo todo, Archer esteve profundamente ciente do olhar de Stasia sobre ele, observando em silêncio, permitindo que ele arrumasse o que havia desarrumado.

Por Deus, como sentiria falta dela! Sentiria falta da proximidade que haviam compartilhado tão inesperadamente. Desse amor tão avassalador e poderoso.

— Obrigada — disse ela baixinho.

Ele levantou o olhar para ela, ainda ajeitando seu vestido azul.

— Eu desarrumei suas roupas, nada mais justo que conserte a destruição.

— Não por me ajudar com o vestido e o espartilho. Por correr perigo para me proteger. Por me amar.

Ela olhava para ele com tanta ternura que era quase insuportável. Isso fez algo dentro dele se apertar tão forte que ele temeu que fosse quebrar.

— Não precisa me agradecer por isso, princesa — disse, com a voz embargada. — Amar você foi a coisa mais fácil que eu já fiz.

Engolindo em seco, ele a virou e retomou seu trabalho com as fitas do vestido dela.

CAPÍTULO 22

Assim como o amanhecer quando ela estava nos braços do homem que amava, a resposta do irmão de Stasia chegou cedo demais. Um bilhete foi entregue em mãos por um rapaz, no dia seguinte, convocando-a à Hunt House. Uma parte egoísta dela esperava que ele precisasse de mais tempo para avaliar se concordaria com a trama do rei Maximilian. Uma eternidade, para que ela pudesse permanecer feliz, abrigada em seu idílio com Archer por toda a vida.

Mas isso teria sido perfeito demais. As impossibilidades sempre eram.

Ela suspeitava que já sabia qual seria a resposta do irmão, mas isso não impedia que suas mãos suadas umedecessem suas luvas de pelica, que seu estômago ficasse embrulhado ou que o medo a deixasse de boca seca. Porque aquele encontro significava muito mais que uma resposta sobre se Theodoric concordaria com o plano de derrubar Gustavson. Significava também o começo do fim de seu tempo com Archer, quando e se Theodoric dissesse sim.

Stasia permaneceu abrigada na carruagem, protegida pelos mesmos três guardas que Archer insistira em enviar antes, dessa vez cavalgando como batedores. Estavam situados não muito longe dos estábulos, nos fundos da casa em que seu irmão trabalhava como guarda-costas, com as persianas bem fechadas.

Houve uma batida na porta da carruagem, e a voz de um dos homens de Archer avisou que o irmão dela havia chegado. Ela respirou fundo para se preparar antes que a porta da carruagem fosse aberta e Theodoric entrasse.

Irmão — disse Stasia calorosamente em boritano.

— Irmã — respondeu ele, solenemente.

Em inglês, ela deu um comando em voz alta e a carruagem começou a circular, em um movimento familiar. Mas essa familiaridade era de muito pouco conforto para Stasia, pois em breve ela estaria longe daquelas ruas, daquele lugar. Longe do homem que detinha seu coração, do homem que lhe dera o próprio coração em troca.

Ela pestanejou para controlar as lágrimas que se recusava a derramar. Se chorasse, seu irmão faria perguntas, e Stasia não suportaria revelar a extensão de seu relacionamento com Archer para Theodoric. Era algo muito doloroso, muito pessoal.

Ela tinha que manter a compostura, a mente focada no motivo de ter ido se encontrar com seu irmão, de ter ido a Londres.

— Já tomou uma decisão? — perguntou Stasia, voltando à sua língua nativa.

— Você parece familiarizada com as carruagens de Tierney — observou Theo, achando isso curioso e buscando uma resposta que ela não queria dar.

Ela simplesmente forçou um sorriso e disse:

— Ele é um homem inteligente.

— Inteligente demais, talvez — advertiu Theo.

Archer era bonito demais também, habilidoso demais para beijar e fazer amor. Perceptivo demais, carinhoso demais. Era demais em tudo que ela amava e ansiava, bem diferente do homem com quem logo se casaria.

— Gosto da companhia dele — disse ela, como se isso devesse anular as preocupações do irmão. — Não vou me desculpar por aproveitar toda oportunidade de escapar dos guardas e do olhar atento do nosso tio e usufruir de certa liberdade.

O rosto do seu irmão permaneceu impassível, e ela se perguntou que coisas ele teria visto nos últimos dez anos, que tipo de vida teria vivido como um homem chamado Fera.

— Não quis sugerir que devesse se desculpar.

Ela estava grata pela compreensão dele a esse respeito. Outros na posição dele a teriam julgado, questionado muito mais profundamente do que Theodoric fizera. Stasia não tinha dúvidas de que teria muito a responder quando fosse obrigada a enfrentar o rei Maximilian de novo.

Pensar nele fez a amargura ressurgir.

— Não precisa se preocupar, cumprirei meu dever para com o reino — disse ela, não sem um traço de tristeza. — Eu sei o que devo fazer. A questão é se você fará o que deve.

— Você não quer se casar com o rei Maximilian? — perguntou Theodoric.

Stasia se assustou com a pergunta. Somente uma pessoa já lhe havia perguntado a mesma coisa. *Archer.*

Não pode pensar nele agora, advertiu a si mesma. *Pense em qualquer coisa, em qualquer um, menos nele.*

Ela respondeu ao irmão da única maneira que podia.

— Por que eu quereria? Mas a questão nunca é o que eu quero fazer nesta vida, e sim o que devo fazer. O que for melhor para a Boritânia.

Mesmo que não fosse o melhor para ela.

— Por isso tomei uma decisão — disse ele. — Durante muitos anos, estive revoltado demais pelo que aconteceu comigo e com nossa mãe para me preocupar com a Boritânia. Mas, sabendo que nosso povo está sofrendo e como você e nossas irmãs sofrerão sob o governo maligno de Gustavson, só há uma escolha para mim. Voltarei.

A tensão que permitira a Stasia manter um domínio implacável sobre si mesma no último encontro com Theodoric diminuiu; seu peito era como um céu cujas nuvens se abriam para o sol brilhar. Pôde respirar tranquila por um momento; nem todo sacrifício que fizera fora em vão.

— Louvado seja Deus — disse ela. — Você tomou a decisão certa, Theodoric, apesar de não parecer feliz por isso.

Pela primeira vez, Stasia notara a tristeza nos olhos do irmão; antes, julgara que apenas refletiam a desolação dos seus. Mas não podia culpá-lo; deixar a vida que ele conhecia havia dez anos para voltar a um reino em turbulência, onde o monstro sentado no trono o queria morto, era mais do que qualquer homem são se comprometeria a fazer. E era desesperadoramente perigoso.

— Faz bem à minha alma ter decidido voltar, mas também representa um peso — confidenciou. — Eu me apaixonei por uma mulher, e odeio ter que deixá-la aqui.

Seu irmão estava apaixonado, então. Stasia teria rido da ironia, se não tivesse certeza de que fazer isso também a levaria ao pranto.

— Ah — disse Stasia, e conseguiu transmitir uma riqueza de significados com seu tom e seus olhos. — Quem é ela?

— A viúva marquesa de Deering.

Uma dama da alta sociedade. Isso complicaria as coisas, caso ele assumisse o trono...

— Ela sabe quem você é? — perguntou Stasia com ternura.

Theodoric suspirou.

— Ainda não.

— Ela o ama, então?

Ele anuiu bruscamente; Stasia sabia o que ele estava pensando, pois seus pensamentos eram os mesmos: o que estavam prestes a perder.

— Sim, ama.

— Quanto tempo ficará em Londres? — perguntou Theo. — Eu me alegraria se vocês se conhecessem.

Stasia notou a determinação nos olhos e na voz de seu irmão. Ele pretendia se casar com aquela marquesa.

— Talvez seja melhor contar a ela quem você é antes de nos conhecermos. Ela é de confiança, não é?

— Eu confiaria minha vida a ela — disse ele simplesmente.

— Ela não pode saber dos detalhes do nosso plano, independentemente da confiança que tem nela — advertiu Stasia. — Gustavson tem olhos e ouvidos cúmplices em Londres prontos para levar a ele até a mínima informação. Se nossos planos chegarem a ele, seu retorno será em vão, e ela também poderá correr perigo.

Ele assentiu.

— Não a colocarei em risco por nada, nem ao nosso plano. Gustavson já viveu tempo demais sem arcar com as consequências do que fez. Ele matou nossa mãe, está roubando nosso povo e merece morrer pelas minhas mãos.

— Eu o odeio demais por tudo que ele fez e tomou — sussurrou Stasia. — Queria eu matá-lo. Queria que fosse eu a pessoa a livrar nossa terra daquela víbora impiedosa.

— Faremos isso juntos — disse ele.

Juntos. Ter sua família reunida, seu amado irmão no trono que lhe pertencia, seu povo livre da tirania e da ganância... parecia um sonho impossível. Mas finalmente estava a seu alcance.

E, para que se realizasse, bastava que ela vendesse sua alma. Ser arrancada do homem que amava era uma tortura por si só, emocional em vez de física. Mas o que ela teria que suportar não era nada comparado ao que seu irmão vivera nas masmorras do Palácio de August.

— Juntos — concordou ela, e o surpreendeu ao pegar sua mão com uma expressão feroz. — Sinto muito, Theodoric. Lamento não ter feito nada para evitar seu sofrimento, seus anos de exílio.

— A culpa não é sua, Stasia, você não passava de uma criança.

— Eu deveria ter feito algo para enfrentá-lo — lágrimas brilhavam em seus olhos. — Se houvesse feito, talvez nada disso houvesse acontecido.

— Não — negou ele. — Você teria tido o mesmo destino que eu, ou talvez pior. Fico contente por ter sido eu o levado à masmorra. Agradeço por ter sido eu o torturado, o que carrega as cicatrizes. Ele já machucou você? Se sim, conte-me agora, para que eu possa devolver a ele o mesmo sofrimento que você passou, mas cem vezes pior. Não serei misericordioso.

Ela pensou nas chicotadas que havia recebido, nas cicatrizes em suas costas. Temia muito que, se as revelasse a Theo, ele se colocasse em um perigo ainda maior para vingá-la. O mal estava feito, contar a ele seria inútil.

— A dor que ele me infligiu foi de outro tipo — explicou Stasia. — Ele sempre foi cruel e controlador, mas sabia que poderia nos usar em seu benefício. Queria nos ver casadas para aumentar seu poder e fortuna, e não se atreveu a estragar suas chances nos torturando ou jogando-nos nas masmorras — ela sorriu com amargura. — Agradeço a Deus por isso.

— E Reinald? — perguntou, apesar da dor que lhe causava. — Gustavson o machucou?

— Não sei. Nunca fomos livres para falar abertamente com Reinald. Nesses anos todos, eu o vi muito pouco. Estava sempre se reunindo com o conselho ou com nosso tio e, muitas vezes, permanecia nos aposentos do rei por semanas a fio — ela fez uma pausa e sacudiu a cabeça, perturbada. — Sabendo o que sei agora, suspeito que Gustavson fez algo para deixar Reinald doente. E, então, chegou um dia em que nosso irmão morreu e nosso tio se declarou rei.

— Nós nos vingaremos — prometeu com firmeza. — Esse monstro será detido, mesmo que isso demande meu último suspiro.

— Rezo para que não exija seu último suspiro, irmão — disse Stasia. — A Boritânia precisa de você.

— Farei o possível para que não seja assim. Tenho muitas razões para viver. Agora, diga-me o que deve ser feito.

E a conspiração começou de verdade enquanto a carruagem atravessava Londres.

Archer sabia.

Desde o instante que viu o semblante de Stasia quando ela retornou de seu encontro com o irmão, soube que o momento que temia chegara. Eles teriam que dizer adeus.

Com um nó no estômago, ele foi em direção a ela, que entrava no escritório, e a tomou nos braços, enterrando o rosto em seus cabelos.

Ela passou os braços ao redor dele aos prantos, abraçando-o com força, apesar do ferimento.

— Está feito, então? — perguntou Archer, forçando as palavras a sair apesar das emoções que ameaçavam sufocá-lo.

— Theodoric concordou — murmurou ela no casaco dele.

Ele passava as mãos pelas costas dela, para cima e para baixo, absorvendo os tremores que a sacudiam, pois as lágrimas ganhavam força.

— É o certo para seu reino e para seu povo. E para Theodoric também. O herdeiro legítimo deve se sentar no trono. Ele é um bom homem, e sei que será um excelente governante, fiel e justo.

Tudo isso era verdade. Archer passara a noite anterior acordado com Stasia ao seu lado, fazendo o possível para aceitar o que devia acontecer. Stasia sofrera, assim como sua família e seu povo. Theodoric fora injustamente exilado e sua mãe e irmão injustamente mortos.

Se ao menos a decisão do irmão fizesse Stasia feliz também...

— Eu sei que é certo para meu povo — disse ela. — Certo para nossas irmãs e para vingar a morte de nossos irmãos e nossa mãe. Gustavson precisa ser detido antes que destrua a Boritânia e todos que lá estão. Eu só queria...

As palavras dela sumiram; ele se desvencilhou de Stasia um pouquinho, ergueu o queixo dela para olhá-la nos olhos. O rosto dela estava encharcado de lágrimas e pálido, desprovido de seu costumeiro fogo vibrante. Ela estava tão cinza e desolada quanto o dia lá fora.

— É isso que você realmente quer para si? — perguntou. — Esse casamento sem amor com um rei de coração frio?

Mais lágrimas rolaram por suas faces enquanto ela sacudia a cabeça.

— Sabe que não, mas há uma grande diferença entre o que eu quero para mim e o que eu *devo* fazer.

— Eu sei, amor.

Ele a beijou e sentiu o gosto do sal de suas lágrimas. Queria poder acabar com a tristeza dela, não se sentir tão impotente.

Archer nunca dera a mínima importância ao fato de ter nascido um bastardo. Conquistara sozinho seu lugar no mundo. Mas naquele momento, com Stasia chorando em seus braços e a perspectiva de uma vida sem ela, tudo que mais queria era ter nascido príncipe.

Ele pegou um lenço para enxugar com ternura as lágrimas do rosto dela.

— Não chore, princesa. Você é corajosa demais para isso.

Ela se agarrou ao casaco dele como se temesse cair se o soltasse.

— Eu sempre o amarei, Archer.

— E eu sempre a amarei.

— Quero lhe dar algo para que se lembre de mim — disse ela, com o lábio inferior tremendo. — Não é muito, mas é uma de minhas posses mais valiosas.

Um presente? Mas ele não tinha nada para ela.

Ele sacudiu a cabeça.

— Não, não precisa me dar nada.

— Mas eu quero.

Ela soltou o casaco dele e levou os dedos ao colar de ouro que levava no pescoço, com o pesado pingente aninhado naquele vão encantador na base de sua garganta.

— É o brasão de minha mãe. É proibido usá-lo na Boritânia, por ordem do rei Gustavson. Um dia, em breve, espero que não seja mais proibido. Desejo que fique com você. Pode me ajudar a tirá-lo?

Ele sabia quanto a mãe significava para ela e tinha plena consciência do significado do presente.

— É precioso demais, não posso aceitar — protestou ele.

— É seu — ela insistiu, pestanejando para afastar as lágrimas de seus cílios escuros e longos. — Assim como meu coração.

Ela se virou de costas para Archer e abaixou a cabeça, deixando exposta aquela faixa elegante e vulnerável de pele dourada da sua nuca.

— Por favor — insistiu ela, vendo que ele hesitava.

— Muito bem — cedeu ele.

Seus dedos desajeitados se recusavam a cooperar para abrir o fecho do colar, atentos apenas à pele quente e acetinada dela. Por fim, conseguiu abri-lo.

— Pronto.

Ela se virou para ele e pegou o pingente firmemente em seu punho, deixando as duas pontas da corrente pendendo entre seus dedos.

— Eu nunca o esquecerei, Archer Tierney.

Ela abriu a mão dele e colocou o colar nela, e ele sentiu o ouro aquecido pelo corpo dela se derramar em sua palma.

— Eu também nunca a esquecerei, princesa.

Ele levou o colar aos lábios e beijou o brasão, pestanejando para conter a ardência de suas lágrimas.

CAPÍTULO 23

— *Quando foi* a última vez que você dormiu?

Archer ergueu os olhos dos relatórios que estava analisando e encontrou Lucky na soleira da porta de seu escritório.

Uma consulta a seu relógio de bolso revelou que eram cinco e meia. Da manhã? Da tarde? Archer havia esquecido. As cortinas estavam fechadas porque não lhe interessava ver o mundo exterior. Sem Stasia, os dias eram todos iguais e sem sentido. Cinzentos, chuvosos e frios. Sombrios como sua alma.

Ele não tinha uma resposta para dar ao amigo. Não se lembrava da última vez que dormira. Talvez dois dias, talvez quatro. Ele mergulhara no trabalho com força total após o retorno de Stasia à casa do tio. Trabalho era tudo que lhe restava, e sempre lhe fora muito útil.

Porém, infelizmente, até os negócios, que antes davam significado à sua vida, agora lhe pareciam tão vazios e ocos quanto sua existência.

— Está agindo como se fosse minha mãe agora, Luck? — disse lentamente, para disfarçar a dor que era sua companheira constante desde que se despedira de Stasia e a vira entrar pela janela pela última vez. — Adorável de sua parte. Mas devo lembrar-lhe que a minha me vendeu para um bordel.

— Acabará se matando desse jeito — avisou Lucky, ignorando a provocação.

— Seria misericordioso — murmurou Archer, olhando de novo para a lista de suspeitos pela tentativa de assassinato do duque de Ridgely.

Nos últimos dias, ele havia descoberto a identidade do homem morto que tentara esfaquear o duque em sua cama. Um ator chamado John Davenham. Agora, tinha que conectar o ator morto a quem o contratara para a tarefa. Ajudava-o a se distrair, mas não era nem de longe suficiente.

Nada seria. Havia um buraco em forma de princesa em seu maldito coração sombrio e ninguém poderia preenchê-lo, exceto ela. E ela logo estaria anunciando seu noivado com um maldito rei.

— Por todos os santos, você está um trapo! — Mais perto, Lucky deu uma fungada bastante rude e indiscreta. — Quando foi a última vez que tomou banho? Está cheirando azedo.

Archer olhou feio para o amigo — que estava mais para inimigo.

— Está sugerindo que eu cheiro mal?

— Não estou sugerindo, estou afirmando — rosnou Lucky. — Mandarei preparar um banho para você.

— Vá se foder — disse Archer, seco.

Ora, ele havia tomado banho… só não se lembrava quando. Mas isso não importava; não queria tomar banho. O que *queria* era mais café, outro charuto e mergulhar no trabalho. Qualquer coisa que impedisse que sua mente divagasse pensando *nela*.

— E quando foi a última vez que você comeu? — perguntou Lucky, como se Archer não o houvesse xingado.

Contra sua vontade, Archer pensou na pergunta. Talvez tivesse uma noção melhor de quando comera se soubesse que dia era. Ou se era manhã ou noite.

Ele abriu a caixa onde guardava seus charutos e a encontrou vazia.

— Raios, não tenho mais charutos. Mande um rapaz buscar mais para mim, pode ser?

— Não.

Lucky cruzou os braços, em uma postura decidida.

— Não? — repetiu Archer, incrédulo.

— Não até você comer, tomar banho e fazer a barba — disse seu amigo. — E dormir, raios.

Archer se levantou.

— Eu mesmo acordarei um dos rapazes dos estábulos.

Lucky impediu seu caminho.

— Eles têm ordens de não fazer nada que você peça, até eu mandar.

— Para o diabo todos vocês.

Ele tentou passar pelo amigo, mas Lucky se manteve inflexível e imóvel.

Ele teria que forçar aquele homem a sair do caminho para poder passar. Não era um feito impossível, mas Archer não gostava da ideia de brigar com seu amigo, porque era provável que chegassem às vias de fato. Ele já havia quebrado o nariz uma vez, não se importava de quebrá-lo mais uma.

— Sei que está triste porque a rapariga o deixou — disse Lucky.

— Ela não é uma rapariga — disse Archer com mais virulência do que pretendia. — E ela não me deixou, simplesmente está prometida a outro.

— Ela poderia desistir — comentou Lucky. — Já aconteceu e poderia acontecer outra vez.

— Não, ela não pode — Archer suspirou pesado. — As circunstâncias são complicadas, não tenho autorização para explicar.

— Podemos matar o sujeito, então — sugeriu Lucky. — Eu já lhe disse, é uma ótima maneira de ganhar o coração de uma rapariga.

Archer soltou uma risada amarga.

— Não estou com humor para suas piadinhas horríveis, Luck.

— Não é piada — disse seu amigo com uma expressão dura, como se fosse gravada em granito, sem nenhum indício de sorriso.

— Não posso matá-lo — disse Archer, sacudindo a cabeça e passando os dedos pelos cabelos que, sem dúvida, precisavam de uma lavagem profunda. — Acredite, eu já pensei nisso.

Mas, matar um rei, mesmo que de um pequeno reino insular de um mar distante, só o levaria à forca, em vez de aos braços de Stasia. Não, ele tinha que honrar os desejos dela. Tinha que aceitar o fato de que a havia perdido e passar todas as horas de seu dia preocupado, pensando se ela estava segura. O rei Maximilian jurara que a protegeria com seus próprios guardas, ele mesmo se certificara disso. Archer não confiava naquele canalha, mas confiava na necessidade dele de se casar com uma esposa viva. Mas tudo que dizia respeito a Stasia estava fora de suas mãos.

— Poderíamos incendiar a casa dele — sugeriu Lucky tranquilamente. — Envenenar a sopa dele...

Inferno...

— Não — disse Archer firmemente. — Não podemos. Acabou, Lucky. Ela vai se casar com outro, e ponto-final.

— Muito bem — disse Lucky, gentil. — Então, precisa seguir em frente. Isso não é de seu feitio.

Não, não era do feitio de Archer. Ele se orgulhava de ser impenetrável e frio, duro e implacável. Era no que o mundo o havia transformado. Até que uma teimosa princesa de fogo e gelo mudara tudo.

— Vou seguir em frente, Lucky — disse ele. — Vou seguir em frente para arranjar mais charutos e café, que é tudo o que eu quero no momento. Agora, saia do meu caminho.

Lucky franziu o cenho.

— Pretende se matar de tanto trabalho?

Archer sustentou o olhar do amigo, impassível.

— Que assim seja.

Em poucos dias, ele ajudaria Theodoric St. George a deixar a Inglaterra. O noivado de Stasia com o rei seria oficialmente anunciado. E talvez então, ele pudesse começar a assustadora tarefa de tentar viver sem ela.

Até que esse dia chegasse e tudo estivesse de fato acabado, tudo que ele queria era esquecer.

— Precisa comer, Alteza.

Stasia estava diante da janela por onde saíra tantas vezes para se encontrar secretamente com Archer, olhando a paisagem cinzenta e sombria, mas sem ver nada.

— Não estou com fome — disse.

Sua dor de estômago nada tinha a ver com a necessidade de sustento; era a dor de ter que se afastar do homem que amava. Ela havia dito a si mesma que tudo era para o bem de seu povo, sua família, seu irmão e o futuro da Boritânia, mas os dias que passava sem Archer eram torturantes. Doíam como uma adaga entre suas costelas; cada respiração a fazia recordar o que havia perdido.

— Mas precisa comer mesmo assim — insistiu sua dama de companhia. — Não comeu nada desde o jantar de ontem, e já é tarde. O rei Maximilian chegará em breve.

Sim, seu futuro marido lhe faria a visita que ela tanto temia. O rei Maximilian havia enviado os guardas prometidos como precaução contra futuras conspirações de seu tio, mas Stasia ainda não se encontrara com seu noivo. Ela e Tansy conseguiram lidar com os homens de Gustavson após seu retorno; o ferimento em seu braço estava começando a cicatrizar.

Mas a ferida em seu coração nunca cicatrizaria.

— O que a visita do rei Maximilian tem a ver com comida? — perguntou ela com um suspiro pesado, observando uma gota de chuva grossa descer lentamente pela vidraça.

— Não seria bom você desmaiar — disse Tansy. — Precisa tomar pelo menos um pouco de chá e comer uma torrada, Vossa Alteza.

— Só Stasia — disse ela bruscamente, virando-se para fitar sua dama de companhia. — Esse título é um manto pesado demais para meus ombros no momento, e você é como uma irmã para mim. Vamos acabar com essa formalidade.

Tansy baixou sua cabeça de cabelos escuros em uma demonstração de humildade.

— Não me atreveria.

— E por que não? — rebateu Stasia. — Eu a considero uma irmã, uma amiga, a única amiga que tenho. E estou cansada, muito cansada de ser uma princesa.

— Não é sensato de sua parte pensar em mim como uma amiga, Vossa Alteza — disse Tansy baixinho, a cabeça ainda baixa.

— Porque você é minha dama de companhia? — perguntou ela. — Não seja boba. Você está ao meu lado desde antes da morte de minha mãe, e é uma lady por direito próprio.

— De uma família nobre falida — rebateu Tansy, erguendo os olhos para fitar Stasia. — Não é melhor que ser uma órfã.

De fato, Tansy havia perdido os pais e a linhagem morrera com o pai, que desperdiçara tudo que a família tinha de valor. O pai de Stasia acolhera Tansy e, como ela tinha a mesma idade que Stasia, elas se uniram naturalmente.

— As circunstâncias de nosso nascimento não devem nos definir — disse Stasia com toda a sinceridade.

Durante grande parte de sua vida, ela fora uma prisioneira em gaiola de ouro. Fora confinada ao Palácio de August, cercada por cortesãos, sem ter autorização para se misturar com nenhum estrato social considerado inferior ao seu. Ela era uma princesa, filha de um rei; sua vida estava determinada desde o momento em que nascera. E, no fim, sua linhagem mostrava ser mais uma maldição que uma bênção.

Archer nascera filho bastardo de um marquês, fora traído pela própria mãe, mas havia construído um império com nada além de sua determinação e astúcia. Havia mostrado a ela que o valor de um homem não estava em seu título nem em sua linhagem. Estava em seus feitos, em suas palavras. Estava no próprio homem.

— Não devem, mas definem — disse Tansy tristemente. — Eu nunca serei sua igual, Vossa Alteza. Nem sonharia em agir como tal.

— Estou farta de minha linhagem real — retrucou Stasia. — O que ganhei com isso, além de sofrimento e desespero? Minha linhagem roubou toda a felicidade de minha vida. Pois me chame de Stasia ou não fale comigo.

— Mas Vossa...

— Não! — gritou Stasia, interrompendo Tansy. — Chega. Eu não vou aceitar isso — lágrimas corriam furiosamente por suas faces, e ela as enxugou com as costas da mão. — Eu não quero mais ser princesa. Eu quero renunciar ao meu sangue, entregar o título e viver a vida que eu deveria viver.

— Não deve dizer tais coisas — disse Tansy com voz calma, aproximando-se e dando um tapinha reconfortante no ombro de Stasia. — Está apenas aborrecida.

Sim, ela estava aborrecida. Havia perdido o homem que amava e seu futuro lhe reservava um casamento com um rei frio e implacável. Seu irmão em breve tentaria derrubar seu tio e toda sua vida havia sido despedaçada. E ela queria ouvir seu nome, sentir-se uma pessoa, não uma princesa.

— Tansy, me chame de Stasia — pediu.

O semblante estoico de Tansy se desmanchou.

— Não posso. Não sou digna desse privilégio, pois eu a traí.

Stasia ficou em choque.

— Me traiu? Como?

Lágrimas brilharam nos olhos de Tansy.

— Eu me apaixonei pelo rei Maximilian.

CAPÍTULO 24

Era madrugada. Nada além do sofrimento, café e fumaça faziam companhia a Archer. Isso já se tornara um hábito. Afinal, ele não era uma boa companhia para mais ninguém. Na verdade, não sabia se um dia seria de novo.

Uma batida na porta de seu escritório anunciou a chegada do homem que ele esperava. Era chegada a hora de cortar o laço final que o prendia a Stasia.

— Entre — disse, levantando-se e deixando de lado o livro-razão e os lançamentos que estava fazendo sem muito entusiasmo.

A porta se abriu e revelou o príncipe Theodoric St. George, o mercenário que durante anos ele conhecera apenas como Fera.

— Vossa Alteza.

Archer fez uma reverência, sem se preocupar em apagar o charuto, mesmo na presença da realeza. Afinal, aquele era seu território.

O homem estremeceu.

— Por Deus, não sou chamado assim há anos. Não sei se gosto.

Archer inclinou a cabeça.

— Quando assumir o trono, ouvirá muito. É melhor se acostumar desde já.

Theodoric deu um sorriso irônico; então, seu olhar pousou em um ponto atrás de Archer.

— Stasia está aqui?

Ouvir o nome dela em voz alta foi como um soco no peito. Archer se esforçou para manter uma expressão vazia à menção dela e deu uma longa tragada em seu charuto.

— Sua Alteza Real? Não, por que a pergunta?

Theodoric apontou o queixo em direção à lareira:

— A capa dela está na sua cadeira.

Merda.

Ele se esqueceu de esconder a capa que ela usava na noite em que fora ferida. Ela a esquecera pendurada em uma das cadeiras perto da lareira e ele não tivera coragem de retirá-la. Pois *ela* a colocara ali, e ver a capa ali perpetuava a ilusão de que Stasia ainda estava ali. Que, a qualquer momento, ela entraria pela porta, lançando o fogo sensual de seus olhos nele.

— Essa capa não pertence a ela — disse Tierney com tranquilidade. — De maneira nenhuma.

Mas Theodoric não se intimidou.

— A cor — disse ele. — É a cor real da Boritânia. É uma cor única.

Raios. De fato, era.

Ele mostrou os dentes para Theodoric, torcendo para que passasse por um sorriso.

— Não creio. Pertence a uma mulher que conheci em uma casa de má reputação.

A mentira soou horrível a seus ouvidos, mas Archer disse a si mesmo que era preciso proteger Stasia. O relacionamento deles não era da conta de ninguém, exceto deles mesmos. Além do mais, já havia acabado.

Theo o fitou com os olhos apertados.

— Tierney, se estiver brincando com minha irmã, arrancarei seu coração do peito com minhas próprias mãos — avisou, severo.

— Eu nunca brincaria com sua irmã — respondeu Archer com sinceridade, pois nada do que acontecera entre eles havia sido brincadeira. Ele a amara desde o começo, apesar de ela ser inatingível. — Princesas boritanas mimadas não são de meu gosto.

— Ela sofreu muito sob os ditames de meu tio — alertou o Theodoric. — Está se sacrificando pelo bem da Boritânia e de mimada não tem nada.

Ninguém melhor que Archer sabia quão altruísta e boa era Stasia. Mas ele não podia permitir que o irmão dela visse isso. Não ousava mostrar a profundidade do amor e da emoção que sentia em relação a ela, nem quanto isso o havia destruído quando ela o deixara.

Então, ele moldou suas feições em uma máscara impassível e deu uma tragada em seu charuto como se não tivesse a mínima preocupação no mundo, quando, na verdade, era o oposto.

— A capa não pertence a ela, St. George, e príncipe ou não, está passando dos limites. Você tem assuntos muito mais importantes que uma capa esquecida com que se preocupar. A carruagem foi preparada para você e seu tempo é limitado.

Theodoric o fitou em silêncio por um momento tenso, então concordou, aparentemente acreditando em Archer.

— Tierney, prometa-me que cuidará de Stasia enquanto ela estiver em Londres, e de Lady Deering também — disse Theo com a voz embargada. — Já sabe algo mais sobre o responsável pelos ataques a Ridgely?

Parecia que fora em outra vida que o duque de Ridgely contratara os serviços de Archer para proteger sua casa após o atentado contra sua vida. Enquanto ele estava distraído com Stasia, seus homens estavam trabalhando duro, desenterrando pistas sobre quem era o responsável pelo ataque. Suas investigações recentes o levaram a suspeitar que uma antiga amante do duque era a culpada, mas a mulher também era uma condessa viúva, e isso complicava as coisas.

— Sei, sim — confirmou Tierney, sem se preocupar em dar detalhes. — E não se preocupe. Suas mulheres serão bem cuidadas.

Eu protegeria sua irmã com minha vida, pensou, mas guardou essas palavras para si mesmo.

Theo apertou a mandíbula com tanta força que doeu, mas se forçou a assentir.

— Obrigado.

Tierney inclinou a cabeça e jogou o charuto na lareira.

— Deus o acompanhe, St. George.

O pobre coitado precisaria de toda a ajuda divina para conseguir derrubar seu tio e assumir o trono. Mas Archer também precisaria de toda a ajuda divina para conseguir viver sem a mulher que amava.

CAPÍTULO 25

Quatro meses depois.

Stasia inspirou fundo e expirou lentamente; e, então, levantou o punho para bater com firmeza.

Alguns segundos se passaram. Segundos que pareceram uma eternidade. Mas, depois dos últimos quatro meses dolorosos sem Archer, o que eram mais alguns segundos?

A porta se abriu, revelando um rosto carrancudo familiar.

— Você? — disse Lucky, como se a palavra em si fosse um epíteto. — O que quer?

— Quero ver Archer — disse ela.

— Ele não está — disse Lucky, e bateu a porta.

Stasia pestanejou, confusa. Durante todos os longos e dolorosos meses que passara longe de Londres e do homem que amava, ela sonhara com esse momento, quando voltaria para Archer e ele a estaria esperando de braços abertos. Não era bem assim que ela imaginara que tudo transcorreria. Ela bateu de novo.

— Vá embora — ouviu a voz abafada de Lucky do outro lado. — Não é bem-vinda aqui.

— Por favor, Lucky — implorou. — É de suma importância que eu o veja imediatamente.

A porta se abriu, revelando apenas um olho estreito e uma boca rosnando.

— Já causou danos suficientes casando-se com outro homem.

Antes que ele pudesse fechá-la de novo, ela colocou a bota na abertura.

— Eu não me casei com ninguém.

Lucky estreitou os olhos ainda mais.

— Não?

— Não — repetiu Stasia, reunindo coragem. — Na verdade, espero que Archer queira se casar *comigo*.

Era muita audácia de sua parte aparecer lá e dizer isso, mas ela precisava fazê-lo.

Isso, supondo que ele não a houvesse esquecido ainda. Ele havia jurado que não a esqueceria, mas o tempo havia passado... Muito tempo separados.

Stasia tivera que ir para Varros para garantir que estaria fora do alcance dos lacaios de seu tio. Ela havia jurado que não mais colocaria Archer em perigo, e havia cumprido sua promessa.

Então, estourou a guerra. E, com a vitória finalmente alcançada, Gustavson morto e Theodoric no trono que era seu de direito, Stasia era finalmente livre. Livre como um dia sonhara ser. E estaria eternamente em dívida para com Tansy por isso.

A porta se abriu bruscamente. Lucky ainda a olhava feio, mas tinha um novo ar de incerteza.

— Quer se casar com ele?

— Se ele me quiser, sim.

— Creio que quem deve decidir isso é ele — deu um passo para trás. — Entre, então. Está tomando chuva aí fora.

Era apenas neblina, mas Stasia não discutiu.

Ela entrou, feliz por sair da umidade. E muito mais feliz porque veria Archer de novo. Ele estava ali, debaixo daquele teto, finalmente ao alcance dela.

Lucky acenou para um lacaio de olhos arregalados e ordenou:

— Pegue a peliça, o chapéu e as luvas da dama.

Ela entregou as peças apressadamente, pronta para seguir Lucky pelo caminho já familiar até o escritório de Archer. Mas o mordomo a deteve com a mão espalmada.

—- Fique onde está até segunda ordem — rosnou.

Aparentemente, a incipiente amizade que haviam construído durante o tempo que ela passara naquela casa havia desaparecido. Bem, ela não deveria estar surpresa; afinal, já haviam se passado quatro meses. Quase meio ano; muita coisa havia mudado.

E se Archer houvesse mudado também? Seu estômago se embrulhou.

E se ele houvesse encontrado outra pessoa durante o tempo que ela passara longe?

Um novo nó de apreensão fez seu estômago se contorcer. Stasia ficou observando o mordomo gigantesco caminhando pelo corredor até sumir de vista. Ela ficou ali, apertando sua saia volumosa, amassando a fina musselina.

Finalmente, ouviu passos. Apressados, movidos por uma urgência inegável.

Archer surgiu depois de contornar um canto da casa, dirigindo-se ao salão revestido de mármore. Alto, forte e tão bonito quanto ela recordava. Estava de barba e seu cabelo estava ainda mais comprido que antes, trançado na nuca. Ele parou quando a viu; seus olhares colidiram, como se o dela tivesse um efeito físico sobre ele.

✖ 215 ✖

E os olhos verdes dele queimavam Stasia.

— Vossa Alteza — disse ele com voz rouca, fazendo uma reverência.

— Só Stasia, por favor — disse ela, reunindo coragem para ir até ele.

Franzindo a testa, ele perguntou:

— Não entendo... você é uma rainha agora, não é? Por que não está em Varros, onde é seu lugar?

Ela parou diante de Archer, tão perto que poderia tocá-lo. Acaso ele estava mais magro que antes? Os ângulos do seu rosto estavam mais marcados, como se ele houvesse sofrido nos últimos quatro meses tanto quanto ela?

— Não estou em Varros porque lá não é meu lugar — disse ela simplesmente.

Ela sorveu sua imagem, notando que ele estava de camisa e colete apenas; viu o lampejo dourado no peito dele e reconheceu o brasão de sua mãe; o pingente do colar que ela lhe havia dado.

Ele não a havia esquecido, então.

O olhar dele também a percorria, banqueteando-se com ela, faminto.

— Por que Varros não é seu lugar? — perguntou. — Não é lá que seu marido está?

— É lá que está o rei de Varros — assentiu ela, sorrindo. — Com sua rainha.

Archer abriu a boca, como se estivesse procurando as palavras.

— Não entendo.

— O rei Maximilian se casou com minha dama de companhia — explicou Stasia. — Não estou em Varros porque a guerra acabou, meu irmão é o rei da Boritânia e eu sou livre para estar onde quiser. — Ela fez uma pausa para angariar mais coragem. — Que é ao seu lado. Isto é, se ainda me quiser, claro.

O choque tomou conta das feições de Archer, seus lábios sensuais ficando entreabertos.

— Você não se casou com ele...

Ela sacudiu a cabeça.

— Não. Como eu poderia, se ele não é o homem que eu amo?

— Mas suas irmãs... seu irmão... a revolução — ele soltou.

— Minhas irmãs estão seguras, assim como meu irmão, e vencemos a revolução. Voltei para você assim que pude.

— Raios!

Ele sacudiu a cabeça e finalmente a puxou para seu peito largo.

Ela se sentia em casa. Porque Archer era o lar dela, não a Boritânia, não Varros. Era ele, o homem que ela amava. Somente e para sempre, *ele*.

Ela jogou os braços em volta do pescoço dele, fitando aquele rosto amado.

— Espero que possamos ter uma vida inteira com você sendo uma má influência para mim e me ensinando mais palavras em inglês que eu não deveria dizer, assim como essas.

— Meu Deus, princesa, você voltou para mim.

Com a mão trêmula, ele acariciou o rosto dela, reverente, como se não pudesse acreditar que ela estava parada diante dele.

— Sonhei com este momento tantas noites, mas sempre acordava sozinho, ansiando por você.

— Como eu poderia não voltar? Você é o dono de meu coração, Archer Tierney — ela beijou a palma da mão dele. — Quer se casar comigo?

Ele riu; o sorriso mais lindo que ela já havia visto transformou o rosto de Archer.

— Acho que eu é que devo pedi-la em casamento, amor.

— Peça, então — disse ela.

A esperança crescia dentro dela, brilhante e gloriosa. Todos os medos, todo o tempo e distância que os separaram desapareceram instantaneamente. Eram Archer e Stasia de novo, homem e mulher. O amor deles triunfando sobre tudo e sobre todos. Juntos de novo.

— Princesa Anastasia Augustina St. George, me dará a honra de ser minha esposa? — perguntou ele.

O amor por Stasia brilhava em seus olhos, tão forte e terno que ela sentiu os seus marejados de lágrimas de felicidade. Ela não hesitou.

— Sim.

— Sim? — repetiu ele, ainda sorrindo.

— Sim — repetiu ela, fitando as profundezas esmeralda que assombraram seus sonhos por tantas noites. — Nada me agradaria mais.

Ele a pegou no colo e girou com ela, dando um grito de comemoração. E, então, deu-lhe um beijo longo e lascivo.

Que foi interrompido por um bufo indelicado.

Archer a deixou no chão de novo e ambos se viraram. Encontraram Lucky os observando, com uma carranca no rosto.

— Vocês me dão ânsia de vômito — resmungou Lucky. — Vão para o quarto vocês dois, não quero estragar meu jantar.

Era a maneira de Lucky lhes desejar felicidades; Stasia sabia.

— Perdão, velho amigo — disse Archer com ironia. E pegando a mão de Stasia e entrelaçando seus dedos nos dela: — Venha, amor. Temos que recuperar o tempo perdido.

De fato.

Stasia o seguiu. Enquanto subiam as escadas lado a lado, ela pensou, como já pensara uma vez, que seguiria aquele homem até os portões do Hades, se fosse preciso. Porque estar ao lado dele, sob seus cuidados, com os dedos entrelaçados, era o certo.

Mas, dessa vez, essas constatações eram tão reconfortantes e bem-vindas quanto o futuro que os esperava.

EPÍLOGO

Archer suspeitava que, quando fossem publicadas as fofocas sobre o baile do duque e da duquesa de Ridgely no dia seguinte, cada uma apresentaria um relato extravagante das princesas Emmaline e Annalise St. George vestindo calças de cavalheiro. A festa em si também havia colaborado com sua porção de escândalos.

Na lista de convidados estava um número incomum de membros da realeza estrangeira, um dos quais estava dançando uma valsa nos braços de Archer.

— Suas irmãs causaram um rebuliço esta noite — disse a Stasia enquanto giraram pela pista de dança.

Emmaline e Annalise haviam feito seu debut em Londres recentemente, em um estilo que respondia ao completo desrespeito ao decoro. Depois de dez anos sob a mão brutal do tio, as princesas estavam saboreando cada momento da recém-descoberta liberdade. *Que bom para elas*, pensou Archer.

— Se refere às calças? — perguntou Stasia, com um sorriso de aprovação. — Na Boritânia, não é uma visão tão incomum, mas entendo o choque aqui em Londres. Eu as avisei, mas sabe como são minhas irmãs.

— Teimosas como alguém que eu conheço — provocou ele.

Ele não pôde deixar de notar que sua esposa estava simplesmente maravilhosa aquela noite, com um vestido de noite lilás com detalhes dourados. Seus olhos cintilavam sob a luz dos candelabros, seus lábios vermelhos eram uma tentação para ele, mesmo estando cercados por uma multidão de convidados.

Theodoric — rei Theodoric, embora o título ainda parecesse terrivelmente estranho para Archer — e sua rainha Pamela, a antiga marquesa de Deering, haviam ido a Londres para a primeira temporada das princesas. Como o rei e sua esposa voltariam à Boritânia em breve, Archer e Stasia seriam os anfitriões. Ele não sabia absolutamente nada sobre apresentar duas princesas à sociedade. Inferno, não sabia absolutamente nada sobre a própria alta sociedade em si. Felizmente, sua esposa parecia mais que preparada para levar suas irmãs rebeldes pela mão e guiá-las.

— Se eu não fosse tão teimosa, não teria arriscado tudo para voltar para você — comentou Stasia, sarcástica.

— Um fato pelo qual agradeço diariamente — disse ele, girando de novo e aproveitando a oportunidade para puxar sua amada esposa um pouco mais perto que o devido.

Mas ele não dava a mínima. Estava perdidamente apaixonado pela mulher que estava em seus braços e não se importava que todos soubessem disso. Stasia era dele, e Archer não poderia estar mais orgulhoso desse fato.

— Acha que Emmaline e Annalise serão desprezadas por seus modos incomuns? — perguntou ela, preocupada, enquanto uma das princesas passava por elas com um conde, seguida por um sorridente e claramente apaixonado duque de Ridgely e sua duquesa. — Eu odiaria se minhas irmãs fossem infelizes aqui.

— Parece não lhes faltam parceiros de dança — observou ele, pois era verdade.

O rei Theodoric e a rainha Pamela valsavam se olhando como dois pombinhos apaixonados. Atrás deles, a outra princesa dançava com um duque. Era um acontecimento deslumbrante, e Ridgely e sua duquesa não pouparam despesas. Mas todas as joias douradas e brilhantes empalideciam em comparação com a beleza que Archer tinha diante de si.

— Só espero que cada uma delas encontre um marido que as ame do jeito que me ama — disse Stasia com um leve sorriso que ele reconheceu muito bem.

Geralmente, era o que ela usava antes de seduzi-lo. Seu pau latejou em resposta; ele limpou a garganta.

— É fácil amá-la, princesa. Eu a amei desde o momento que nos conhecemos.

— Desde o primeiro momento? — ela ergueu uma sobrancelha. — De verdade?

Giraram mais uma vez, e ele se aproximou, levando os lábios à orelha dela para falar. Roçou a curva da barriga dela, onde crescia o filho deles, de um jeito muito tentador.

— Desde o primeiro momento ou quando me fez a proposta. Ambos são igualmente memoráveis.

— Assim me deixará tímida — disse ela, com uma risadinha devassa.

— Eu a amo — disse ele. — E eu sei que jamais ficará tímida. Muito boritano de sua parte, aliás.

Ela lhe lançou um olhar malicioso, mordendo o lábio inferior de um jeito que sempre o deixava louco de desejo.

— Não posso negar, meu querido. E sabe que eu o amo também.

— Falta muito para podermos ir embora? — murmurou ele. — Eu a quero desesperadamente.

Archer não suportava bailes, mas havia ido em demonstração de apoio às princesas, sua família e amigos. Até sua meia-irmã, Portia, estava presente, ao lado do marido, Wolf Sutton. Teria sido terrivelmente rude se ele não fosse ao evento, apesar do ódio que tinha de ser respeitável.

Sua esposa contraiu os lábios, como se pudesse ler os pensamentos dele.

— Só mais um pouco; seria terrivelmente indelicado de nossa parte e, sem dúvida, também comentado.

— E se eu lhe disser que tenho mais algumas palavras infames em inglês para lhe ensinar? — brincou ele, enquanto a valsa chegava ao fim.

— Que tal uma hora, meu devasso sedutor? — perguntou ela, com os olhos brilhando.

— Parece perfeito, princesa. — Ele lhe deu uma piscadela. — Desde que concorde em me encontrar em uma alcova acolhedora qualquer aqui em dez minutos.

Sua princesa ousada sustentou seu olhar, sorrindo também.

— Que tal cinco?

Leia também

Trevor Hunt, duque de Ridgely, frequentemente é descrito como um homem sedutor, ardiloso e um completo canalha — a má fama, em grande parte, tem um fundo de verdade. Desprezado por sua família e detestado por muitos, ele forjou sua reputação nas sombrias ruas de Londres. Entretanto, combater inimigos mortais e maridos enfurecidos nunca o preparou para o desafio mais caótico de sua vida: tornar-se tutor de uma jovem dama inocente e enigmática.

Lady Virtue Walcot tem sido assombrada pela solidão ao longo de sua existência. Negligenciada e abandonada, ela transformou sua infeliz sorte em uma vantagem — mergulhou em livros e conhecimento —, desejando construir uma vida com independência. Porém, seu mundo é virado de cabeça para baixo com o falecimento súbito de seu pai, que a deixa sob os cuidados de Trevor.

Para o duque, Lady Virtue rapidamente se torna um estorvo indesejável. Durante doze meses, até ela atingir a maioridade, ele se empenhará ao máximo para encontrar um marido adequado para ela e honrar as últimas vontades do homem que lhe confiou o destino da filha.

No entanto, uma intensa paixão surge entre os dois, fazendo com que o desejo se torne uma força incontornável cada vez que se aproximam. Mas Trevor ainda enfrenta outros dilemas: ele é caçado por um adversário que jurou sua ruína, o que o obriga a proteger Virtue dos perigos que seu passado sombrio traz consigo. Para ele, estes são problemas completamente distintos: um, sedutoramente atraente e o outro, mortalmente perigoso.

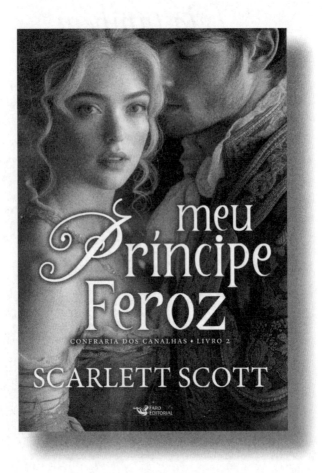

Muitos anos após ser exilado de seu reino, o príncipe Theodoric St. George reconstruiu a vida no degradante submundo londrino. Agora, vivendo como um mercenário impiedoso, ele está disposto a fazer qualquer serviço desde que seja bem pago. No entanto, ao aceitar a posição de guarda-costas do duque de Ridgely, ele se depara com um oponente desafiador: a irmã do nobre, conhecida na alta sociedade como a Viúva de Gelo.

Pamela, a Lady Deering, viu-se obrigada a aceitar a generosidade do irmão após a inesperada morte do marido. Sendo um dos pilares inquestionáveis da sociedade, ela definitivamente não pode se deixar levar pela beleza irresistível de um guarda-costas que se autodenomina Fera... mas se manter distante dele será tarefa complicada.

Theo, que deixou a vida de príncipe no passado, está acostumado a lidar com adversidades. Entretanto, desejar uma mulher proibida e lidar com esses sentimentos será ainda mais difícil do que foi abandonar um reinado. Compartilhando o mesmo teto, eles estão fadados a se encontrar constantemente, e ceder a essa paixão ardente pode trazer sérias consequências. E quando o desejo se transforma em amor, dois corações e um reino correm sérios riscos.

Quando a comédia romântica encontra o romance de época...

O objetivo do reverendo Augusto Shackleford é assegurar casamentos benéficos para cada uma de suas oito filhas. Essa não é uma tarefa simples, porque nem mesmo o fio de cabelo delas é muito comportado. Quem seria o nobre e abastado cavalheiro — insensato o bastante — para lidar com alguma delas?

Aos vinte e cinco anos, Graça é a primogênita da família e, segundo a opinião do pai, não possui as características dignas de seu nome. Ela tem a língua solta e se contenta em permanecer solteira pelo resto da vida, mas a realidade muda quando surge um potencial pretendente no caminho.

Nicholas Sinclair, gravemente ferido na Batalha de Trafalgar, retornou recentemente à cidade ao receber a notícia do falecimento repentino do pai. Apesar de ter estado distante da família por muitos anos, o novo duque está ciente de que seu dever é encontrar uma esposa e garantir um herdeiro o mais rápido possível.

É nesse momento que Graça cruza seu caminho. Porém, a fama forjada da jovem não se sustentará por muito tempo. E o seu jeito autêntico demais pode ser capaz de ameaçar a reputação — e a paciência — de todos eles.

ASSINE NOSSA NEWSLETTER E RECEBA INFORMAÇÕES DE TODOS OS LANÇAMENTOS

www.faroeditorial.com.br

CAMPANHA

Há um grande número de pessoas vivendo com HIV e hepatites virais que não se trata. Gratuito e sigiloso, fazer o teste de HIV e hepatite é mais rápido do que ler um livro.
FAÇA O TESTE. NÃO FIQUE NA DÚVIDA!

FARO EDITORIAL

ESTA OBRA FOI IMPRESSA
EM JUNHO DE 2025